昭和16年９月、艤装工事の最終段階にある戦艦「大和」

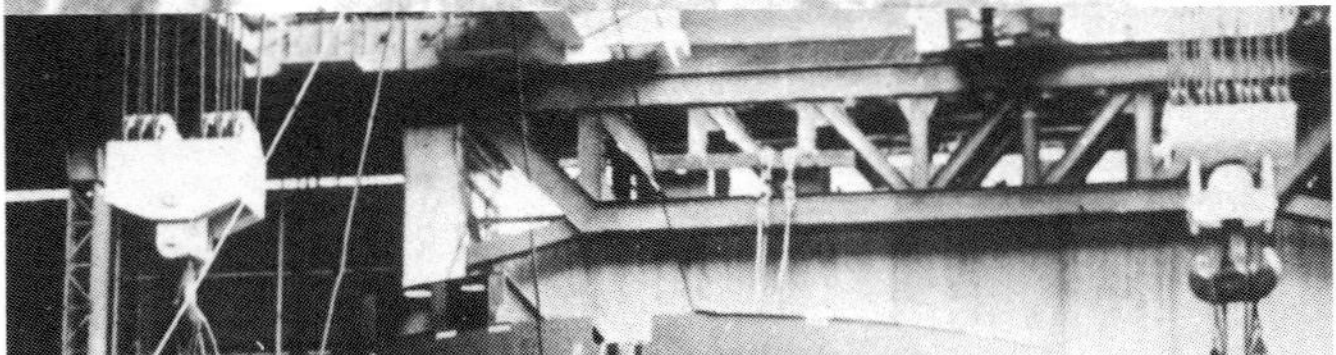

(上)建造中の「大和」1、2番主砲塔部
(下)「大和」の主砲塔旋回盤。裏返しに吊り上げられている

NF文庫
ノンフィクション

新装版

下士官たちの戦艦大和

小板橋孝策

潮書房光人新社

下士官たちの戦艦大和——目次

写真提供／著者・雑誌「丸」編集部

下士官たちの戦艦大和

第一章　不運なる星の下に

見張員の絶叫

「右舷魚雷！　近づく！」

突然の絶叫が耳をつんざく。防空指揮所右舷見張員の絶叫である。

まったく突如のことである。艦橋上の全員の眼が、いっせいに右前方海面にそそがれた。

「右対潜戦闘！」

「愛宕」艦長・荒木伝少将の怒号が、やつぎばやに飛ぶ。艦橋は一瞬にして大混乱をきわめた。

この旗艦「愛宕」の艦橋は、数多くの重巡の中でもっとも大型のもので、その広さはおよそ十五畳敷きである。そのゆったりとした「愛宕」独特の艦橋上は、いまや、修羅の巷《ちまた》と化している。

そのとき、わが栗田艦隊は基準針路三十五度、之字運動A法時刻法を展開中であり、左、右に五ないし二十五度交互に角度を変えて変針して進行していた。

そして、左に二十五度変針し、進行方向十度に定針した、その直後の出来事であった。

昭和十九年十月二十二日午前八時、英領ボルネオの北西に位置するブルネイを出撃した栗田艦隊は、翌二十三日の本日ただいま、午前六時二十九分、旗艦「愛宕」を先頭にして、東シナ海パラワン諸島の西側、新南群島との間のきれいに澄んだ蒼く光る海上を、北北東にむかって進んでおり、このパラワン水道の、おおよそ半分あたりを通過していたころである。

艦内は夜明けとともに、夜間の三直配備から、〝訓練配置につけ〟が下令され、〝全員配置よし〟が報告されており、各自それぞれの戦闘配置で訓練に入っていた。

すでに、栗田長官は艦橋右舷前部に備えつけの、俗に〝猿の腰かけ〟といわれる小さな腰かけに座って、前方一帯をながめ、周囲の艦隊の動きを見つめていた。小柳参謀長は中央羅針盤のうしろに立ち、ひっきりなしに報告されてくる参謀からの報告をうなずきながら聞いている。

また、左舷前方の窓ぎわ、艦長用指定の腰かけに座って前方を見つめていた艦長・荒木伝少将（海兵四十五期）は、その巨体をやおらふりむかせると、自慢のカイゼル髭《ひげ》をなぜながら、羅針盤の前にたっている航海長・横田元中佐（海兵五十六期）に、

「航海長！　位置（「愛宕」の現在の位置）を出しておいてくれよ！」と声をかけていた。

海上は静かで、見わたすかぎりの蒼い海面は波だちもほとんどなく、きれいに澄みわたっている。

速力は、〝訓練配置につけ〟とともに、夜間の十六ノットから十八ノットに増速されており、敵潜を警戒するため、艦隊は之字運動を展開している。

艦首にあたる海水が、波飛沫《しぶき》となって砕けて、霧となって飛びちる。左右に伴走する艦隊は、旗艦の指示にしたがって、画一的な変針による一斉回頭をくりかえし、規則正しく航行していた。

このとき、双眼鏡を首にかけたつぎの当直将校・四分隊長（測的）荒木一雄大尉（海兵六十七期）が、発令所から上がってきた。

その姿が近づくのを見て、横田航海長は、

「四番（四分隊長）、たのむよ」と声をかけて、荒木大尉と交替して羅針盤を離れた。そして、天測にかかるため、六分儀を片手に持ち、青空の見える旗旒《きりゆう》甲板のほうへと歩いていった。

そのころ、「愛宕」の前檣上には、一斉回頭指示の旗旒信号がすでに上がっている。これが降下されるのを合図に、一斉回頭をして之字運動をくり返すのである。そのため、旗艦の周囲を航行している各艦の信号員の眼は、この「愛宕」の前檣上にそそがれているのだ。

この旗旒信号は、〝十秒前、五秒前、三秒前、おろせ！〟という号令で降下される。これで一斉回頭がはじまる。

羅針盤の前にたった荒木大尉は、

「とーりかーじ、艦首が左に回頭をはじめる、もどーせー、面舵に当てー」と指示、回頭のとまったところで、再度、

「もどーせー、十度宜候《ヨーソロー》」と、操舵室に通じる大型伝声管から、大声で指示した。

指示をうけた操舵室では、舵輪を握っていた西林隆造兵長（十六徴）が、すぐ羅針盤（コ

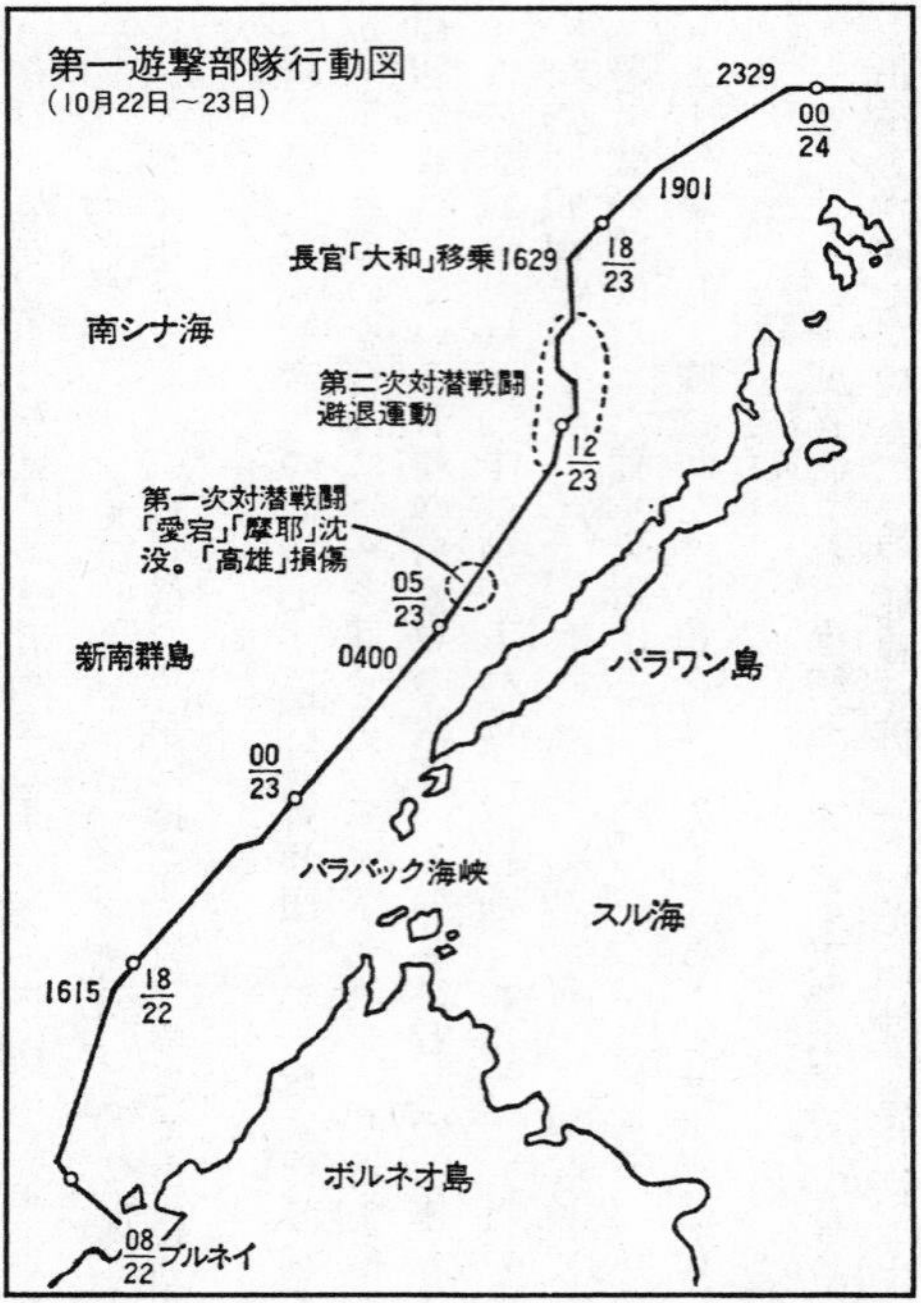

ンパス）の指針を十度にあわせ、定針したところで、

「十度宜候」と艦橋に報告した。そして舵輪をこまかく左、右と動かし、保針につとめる。

　こうしている間に、前方の主砲や、艦橋後ろの高角砲、機銃、それに魚雷発射管など、それぞれの配置も早朝訓練に入っており、艦内の兵器は、すべて訓練による作動を開始した。それは重巡のいかにも生き生きとしたスマートで、しかも力強い姿であった。

　しかし、この直前、艦内のほとんどの人たちは、突っこんでくる魚雷に気がつかなかったのである。

　油断していたのだ、といえばそれまでのことであるが、この何の動きもない静かな海面の下に、よもや敵潜水艦がひそみ、こちらをうかがっているとは予想だにしなかった。というよりも、それ以上に、全艦あげてレイテの砲撃戦にむけて、その心は逸《はや》っていたといえるのかも知れない。

わずかに、高角砲右舷指揮所の下士官一人と、艦橋最上部の防空指揮所の見張りについていた堀井一曹（十四志）を班長とする見張員右舷の二、三名、それに、たまたま右舷海上を見つめていたトップ方位盤の人たち、これだけの者が、右舷前方九百メートルの静かな海上に異常海面を発見した。それも魚雷発射の気泡らしきものを多少、目撃したにとどまる程度であった。

それほどに敵潜水艦の魚雷発射は隠密裡に行なわれたのであり、それは水中レーダーによる深深度発射であったのだ。艦橋右舷見張員が、瞬間的に、「右雷跡！」と叫んだときは、もうすでにとき遅く、魚雷は右舷前方五、六十メートルの至近距離にせまっていたのである。

第四分隊長・荒木一雄大尉。被雷前に「愛宕」の操艦任務についた。

事実上、機動部隊の主力を失っていたとはいえ、わが連合艦隊の中心勢力である栗田艦隊の真正面から魚雷攻撃を仕かけてくるとは、敵潜の攻撃精神も、まさに、恐るべきものであったといえる。

じつは、前ぶれというわけでもないが、昨日

（二十二日）の早朝、ブルネイを出撃する前に、信号当直班長の長岡一曹が私の耳にささやいたのである。彼はなにか情報を入手していたのであろうか、艦橋で私に、〝敵潜につけられているらしいよ〟と本音《ほんね》とも冗談ともつかぬ言葉をそっとつげた。その言葉が現実となって現われたのである。

かつて、「愛宕」を中心とした第二艦隊が、追われるようにしてパラオを出港し、ミンダナオ島のダバオからリンガ泊地へと向かう航海の途中、どう間違えたのか、あるいは、堂堂と意識的にか、夜陰に乗じて敵潜が大胆不敵にも、警戒航行中のわが艦隊の前面に急浮上してきたことがある。

巨鯨のようなその不気味な姿は、「愛宕」の前面やや左寄り、距離にしてただの五百メートルぐらいであった。このように大型米潜水艦の不敵さは、もうすでに立証ずみといえる。このころから、わが艦隊の行動はすでに完全に敵潜にマークされつづけていたのであろう。リンガ泊地で訓練中も、港外の外洋を警戒中のわが駆逐艦が、しばしば敵潜の攻撃をうけて撃破され、負傷者が続出した。

医療設備のととのった「愛宕」の医務室に送りこまれてきて治療をうけているそういう負傷者を、たびたび私も目撃している。

医務室の前を通りかかった舵機室《だき》（舵取機械室）配置の小仲兵曹が、医務室から、洩れてくる負傷者の呻《うめ》き声を聞き、私の耳もとに口をよせて、〝こわいねぇ〟とささやき、〝敵潜にやられたらしいよ〟と、顔をひきしめて離れていった。

駆逐艦が潜水艦を攻撃して撃沈するのが、海軍の常套手段であり、これはよく実戦でも聞かれることだが、潜水艦に駆逐艦がやられるなんて、まったくあべこべであるといわなければならない。

十二徴で無章（術科学校を出ていない）の小仲兵曹は、七年十ヵ月も海軍生活をしている。同年兵はほとんど一曹、あるいは上曹になっているが、無章の悲しさで、まだ二曹である。だが、経験においては豊富であり、何でも知っている。艦内の情報にもくわしい。

リンガ泊地の周辺一帯には、敵潜の群れが網を張り、警戒し、日本艦隊の動きを見張り、ほとんど完全に掌握していたのではないか。

さて、このとき、レイテにむかう栗田艦隊の陣形は、旗艦「愛宕」を先頭にして、右舷横一線方向二キロの海上に、駆逐艦「岸波」「朝霜」「島風」とつづき、さらにその右方延長線上二キロに、重巡「妙高」を一番艦として、「羽黒」と「摩耶」がつづいていた。

その後方の一・五キロに、戦艦「大和」と「武蔵」が進行し、さらに、その右方向二キロに、駆逐艦「早霜」「秋霜」「浜波」「藤波」がつづいて走っている。

また、「愛宕」の左側方向二キロには、軽巡「能代」、駆逐艦「沖波」「長波」が、さらに重巡「鳥海」の後方一・五キロには、戦艦「長門」が雄姿をみせている。

中央後尾の「島風」の後方六キロの海上には、第二部隊の巡洋戦艦「金剛」「榛名」をはじめ、第三戦隊、第七戦隊などが一団となってつづいている。

その総数三十二隻。

まさに、壮観である。

意外なる盲点

大檣上に掲げた長官旗を、青空になびかせて先頭を航行する旗艦「愛宕」は、当初、八・八艦隊（戦艦八隻、巡洋戦艦八隻）計画の巡洋戦艦「金剛」「榛名」「比叡」「霧島」型につづく、「赤城」「天城」「高雄」「愛宕」の一艦として建造される計画であった。

しかし、ワシントン軍縮会議の条約によって、排水量四万七千トン、速力三十三ノットという計画から、基準排水量九千八百五十トン、三十四ノットの巡洋艦という内容に変更されて建造された。生まれながらにして不運な運命を背負っていたと思われる軍艦であったともいえる。

進水は、昭和五年六月十六日に呉海軍工廠において行なわれ、竣工は昭和七年三月三十一日であった。

その独特な艦橋は、スマートさを誇っていた。同型艦である「高雄」「摩耶」「鳥海」とともに四戦隊に所属していたが、昭和十四年、大改造に着手し、翌十五年四月に完了した。後檣を四番砲塔直前にずらして、そのスマートさはいっそう増し、そして目立った。

昭和十六年十月六日、室積沖に停泊中に第二艦隊旗艦となり、以後、太平洋戦争開戦とともに、マレー沖海戦、マレー上陸支援作戦に参加し、ルソン島リンガエン上陸支援作戦、インド洋での米巡洋艦との海戦、東京空襲の米機動部隊の捜索、ミッドウェー海戦、第二次ソロモン海戦と歴戦し、サボ島東方洋上での米戦艦（ワシントン型）との交戦で、はじめて敵弾をうけて小破する。

つづいて、ガダルカナル島撤退作戦に参加、昭和十八年十一月五日、ラバウル湾内にて戦爆連合の敵機百五十機あまりの空襲をうけ、激しい対空戦闘のすえ、左舷中部外舷付近に至近弾を直撃され、中岡信喜艦長以下二十五名が戦死するという被害を負った。

さらに、あ号作戦にくわわり、小沢機動部隊の前衛部隊旗艦としてマリアナ沖海戦に参加したのである。

この間、終始、艦隊旗艦として活躍し、近藤信竹大将（海兵三十五期）から栗田健男中将（海兵三十八期）へと司令長官が座乗し、奮戦しつづけた。

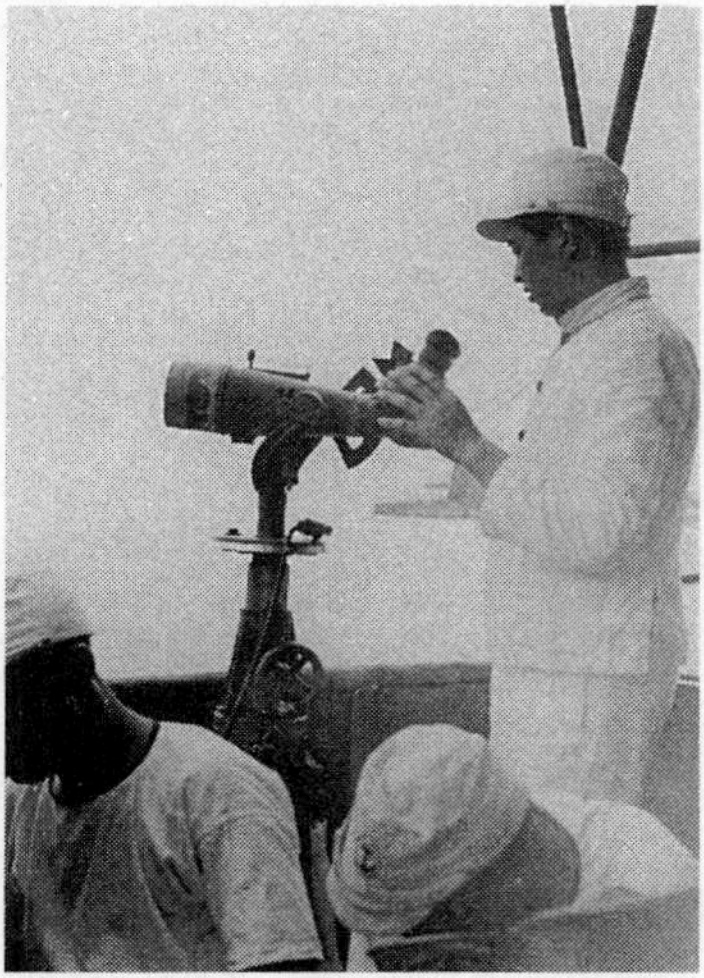

「摩耶」の高角砲指揮所の著者（手前右）。昭和19年、「愛宕」も、「摩耶」も沈んだ。

先に行なった改造——昭和十五年四月の改造完了後は、実質一万五千トンの排水量をもち、全長二百一メートル、最大幅二十メートル、十三万三千馬力の出力をもつ速力三十四・三ノットの大型巡洋艦になっている。乗組員は、艦隊司令部をふくめて、千四百名であった。

その装備は、主砲二十センチ砲を前甲板に三砲塔六門、後甲板に二砲塔四門、計十門を搭載している。中部高角砲甲板上には、左、右にそれぞれ二基四門ずつ、八門の十二・七センチ高角砲を装備しており、煙突の周囲と、すぐうしろの予備指揮所の付近から飛行甲板カタパルトのあたりまで、ところせましと、二十五ミリと十三ミリ機銃がとりつけられている。

かつて、私は新兵時代に「愛宕」と同型艦である「摩耶」の二分隊（高角砲機銃分隊）にいたことがあるが、そのころは、機銃は煙突の間に三十五ミリ機銃がたった一門あっただけであった。高角砲も単装の四門だけという、さびしいものである。

それが高角砲で二倍、機銃にいたっては、二十五ミリ六十門、十三ミリ四門という六十倍以上の増設である。この大幅な増設は、太平洋戦争が航空機による戦いへと大きく変化したためである。

しかし、このように針ねずみのような対空防御をもちながら、これを満足に活用することもなく、敵潜水艦によって撃沈されてしまう運命を迎えるのであるから戦いの趨勢《すうせい》は、予断できないものであり、皮肉なものであるといわざるをえない。

ところで、「愛宕」の大きさをみると、高さは水線上だけでも七階建てビルよりも高く、長さは国電の車両十両編成の長さに匹敵する。その大きさを持ちながら、最大戦速は三十四・三ノットという高速をだす一等巡洋艦である。

しかし、この無敵とも思える重巡にも、意外な盲点があった。それは敵潜水艦に対する防御である。改装するさいに、外舷にバルジをとりつけたとはいえ、高速を出すために、その鋼板は意外に薄いものを使用していた。

この点に、悲しむべき運命を迎える第一の原因がひそんでいたのであり、これが盲点であったのだ。
「愛宕」は、開戦以来二年と十ヵ月、つねに海戦の第一線に立って活躍してきたが、意外に被害はすくなかった。サボ島沖砲撃戦で前部に一発の被弾をうけたことと、昭和十八年十一月のラバウル環礁内での敵機百五十機の大空襲時に、左舷にうけた至近弾、これ以外はさしたる被害経験はない。これまでは、比較的、幸運にめぐまれた軍艦であったということがいえるのである。

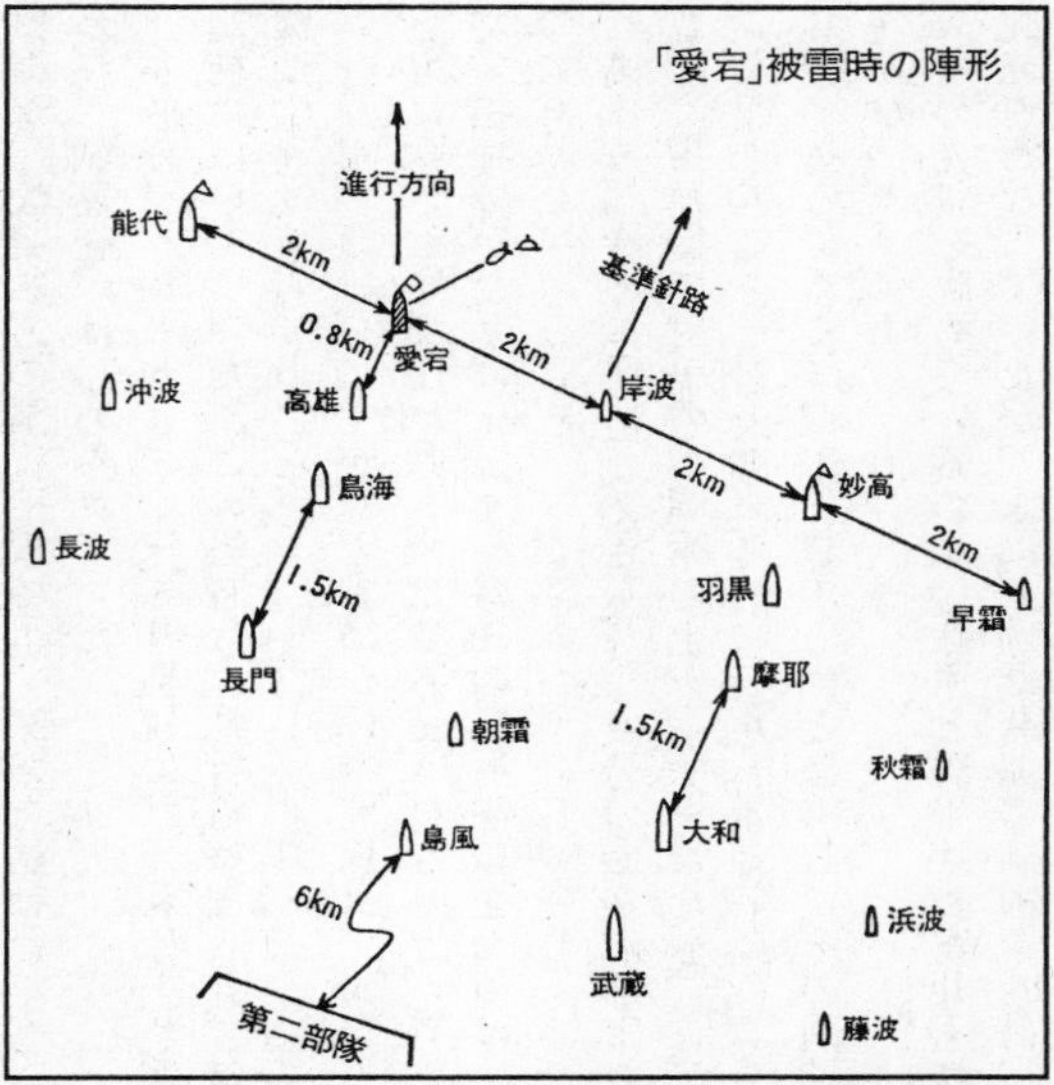

「愛宕」被雷時の陣形

まして、潜水艦による魚雷攻撃など一度もうけていない。このあたりにその攻撃の恐ろしさを知らず、やや軽視していた感なきにしもあらずであった。が、これも巡洋艦という構造上、やむをえぬ事情もあったのであろう。

さて、「愛宕」艦上では、そのとき、敵状偵察に出発する零式水上偵察機が、煙突後方の飛行甲板でエンジンを始動して、富井上整曹らの手によって整備が行なわれ、試運転がはじめられていた。

左舷カタパルトわきの十三ミリ機銃には、萩原上整曹を指揮官とする三人の一団がついて訓練にはいっていた。この当時は、飛行科整備兵も、対空戦闘ともなると、その戦闘配置は機銃のうけ持ちであった。

戦闘帽の顎紐をしっかりと首にかけた萩原は、エンジンを始動している零式水偵の爆音とともに吹きだす風圧に吹き飛ばされそうになりながら、口を一文字にひき締め、眼を輝かせて、指揮棒かた手に十三ミリ機銃の発射訓練をつづけていた。それはなかなか堂に入ったものであった。

高まる爆音と風圧にさえぎられ、自分の命令が部下に通じないのに業を煮やした萩原上整曹は、指揮棒で射手の戦闘帽の上から頭をたたき、

「左四十五度!」と大声で叫ぶ。ふり向く射手に、すぐ指揮棒で青空の一点をさし示し、「突っ込んでくる敵機! 撃て!」と怒鳴る。その訓練ぶりはすがすがしく、夢中という表現がぴったりである。

その光景を眺めているのが、萩原と同年兵の富井上整曹である。零式水偵の横に立って試運転を行なっていたが、眼に入った萩原の訓練ぶりに、思わずにっこりと笑みをもらしている。

〝萩原、貴様なかなかやるじゃないか〟——そんな感じであった。

しかし、彼らはもちろんのことであったが、煙突右横の二十五ミリ三連装機銃についてい

た鈴木善之助兵長らは、自分が立っている右舷直下にむかって、敵潜が発射した魚雷がせまっていることなど、まったく知るよしもなかった。

対空訓練のため、彼らはただ一心に、二十五ミリ三連装機銃を右上空にむけて旋回しつづけていた。

そのころ、最後部舵機室では、舵機長の小仲二曹をはじめ川島二機曹、伊沢兵長、羽田上水、それに鈴木機兵長、久保島上機の計六人の兵たちが、朝の訓練を終了して、つぎの命令をまっていた。

シーンという静かな回転音をたててまわる舵機のモーター音が、軽く室内に響いている。転舵《てんだ》のたびに、舵機の大型ピストンが、前後に大きく水平運動をくり返す。六人はそれぞれの配置について、熱心に機械の運転状況を確認している。

つい最近までは、舵機はすべて航海科操舵員がうけ持ちであった。しかし、昭和十九年はじめの機構改革によって電機分隊から三名（下士官一名、兵二名）を迎え、彼らが電気系統をうけ持つことになっていた。

これは非常によい改革で、業務上、大成功であった。操舵関係の業務には、電気関係の兵器のあつかいが多く、故障のあるたびに、電機分隊の援助をうけなければならなかった。それがこの改革で助かったものである。

あ号作戦出動中に、突然、前転（前部ジャイロコンパス）の冷却用揚水ポンプのモーターが故障し、ヒヤッとさせられたことがあった。

羅針盤が故障すれば、舵は盲目同然になってしまう。前転うけ持ちの大貫兵曹は真ッ青になり、操舵室へ駆け込んできた。前転の冷却水の温度が、ぐんぐん上がりはじめたのだ。このままでは、あと三十分もすれば羅針盤の機能を喪失しかねない。

「川島兵曹、なにかいい方法はないでしょうか」と、大貫兵曹は息《いき》せき切って問いかけ、たのみこんでいた。

「やってみましょう、なんとか」

そう言って、川島兵曹は中甲板へ下りていった。そして、みごとに応急処置をほどこし、ことなきを得た。

そのとき、私は、〈機構改革は成功だった、天の恵みだ〉と、そう思ったものである。

さて、艦底の機械室や罐室でも戦闘訓練は行なわれているのであった。ここでは室内温度が摂氏五十度にもなる。その灼熱と耳をつんざく騒音の中で、手先信号による戦闘訓練がくり返されているのだ。軍艦は艦内のどれひとつ欠けても、航海や戦闘はできない。みんな必死なのである。

しかし、つぎの瞬間、

「右舷！　魚雷！」という見張員の絶叫が響きわたった。それが引き金になり、

「面舵一杯急げ！」

「前進全速急げ！」

「右対潜戦闘！」

といった一連の怒号が発せられるのと、ほとんど同時に、「ドドーン」という大音響、ガクンという大衝撃とともに、一番砲塔右舷に大きな水柱が噴き上がってきた。

その水柱の高さは、艦橋の二倍をこえる高さに達した。と思うまもなく、その噴き上がった海水が、ものすごい滝津瀬《たきつせ》となって前甲板に落下し、艦橋前面のガラスに水飛沫《しぶき》となって叩きつけられた。それは右舷舷門付近から、魚雷発射管室入口にむかって河のように流れ、外舷から海へ滝のように流れ落ちた。

敵潜の魚雷命中であった。それは旗艦「愛宕」の前部右舷に、もののみごとに命中したのである。

怪情報ながれる

特別な例外をのぞいて、海軍の艦船はそのほとんどが兵器を搭載している。このことはもちろん当然なことであるが、なかでも、連合艦隊の第一線級である戦艦や巡洋艦、空母、駆逐艦などは、その一隻一隻が、そのまま一大火薬庫であるといってもよいくらいの内容である。

とりわけ、敷設艦ともなると、おびただしい数量の機雷を搭載しており、ひとたびこれに火がつけば、瞬時に大爆発を起こして、乗組員もろともに吹きとんでしまう。

たとえば、昭和十八年六月八日、瀬戸内海の柱島泊地で停泊中、第三番砲塔の火薬庫が大爆発を起こし、船体が真ッ二つにおれて沈没してしまった戦艦「陸奥」が、その典型的な実例である。

このように、ひとつ間違えば、艦船というものは、戦わずして乗組員もろともに海底の藻屑になりかねない、という恐るべき宿命を背負っている。

こういう恐ろしい事故を未然にふせぐため、艦内においては、とくに火気について、ことさらに厳重な管理がゆきわたっている。定められた場所以外は火気は厳禁であり、喫煙についても、ふだんは絶対に禁止され、ゆるされる時間や場所が厳しく限定されている。

この喫煙がゆるされる場所を、「煙草盆《たばこぼん》」という。各艦、それぞれきめられた場所に、それがもうけられている。海軍では、この艦船の例にならったのかどうかは定かでないが、陸上の部隊や海兵団、また学校などの教育施設などにも、この煙草盆が設置されている。

しかし、陸上の場合と異なって、艦船ではその煙草盆はとくに厳重に管理され、時間も厳しくまもられている――一定の決められた時間帯以外、絶対に喫煙はゆるされない。〝煙草盆出せ〟という命令がだされてはじめて喫煙がゆるされ、それを使用することができる。

重巡「愛宕」の場合、この煙草盆は通常、後甲板左側の外舷が見下ろせる四番砲塔左側ゃや前の、飛行甲板わき、厠《かわや》の手前付近である。だが、雨がふったり、航海途中の荒天の場合などには、中甲板居住区の通路などにもちこまれることもある。

この煙草盆は、ヨコ四十センチ、タテ一メートル二十センチ、深さ十センチほどの大きさの厚手《あつで》の木の箱であり、内側に鉄板が貼りつけられて、その中に少量の水が入れてある。さらに、かたわらには火縄《ひなわ》がとりつけてある。

これが煙草盆であり、甲板上にこれがおかれてある周囲には、木製の長い腰かけが、いく

重巡「愛宕」第九分隊(飛行科)のメンバー。搭載機の零式水上偵察機の整備などが主な仕事であるが、対空戦闘の際には、機銃員としての任務も兼ねた。

つか並べられている。

また、この煙草盆のうけ持ちは、「番長」といわれている厠(便所)当番の先任上等兵が責任者となって、それらを出し入れするのである。

こうして、昼食時や夕食のあと、あるいは、巡検後など、きめられた時間帯になると、〃煙草盆出せ〃の号令で、いっせいにこれが出される。

この号令がマイクから流れてくると、兵隊たちはそれぞれの兵員室から、上甲板にいっせいに集まってくる。

ただ、ここに集まるのは、下士官や兵にかぎられている。若い兵隊などは食卓番や雑用に追われていたりするので、おもに集まるのは下士官や古い兵長たちということになる。しかし、それでも、寸暇を見つけ、端のほうで小さくなって、もそもそと一服つけている若い兵隊も見られる。

この煙草盆が、「愛宕」の乗組員千四百名のうち、九割を占める千二百あまりの兵たちの憩いの場所であり、また、艦内において、各分隊共通の唯一の交流の場所という、兵たちにとって、なにものにも変えられない大事な慰安所的空間であった。

通常、配置の違う兵員たちは、それぞれの配置や居住区に別れているので、めったに談笑するという機会がない。そのため、煙草盆というこの交流の場所は短い時間ではあっても、兵たちにとっては、きわめて重要な情報交換の場所でもあった。

——どんな作戦で、どんなことになるか、というような重要な作戦予想から、いつ上陸が許可されるとか、艦内の行動予定や艦隊の行動まで、幅ひろく重要な情報が提供され、伝播されてゆく。ときには、怪情報が飛びかう場所でもある。

また、噂もささやかれ、なかには、〝だれそれがこんど兵曹長になるらしいぞ〟などという人事に関するものをふくめ、いろいろ身近な話題もある。

しかし、ここにおいて肝心なことは、この煙草盆でかわされる情報の確実性が、ほとんど百パーセントに近いということである。たいしたものである。

一般社会から完全に隔離された艦隊生活では、楽しみというものがほとんどないにひとしい。とくに下士官や兵たちにとっては、夕食後の煙草盆がもっとも楽しい一時である。ひとくぎりついた気分的安らぎで、この時間帯はもっとも気らくになる。だから、空をつく（冗談をいいあう）のも、このときが一番多い。

しかも、この空つきのなかにも、下士官や兵たちにとって案外に重要な真実がふくまれている場合が多いのだ。

まったくの冗談という場合もあるが、冗談にことよせて、ときには人事の予想から作戦行動にいたるまで、聞きすごしのできない、まさに的確な情報が流れてくる。

空をつくばかりではない。怪情報といわれるような話もとびかう。突拍子もないと思われたり、まったく関連がないような情報や軽口のなかにさえ、思いがけない真実が秘められていたりするので、あとになってびっくりするような結果に遭遇したりする。

この煙草盆の主といわれる一人が、九分隊（飛行科）の甲板下士官・萩原力三上整曹（十三徴）である。

彼は、昭和十三年六月に入団したが、その後はじめて乗艦したのがこの「愛宕」であり、昭和十三年十二月の乗艦以来、そのまま五年十ヵ月あまりもこの艦に乗りつづけている飛行科九分隊の整備兵である。

それだけに、古狸的存在である。なによりも、顔の広さは抜群である。したがって、艦内に友人も多く、彼の耳には情報も数多く入ってくる。

「オーイ、萩原兵曹！　きょうはなにかニュースはないかねえ」と、顔なじみの艦内甲板下士官が、大声でよびかける。

すると、この九分隊の甲板下士官である萩原兵曹は、

「ありませんよ！」と、木で鼻をくくったような返事をわざとかえす。

最近おこなわれた分隊対抗の演芸会で二等賞に入賞した萩原兵曹は、いちだんと顔も広くなっており、鼻息も荒い。

しかし、その返事とは裏腹に、やや間をおいて、やおら大きく深呼吸をし、胸をぐっとそりかえらせ、わざと、〝エッヘン〟と咳ばらい一つ——。

「ところでねぇ」と、声をわざと落とし、気をもたせ、周囲の関心を誘ってからしゃべりだす。このあたりが、彼のうまいところである。

さらに、沈黙が数十秒つづく。

「いよいよ、大作戦があるらしいぞ。通信科（司令部）の下士官が言っておったぞ」

「なんと言っとった」

みんなが、思わず身を乗りだしてくる場面である。このように、萩原兵曹の得意そうな顔を見る機会は多い。

彼の情報ばかりでなく、煙草盆ではいろいろな情報が流れる。

「古賀峯一長官が死んだらしいぞ」

「オイ、ほんとうか」

「戦死ではないらしいぞ」

「それでは、腹でも切ったのか」

そこまで空ついて飛躍する者もいる。

だが、そんなささやきが聞かれたちょうどそのころ、二式大艇でパラオからミンダナオ島ダバオへ移動中の連合艦隊司令部が実際に遭難していたのだから、煙草盆情報も恐ろしい。怪情報の面目躍如たるところである。

航行する艦上で軽く空をつく煙草盆をよそに、その第二艦隊旗艦「愛宕」の艦橋では、そのころ、異常な緊張がみなぎっていた。

栗田長官は、右舷前方窓側にへばりつくように取りつけてある長官用腰かけに座り、前方海上をじいっと見つめて、ひとりもの思いにふけっていた。

——その胸中に去来するものがなんであるのか、なんであったのか、想像することすらできない。

一方、参謀長・小柳富次少将は、羅針盤後方に仁王立ちになり、周囲の艦隊の動きを見まわしながら、参謀たちの報告を聞いてはうなずいている。

平常では感じられない、張りつめたような空気がただよっている。

最上層部にみなぎるこの異常な緊張の変化は、なにか重大なる異変を、私たちに感じさせるものであった。

すると、ひときわ緊張した面持《おももち》で報告を聞いた小柳参謀長が、大きくうなずくとともに、すぐに長官に何事かを報告した。

しかし、離れているというほどの距離でもないので、参謀の報告は、すでに長官の耳に聞こえているはずで、参謀長の知らせをうけても、長官は微動だにしない。そのまま、前方の海上を見つめたままである。

雲の切れ間にときどき日光が射す、雲の多い天候である。

遠くにながめる水平線から、白い波が風にのって直進してくる。そして、艦首にぶち当たって砕ける。それは水飛沫となり、艦橋前面の窓ガラスに吹きつけられ、雫《しずく》となって流れおちる。

——そのまま、しばらく緊張したときがすぎる。

三十秒、五十秒、一分、二分、と長官は、じいっと考えているようすである。

こうした異様な気配を、いちはやく感じとる艦橋上の見張員や信号兵たちは、いちだんと緊張感を高める。

「オーイ、しっかり見張れ！」

信号員長の小杉兵曹が見張員に声をかける。

「旗旒準備はいいか」と、念を押している。

長い間、艦橋で司令部とともに働いていれば、指揮系統の動きのすべてが、おのずと兵たちにも以心伝心、通じあうものである。数分後、

「長官、いいですね」と、この緊迫した空白の時間を断ち切るように、小柳参謀長が大きな声で長官によびかけた。

この栗田長官と小柳参謀長の二人は、かつて「金剛」乗艦時代、司令官と艦長というコンビで猛訓練に励んだ仲であるという。なにもいうことはない。お互いに気心は知りつくしているわけである。

もともと、艦隊の作戦というものは、参謀長を中心とした幕僚が練り上げ、それに対して長官が決定を下すというのがほとんどである。参謀長の責務というものは、それほどに重いものなのだ。

「長官、いいですね」と大声でよびかけられた栗田長官は、ゆっくりとふりむいた。

その眼が、小柳参謀長の眼と合う。ニッコリ微笑《ほほえ》んで、長官は軽くうなずいた。それで、万事決定である。

旗旒信号が、せわしくスルスルとマストに掲げられる。打ち出される暗号電信――進路が確定した。

わが第二艦隊の集団は、目的地にむかい、急速に速力を上げはじめた。

外舷に当たる波飛沫は、いちだんと大きくなり、高く跳ねかえる。

それは、パラオからダバオへ向かう〈時〉である。

内地への別れ

昭和十九年七月八日、あ号作戦後の補給と整備を終えて、呉を出港した重巡「愛宕」は、豊後水道を南下している。

甲板上の人たちは、次第に遠ざかってゆく内地の風景をいつまでも見つづけている。その上甲板は、いつになく人影が多い。

「愛宕」は、目的地の昭南(シンガポール)へむかって航海をつづけている。そして、これが最後になろうとは、だれが予想したであろうか。

静かな海をひたすら南下するこの「愛宕」に、駆逐艦が寄りそうように航行している。また、このとき、「愛宕」にはインパール作戦にむかうという陸軍部隊の一個大隊が便乗していた。

軍艦をはじめて見たり、そのなかでの生活がはじめてという陸軍の兵隊たちは、重巡の主砲の大きさに驚きながら、後甲板に小銃を組め銃にして立て、大砲や通風筒の陰などに入って、太陽の日射しをさけ、静かに休憩している。

あまりの退屈さに、砲塔の横で心地よさそうに昼寝をしている髭面《ひげづら》の上等兵がいる。応召兵らしい——そのおでこから汗が吹き出している。

「オイ！　そんなところに寝ていてはいかん、起きろ！」

週番士官らしい少尉と、腕章をつけた下士官（軍曹）が見まわってきて、注意をあたえている。しぶしぶ起き上がる上等兵——彼はよほど古い応召兵なのであろう、それ以上は咎《とが》めようとしないで立ちさってゆく。


「愛宕」は次第に南下する。

台湾沖を通過するころから、暑さが厳しくなってきた。

戦闘閉鎖になっている中甲板の通路を私が通りかかると、烹炊所の前から食器鍋を両手にさげて、陸軍の二等兵があらわれ、丸い非常用の通路を、いかにも窮屈そうにくぐりぬけている。蒸されるような暑さのため、シャツの背中に汗がびっしょりとにじんでいる。

「大変ですね」と声をかけると、

「ハイ！」と元気のいい返事がかえってきた。

艦の外は海、という海軍の生活とは違い、陸地の広々としたところを駆けめぐっている陸軍の人たちにとってみれば、艦内生活は、さぞ窮屈なものであろう。

「海軍さんは、せまくて大変でありますね」と、食卓番であろう、いかにも醇朴《じゅんぼく》そうなこの二等兵が話しかけてきた。

笑いながらうなずいて、通路の丸い非常用ケッチをはずして通してやる。

「有難くあります」

両手に食器鍋をさげ、身体を固くし、頭を下げて敬礼した——日常ありふれた点景のなかにも、ふと思い出される記憶である。


出港後、二、三日は静かな航海がつづいていた。しかし、フィリピン沖を通過するころから、雲ゆきが次第に怪しくなって白波が立ちはじめ、海が時化《しけ》だしてきた。

陸軍の兵たちに、すぐ変化がでてきた。黙りこくり、生唾を飲みこむようにして、水平線の彼方をぼやーっとした表情でながめている者が多くなってきたし、みんな、いちように青い顔になっている。

威張っていた下士官たちも、急に元気がなくなり、行動が鈍《にぶ》くなった。そのうち、彼らはそろって、小銃を大切そうに抱き、それぞれ荷物をまとめて中甲板におりていった。

舷側にあたる波は、飛沫となって激しく甲板上に吹き上げてくる。海水に濡れたリノリウム甲板は、非常に滑りやすくなり、馴れない者には危険である。

「危険ですから、中甲板に入ってください」と腕に黄色い腕章をつけた艦内甲板下士官が、棍棒《こんぼう》かた手に、大きな声で注意をあたえてまわっている。

この付近は、いつ敵の潜水艦にねらわれるやも知れない、危険な航海である。それを知るや知らずや、陸軍の便乗者たちは、はじめて乗艦した重巡に、さも安心しているようすである。

内地から同行したこの陸軍の人たちも、シンガポールのセレター軍港に入港したあと、下船して隊列を組むと、いずこともなく立ち去っていった。

「愛宕」も、リンガ泊地に回航し、ふたたび訓練に入ったのである。

陰鬱なる制裁

昭和十九年十月十六日、第二艦隊司令長官・栗田健男中将は、リンガ泊地に停泊中の旗艦「愛宕」の前甲板にすえられた折り畳み椅子にふかぶかと腰をおろし、周囲の艦隊を見まわしていた。

そこには、戦艦「大和」「武蔵」などの主力艦をはじめ、重巡、駆逐艦など、三十隻あまりが停泊している。

熱帯の太陽がようやく西の空に傾き、その光は赤く輝いて水平線を染め上げている。

そのまばゆいばかりの光線は、「愛宕」の艦首のあたりまで反射し、海面にキラキラと光っている——湾内は薄い夕靄《ゆうもや》につつまれ、大小無数の島々は霞んでみえる。

その靄の中に浮かび上がる大戦艦「大和」と「武蔵」の姿は、さながら、島のひとつと見まちがえるほどに巨大なものである。

この遠く近くに見える大小まじえての艦隊の勇姿を、ひとつひとつ数えるかのように、ゆっくりと見まわしていた栗田長官の眼が、そのとき、艦橋にむけられた。

その眼は異常に厳しく、いつもの柔和な長官の表情は消えていた。

信号科当直に立っていた長岡一曹（十四徴）が、中央羅針盤ごしにそっと声をかけてきた。

「長官、いやに厳しい顔をしてるねぇ……なにか大作戦がはじまるんじゃないか」

——信号科は司令部といっしょにいつも艦橋にいるから、重大な変化があるような時は、司令部の最高幹部たちの顔色で、それとなく感じとることができるようになっている。以心伝心といってもいい。

まもなく前甲板右舷の司令部士官専用のラッタルを上がってきた参謀長小柳冨次少将が、栗田長官とふた言、三言、言葉をかわしたと思うと、二人揃って中甲板へと消えていった。

「やっぱりなにかあるよ」と、長岡一曹は自分に言い聞かせるのか、ひとり言のように強くくり返した。

右舷の窓ぎわから、前甲板を見下ろしていた信号員長の小杉喜一上曹（九志）も、

「うーん、そうかも知れんぞ。またいそがしくなるぞ」

そう言って、相槌《あいづち》をうつように周囲を見まわしたが、艦橋には人影は少なく、士官は一人もいなかった。

こういった艦橋上の緊迫した動きを知るよしもない艦内では、夕食が終わり、兵員室で雑談にふける者、煙草盆で空をつく者など、さまざまである。

焼けつくように照りつけられていた上甲板にも、ようやく夕べのすずしい風が吹いてきはじめた。しかし、中甲板や下甲板の兵員室では、まだ蒸れかえるような暑さが続いている。通風筒から、わずかに吹き込んでくる風で涼をとる程度である。

しばらくすると、兵員のほとんどは後甲板に上がり、海面を撫でるように流れてくる潮風に涼をとっている。このとき汗びっしょりになって働いているのは、各分隊の食卓番の若い兵隊だけである。

兵たちのくつろいだ日没の情景がみられるそのころ、長岡一曹の予想にたがわず、長官室では緊急司令部首脳会議が開かれて、来るべき作戦会議のうち合わせが緊張裡に行なわれていた。

今回の作戦の実情をもっともよく知っているのは、最高指揮官である栗田中将そのひとである。

*

艦橋ですずしい風に吹かれ、心地よい気分になった私は、ゆっくりと操舵室へ降りていった。

その操舵室の入口に、阿部兵長が一人、涙ぐんで立っていた。入口の防火扉（ハッチ）を開けて私が一歩踏みこんだとき、眼と眼がぱったり合った。その眼はなにかを訴えるような悲しい眼つきであり、阿部兵長の顔も変わってしまっている。

操舵室の中の不自然な空気から、〈また、はじまったな〉と、すぐに私は直感した。

「殴るなんて面倒くさい。自分の手を痛くして殴るという野暮なやり方をする必要はない。

この方法が一番だよ」と、うそぶいていた連中の声を、最近も耳にしたばかりである。

〈ハハーン、またやられたな〉と、阿部兵長の顔を見たとたんに、私にはそう思えた——顔は、真っ赤に腫れ上がっていて、かなり殴られた（というより、殴ったというのが正しいのかも知れない）痕跡があきらかである。

自分の手で自分の顔を殴らせる——そういう陰惨で馬鹿げた制裁なのだ。

海軍にはさまざまな制裁方法があるが、なんといっても、最高に厳しく身にしみるのはストッパーである。

直径三センチほどの太いロープを、一メートル二十センチぐらいの長さに切り、オスタップに海水をなみなみと一杯に入れた中に、このマニラ麻のロープをひたして、一晩じっくり水を染みこませる。ロープは棒のように固くなる。これをあらかじめ夕食後に海水から取り出しておき、甲板上に並べて水を切っておくわけである。

信号員長・小杉喜一兵曹長。「愛宕」司令部内の緊張を察知した。

ご想像のように、巡検後の甲板整列の時刻には水が切れてしまい、ロープはコチコチに固くなり、棒状になっている。これで兵の尻を叩くのである。殴られた尻が痛いのはいうまでもないことである。

しかし、いくら固くなっているといっても、やはりロープはロープである。叩かれたとき、その殴った力の勢いにのってロープの先が折れまわって、腰から体の前に出てピシッと当たる。その折れ具合によっては、男の急所を激しく打ってしまう。その場合、ぶっ倒れて気絶する者もいる。

道具を使う制裁には、ほかにいろいろあるが、グランジパイプ（消火用ホースの筒先）バッターを使うのもこたえる。道具でなくても、直接、ビンタを顔にうける場合も、眼から火花が散るほどの強烈な痛さを感じる。顔は変形して、ときには、お岩さんのようになりかねない。

とはいっても、これらはひと言でいえば陽性の制裁といっていい。どのみちやられるとすれば、こういうやられかたのあとは、意外にさっぱりするし、あきらめもつくものである。しかし、このような数ある制裁のなかで、自分で自分の顔を殴らせるやり方ほど陰鬱なものはない。制裁のなかでもっとも陰性なものであるといっていい。私もこれにはいつも不快を感じていた。

このように、海軍生活ではなにかにつけて往復ビンタぐらいは、朝飯前のことである。いつであったか、こんなことがあった――特別な例だけに、海軍生活のありようがはっきりわかるのではないか。

それは夕食後の夜間訓練のときである。

夕食といっても、ここリンガ泊地では、太陽がまだ西空に輝いている。それでも熱帯の暑さはようやく峠をこえ、すこしずつやわらいでくるころである。

「訓練！　配置につけ！」

艦内マイクから号令が流れてきた。

青木兵長は、中甲板中部右舷の七分隊の兵員室から一目散に操舵室へと走った。艦橋へのラッタルを駆け上がった——もうひとつ上がれば操舵室入口である。

そのときである。

「コラーッ、待て！」と落雷のような大声が下からかかり、呼びとめられた。ふりむくと、士官が一人、仁王立ちになって睨《にら》みつけている。

「降りてこい！」

その眼は血走り、その手も怒りでぶるぶる震えている。降りてゆくと、

「貴様！　士官より先に上がるとは、何事か！」

大喝一声、往復ビンタの鉄拳が数発、左右から青木兵長の顔面を襲った。アッという間もない。その痛さたるや、目の玉が飛びだしたのではないかと思われるほど。

その襟に星三つ。大尉の階級章が光っている。

「ハイッ、申しわけありません」

「ワカッタカッ、馬鹿者ッ」

そう言ってこの男は、ゆっくりとラッタルを上がっていった。

これには、青木兵長もあきれかえって物もいえない。呆然として、何秒か立ったままでいたほどである。

星一つ違えば虫けら同然、といわれる海軍のこと——大尉と水兵長では話にもならない。白を黒といわれても、いっさい言いわけがきかない。

しかし、この場合はどう考えても尋常ではない。理不尽な行為という以外に表現すべき言葉がない。青木兵長はなんとしても納得できなかった。

「配置につけ！」という号令は、実戦でいえば戦闘である。敵機の攻撃であり、敵弾が飛んでくるわけであり、一分一秒でも早く、先を争ってでも、いちはやく戦闘配置につかなければならない。入団以来、兵たちは身体に叩きこまれていることなのだ。

たとえば訓練といえども、このことは絶対である。つねに戦闘を想定しての〝配置につけ〟の号令であるからだ。

そんなときに、士官より先に上がったからといって、呼びもどされたり、その上、いちいち殴られていたのでは、なんのための訓練かわからなくなる。しかも、ここはリンガ泊地、戦地ではないか。

「四十年たった現在でも、あの大尉の横車はわすれられないよ」と、思い出される悔やしさで、青木氏はいまでも声を震わせていうほどである。

これは特別の例ではあるが、海軍の制裁と兵との関係はこういうものであった。

しかし、こういうことにも増して、自分で自分の顔を殴らせるという制裁ほど陰鬱きわまりないものはなかった。

阿部兵長は、それをやらされたに違いない。そうでなければ、あのような悲しい目つきにならないはずだ。

自分の手のひらや拳で殴るのであるから、自分で手心をくわえればよいようなものであるが、そうはいかない。見ている側からはすぐわかってしまう。

「もっと力を入れろ！」と、すぐに叱咤がとぶ。それはかりか、

「こうやるんだ！」と、見本に力いっぱい殴りつけられる。

「やめ！」といわれるまで、自分で自分の顔を殴りつづけなければならない。顔は真っ赤に腫れ上がり、阿部兵長のように変形する。

こんな陰惨な光景を目撃すると、これが明日をも知れぬ戦いを目前にした、おなじ海軍仲間の情景かと思うと、悲しく情けなく、ひとり絶望感に胸をふさがれたものである。

しかし、こんな陰鬱な現実が、出撃前夜までいつもくり返されていたのだから、まったく情けないしだいである。

第二章　栗田艦隊、出撃す

悲愴なる総員集合

昭和十九年十月二十一日、ブルネイ湾には、戦艦「大和」や「武蔵」をはじめ連合艦隊の主力が集結し、明朝のレイテ突入への出撃準備にせわしなかった。

重油の補給から、可燃物や不用品の整理、陸揚げなど、最後の準備が行なわれているのだ。出撃前の緊張が艦内にみなぎっている。

「総員集合、五分前！」

号笛を吹きながら、舷門の伝令が上甲板を走りまわっている。伝令は、兵員室入口のハッチから覗《のぞ》きこむようにして、

「ホヒーホー」と号笛を鳴らし、「総員集合、五分前！」と二回ずつくり返しさけぶ。

艦内マイクからも、「総員集合五分前、後甲板！」と、くり返し放送されている。

兵員室で不用品の整理などしていた下士官や兵たちはもちろんのこと、機械室や罐室などにいた機関科の人たちも、必要最少限の当直員を残し、後甲板に上がってくる。

私はそのとき、兵員室で甲板下士官として、陸揚げする不用品などの整理をさせていた。

「オーイ、みんな、総員集合だ。ひとまず中止して、後甲板へ上がれ」

そう命令し、若い水兵たちを上甲板へ上げた。

水雷甲板右舷のラッタルを駆け上がった私が、上甲板へ出たときには、もうすでに半数以上の乗組員が整列していた。

機械室や罐室、さらにほかの兵員室の兵たちも、ラッタルを踏み鳴らしながら駆け上がってくる。主計科の人たちも、ごく限られた当直以外はすべて後甲板に集まった。

その後甲板には、もうすぐ陸揚げされるであろう大きな黒板が珍しく出されており、そこにフィリピンを中心とした地図が大きく貼られてある。

五番砲塔後ろに整列した乗組員のほとんどは、全員緊張している。前面の五番砲塔を背にして立つ士官たちも、異様に緊張感をみなぎらせている。

「総員集合よろしい」という甲板士官から当直将校への報告に、軽く会釈してこたえた根岸実副長（海兵四十九期）は、

「気をつけ！」という号令に軽く答礼し、

「休め」といって、みんなを見まわした。

その防暑服の襟には、金筋二本、桜の星が三つ——海軍大佐の襟章が光っているではないか。

「オヤ、副長、いつ大佐になったんだい」

そんなささやき声が、あちこちから聞こえてくる。

——十月十五日、荒木艦長は少将に、そして、根岸副長は大佐に、それぞれ昇進していた

のである。これは出撃を前にした嬉しいニュースであった。

さて、段上に立った新大佐根岸副長は、珍しく作戦についてこまごまと説明した。このようなことは、いままでに一度もなかったことである。

そのあらましは、つぎのようなものであった。

——艦隊は、明朝〇八〇〇ブルネイを出撃する。

旗艦「愛宕」を中心とする「大和」「武蔵」をふくむ主力第一、第二部隊の三十二隻は、針路を北北東にとり、パラワン水道を北上、シブヤン海を通り、サンベルナルジノ海峡を東に抜けて、サマール島東方海上を南下し、十月二十五日夜明け前に、レイテ湾口に達する。

戦艦「山城」を旗艦とする第三部隊の七隻は、ブルネイを出港後、スル海を北東に進み、ミンダナオ海をへてレイテに直行し、二十五日未明には本隊と合流。レイテに群がる敵部隊を、挾み撃ちにする形で撃滅する。

そのほかに、本土から瀬戸内海を出撃した小沢機動部隊が南下し、また、フィリピン西方を迂回して南下してくる志摩艦隊も、ミンダナオ海からスリガオ海峡を突破——それぞれ作戦に参加する。

このように説明したあと、副長はさらに突入場面についても、黒板の地図を示し、突入海面まで、こまかくみんなに解説した。

いままでにも何回となく総員集合があったが、このようにくわしく作戦概説がなされたことはなかったし、また、異常なまでに緊張した場面もかつてなかったことである。

史上最大といわれたあのマリアナ沖海戦のときでさえ、これほどの緊張感あふれた雰囲気は見られなかった。

〈これは、ことによると最後の出撃になるかも知れないぞ〉

……そんな感じをそれぞれの胸に秘めながら、総員集合は終わった。

万感こもごも、胸を締めつけられるような悲愴感を抱きながら、乗組員たちはそれぞれ自分の兵員室や戦闘配置に帰ってゆく。

こうして出撃準備の完了した艦内は、夕食時間を迎える。普段の夜と違うのは、大部分の乗組員の心のうちであろう。

〈これが、最後の出撃になるかも知れない〉――そんな予感が、私の胸を締めつけるように走った。

〈とにかく、二十五日の夜明けには決着がついているんだ〉

〈今度こそ、うまくいくんだ〉

そんな期待を胸に深くいだいていた。

出撃前夜の宴《うたげ》

フィリピンを押さえられることは、わが国にとって、喉頸《のどくび》を締めあげられるようなものである。南方資源を運ぶ本土へのルートは完全に遮断され、餓死への道を歩まざるを得なくなるのである。

捷一号作戦が命令されてもうすでに四日を経過、マッカーサーの率いる大軍は、上陸を完了している模様である。そのレイテ湾内に群がる敵艦船は六十隻と想像される。しかし、これはフィリピンに進撃してきた米大部隊推定六百余隻の、一割にも満たない数である。その六十隻も、すでに搭乗《とうじょう》部隊の上陸を完了させた空船であろう。

これに連合艦隊の虎の子部隊である「大和」「武蔵」を中心とした戦艦、重巡、軽巡、駆逐艦など合わせて三十九隻の大艦隊で砲撃をくわえ、この空船に穴を開けて撃沈したところで何になろうか。これでは永久に笑い話の種になるだけであろう。連合艦隊の最後の一戦は敵機動部隊と戦いを交え、これを撃滅すべきだ。空船との心中では死んでも死にきれない。そんな不満が若き参謀たちの胸中にはみなぎり、たくさんの意見が具申されていた。事態は重大である。

そこで十月二十一日、栗田長官はブルネイ湾内で出撃を待つ旗艦「愛宕」艦上に、戦隊司令官や参謀を招いて最後の宴を張った。長官はその席で、つぎのような力強い訓示を行なったのである。

栗田長官は、開口一番、この作戦には反対論も多いようだが、と、まず切りだして、いつになく厳しい口調で、

「戦局は諸君が想像しているところよりも、じつははるかに非である。国破れて艦隊残るも恥さらしであろう。おそらく大本営は、本艦隊に〝死に場所〟をあたえるつもりであろうと僕は思う。戦勢《せんせい》はそこまで迫っているのだ。しからばレイテ突入は、いささかも辞するところではない。しかし、世の中には奇蹟もある。本隊が、一撃よく敗勢挽回の軍功を挙げ得ないとだれが言いきるか。諸君がわすれることのできない仇敵、ハルゼー、ミッチャー、キン

ケードの機動部隊を撃滅する機会も同時に来るのだ。願わくば自重奮戦せよ」

訓示を終わるや、ささやかな酒宴が開かれ、万歳を三唱した。参謀たちの胸中も、不満は消えて闘志へとかわっていった。そして、酒宴を終えたこれらの人たちは、それぞれの思いを秘めて各艦へと引き揚げていったのである。

こんな作戦計画の機微とはべつに、下士官、兵たちは、一つの軍艦の兵器の部品として組みこまれ、命じられるままに出撃準備に奮闘していた。

総員集合の後、出撃準備を完了した「愛宕」の艦内でも、夕食とともに出撃前夜の最後の宴がひらかれた。士官室、第一士官次室（ガンルーム）などでも、それぞれの内容で宴会がひらかれている。

一方、下士官や兵たちにたいしても、

「愛宕」航海長・横田元中佐。兵の中にとけこむ庶民的な人だった。

「酒保ひらけ」という号令とともに、兵員室でも酒保が許された。少量の酒が配分された兵員室では、ささやかながら、最後の酒宴がそれぞれに開始される。

その兵員室は、私物はすべて陸揚げされているし、衣服などを入れた「チスト」などの可燃物は、シンガポールですでにそのほとんどを陸揚げしているので、まったく何もないガラーンとした殺風景きわまる状態である。

そこに残されているのは、うす汚れた食卓と、長い腰かけだけである——これも、明朝の出撃前には全部、陸揚げされることになっている。

そんな寒々《さむざむ》とした部屋のなかで、そういう腰かけに座って、兵員たちは冷や酒を湯呑みについで飲みほし、それなりに盛んに気炎を上げている。

いつもおとなしい大貫兵曹までが、若い水兵に、珍しく積極的に声をかけてやっている。微笑ましい情景ではあっても、出撃前夜であってみれば、胸に迫るものがある。

「オーイ、一杯飲めよ」

そう言って、ヤカンから酒をついでいる。

「私は飲めないんです」と若い熊谷上水が、女のようなやさしい顔で遠慮したりしている。

「うそをつけ！　すこしくらいなら飲めるだろう。明日は死ぬかもしれんのだぞ！　飲め飲め、のんでおけ！」と、思いやりをこめるように、なおもすすめている。

信号の長岡一曹も、さかんにハッパをかけている。彼は小杉上曹が先任下士官として下士官室に行ったので、事実上の信号責任者である。

「みんな、やれやれ！」と、なおもハッパをかけながら、ヤカンをぶらさげて酒をついでまわっている。

この長岡一曹は、私の前任の七分隊甲板下士官であった。そのころは、髭《ひげ》をたくわえて、なかなか厳しい甲板下士であり、みんなに怖《こわ》がられていたものだ。そのヒゲもいまは落として、ひとまわり、人間が丸くなったようである。

——彼のあとを引き継いで、私が甲板下士になったのは、昭和十八年も終わりに近づいた十二月の末であった。

部屋の一方では、いつもは静かな久保兵長が、今夜はいやに悪酔いしているようすだ。さかんにぶつぶつひとり言を言いながら飲んでいる。

この久保兵長は、長岡一曹と同年兵（十四徴）であるが、無章であるため進級が遅れている。そういう日ごろの心の鬱積があるのであろう――やけ気味に、他人の分まで飲んで、いささか酒乱ふうになってきた。

「オーイ、酒もってこい！」と、カラになった一升ビンを、食卓の上にたたきつけるようにおいた。「バリーン」と音をたててビンが割れ、ガラスの破片が飛び散ったが、当人は、ぶつぶつ言っているだけだ。

「危ない！　はやくホーキとチリトリを持ってこい」

信号員長で先任下士の小杉上曹が、大声で若い水兵に声をかける。二、三人があわてて駆けだしていった。

久保兵長は古い。――七分隊では、彼より古い兵隊は少ない。信号員長以外は、数えるほどしかいない。海軍で飯を食った数が物をいうこの世界では、古い兵隊には文句の言いようがない。

まして、出撃前夜ともなれば、また特別である。お互いが思いやって黙っている。

こんな騒ぎもやっとおさまったところへ、航海長が分隊士をともなってやってきた。

気らくに、スタスタと私たちの兵員室に入ってきた横田元中佐は、木製の汚れた長椅子にどっかりと座りこんだ。士官室でもう相当に飲んできたのであろう。いささか酔いがまわっているようすである。

「航海長が見えたぞ」

「ワーッ」と、みんなが歓声をあげる。

先任下士官の小杉兵曹が、大声で叫ぶ。

「オーイ、航海長だ、酒をつげ！」

兵のさしだす湯呑みに酒をつがせて、航海長は一気に飲みほした。

兵員室にこのように航海長が顔を出すことなど、本当に珍しい。たまに顔を出すことがあっても、たいてい、〝みんな元気でやってくれよ〟程度のひと言を残して立ち去るのが普通である。この夜にかぎって、どっかり座りこんだまま動かない。

航海長が、みるまにグイーッと飲みほしたので、水兵はあわててつごうとした。しかし、一升ビンのなかにも、ヤカンにも、もう酒は残っていなかった。

「すみません、航海長」と、先任下士があやまっている。

「アア、いいよ」

航海長も気軽に応じている。そういう雰囲気のなかで、

「今日は無礼講だぞ、みんな元気にやってくれ」と、航海長が言ったときである。

さっきまでぶつぶつ言っていて、いちじ忘れられていた久保兵長が、急に、

「酒もってこい！」と大声で叫んだ。

「おいコラ、いいかげんにせんか、航海長だぞ」

先任下士があわてて押さえた。

「ああ、いいよ、元気でいいよ」と、航海長は笑っている。

しばらくすると、航海長は、

「ちょっと待っていてくれ」と、ひと言を残して兵員室を出て、士官室の方へ立ち去った。

あるいは、自分の部屋に行ったのかも知れない。

みんなはすこし気分を変えて、自分の手もとの湯呑みに残っている酒を飲みながら、わいわい騒ぎ、雑談にうつってゆき、すぐ航海長のことはわすれてしまう。

「オイ、西林ギンバイ兵長、なにか、うまい物はないか」

高野上曹が西林兵長にいう。言われた西林兵長はにが笑いしている。いつも隣りの烹炊所からギンバイ（銀蠅）しているのを、高野上曹は見ているのだ。

ギンバイは西林兵長の特技である。（「彼は名人だったからなあ」と、西林氏の名人芸は、四十年たった現在でも、みんなに忘れられていない……）

兵員室でこのようにわいわい騒いでいて、すっかりわすれられていた航海長が、ひょっこり帰ってきた。ニコニコ笑いながら、その手には一升ビンがぶらさげられている。

「オイ、すくないが飲んでくれよ」と、食卓の上にでーんとおいた。このころの酒一升はまったくの貴重品だ。とくに兵たちが調達できるものではない。

「航海長、すみません」と、みんなあっけにとられている。そこは、さすが先任下士である
——小杉上曹がすかさず、

「オイ、早く栓をぬいて航海長につがんか」という。

「いや、おれはもう充分だ。みんな飲んでくれ、先任下士、たのむぞ」

みんなの顔を見まわし、航海長はにっこり笑って、スタスタと帰っていった。その後ろ姿を見送りながら、

「航海長、いいとこあるなあ」と、大貫兵曹がひとり言のようにおとなしくつぶやいた。みんなの心のなかもおなじ思いであっただろう。

これまでにも、ごくたまにではあるが、われわれ兵員室に顔を出すというふうに、この横田航海長は、どことなく庶民的で、やさしいところが感じられていたが……。そんなにはともあれ、また手に入った一升酒をかこんで兵員室は活気づき、それから火の元点検の時刻まで、にぎやかに飲みつづけていた。

ギンバイ三すくみ

海軍の生活は、軍務もさることながら、女気ひとつなしの殺伐としたもので、一般の人からみると、やりきれない生活のように思われがちであるが、これも馴れてくると（というより、馴れさせられるといったほうがいいか）、案外、楽しいこともあるものだ。

忘れそうになったころに許される上陸などは、その楽しみの代表的なものであるが、これは激しい軍務から離れるという、一時的で、特別な解放感によるものであり、それより、艦内の日常生活にも楽しみが見出されてくるのである。

兵隊も古くなってくると、殺伐とした艦内でも、うまい物を食べて、けっこう楽しいものだ。その点、もっとも代表的な部署は、主計科である。しかし、これは特別で、ほかの部署

でも古い兵隊になると、一般社会の職場ではうかがい知れない有り様《よう》があって、海軍独特の楽しみ方が備わっている。

とはいっても、主計科は全乗組員の衣食を握っているので一番強い。そのなかでも食糧である――これが兵隊にとっては何物にも代えがたく、夢にまで出てくる代物《しろもの》である。

夕食後、ちょっと一杯飲むにしても、酒のさかながないことには本当に楽しめない。その肴《さかな》は、烹炊所でなければろくな物はない。それをそっとかすめとってくるのが、ギンバイであり、バンバイの腕の見せどころである。が、そうやすやすと手に入るわけではない。

かくして、さまざまな失敗談や成功話などが生まれて、それがまた結構、楽しいというしだいである。

酒の肴といえば、倉庫に入りきれないで、上甲板に山積みにされている玉葱《たまねぎ》でも、兵隊にとっては珍味ということになる。しかし、これをそっとチョロマカスことも、なかなか骨が折れるもの――そのなまの玉葱をどうするのかというと、これを細かく切って味噌にまぜて食べるのである。これがまた、案外にうまいものなのだ。

さて、主計科のなかでも、烹炊所の若い水兵などは、蒸気のむんむんするなかで、汗びっしょりになって働きまわるので大変な仕事であるが、これが古参兵ともなると、もう神様同然である。

スコップのようなべら棒に大きい飯篦《めしべら》を持ち、烹炊所のなかに突っ立っている姿は、まるで仁王様といってよいくらいの貫禄である。すこし癪にさわるほどであるが、触らぬ神に祟《たた》りなしで、これはそっとしておきたい。

各班で食事のさい、どう間違えたか、ときにはもらってきた飯がすくない場合がある。すると、班の先任兵から、

「お前ら、ぼやっとしとるからすくなくなるんだ。早く行ってもらってこい！」と怒鳴りつけられて、おそるおそる（これが本当の実感である）食器鍋を持参して申してると、あの特別製の飯箆を持った古参兵が、

「この野郎、飯が足りねぇ？　ちょっとこっちへ来い！」とよぶ。

怒鳴られても、こちらは飯がもらえるものと、なかへおそるおそる入ってゆく——とんでもない。飯どころの騒ぎではない、その大きな飯箆が横っ面《つら》に飛んでくる。ピシャッ、と殴られ、顔に飯粒をいっぱいつけて、ほうほうの体《てい》たらくで引き帰すのが落ちである。

こういう場合だけでなく、ほかにもいろいろとあって、烹炊所になんとかこね（わたり、いろ）をつけて、親しい兵隊をつくっておかないと、いざというときに融通がきかない。それぞれ、いろいろ工夫し、努力し、コミュニケーションをはかる。笑えぬ苦労話も多いというしだい……。

だが、食糧だけではない。衣服や靴などの交換でもそうであるが、烹炊所ばかりでなく、主計科そのものに親しいのがいると、非常にらくである。員数外なども、話によってはたちまちできる。

こういうことになると、なかには特別な才能の人物がいるもので、その点、七分隊の西林兵長などは、さしずめ、「ギンバイ」の名人といったところであろう。

同年兵などという線で親しくつながる主計兵に、つね日ごろよくしている彼は、ころ合い

に話をつけておいて、若い兵隊に言いつけて取りにやらせる――青木兵長などは、いつもこの使いをやらされるくちで、はじめはいそいそと飛んでいっていたものである。

しかし、なかなか分け前にありつけず、そのうちに、若い兵隊同士、陰でこぼすようになった。

「西林さん、自分でばかりガメッちゃって（自分ひとりのものにする）。また、チストのなかにしまいこんだらしいよ」などなど……。

食いものの恨みは恐ろしい。四十年たったいまでも、戦友会の席などで西林兵長つるし上げの図がみられるから愉快である。（これも生きて帰れたお陰であるが……）

「ガメッちゃって……」とはいわれても、西林兵長の名人芸は、結構、班の役にたっていたのである。

烹炊員長・山田実上主曹。烹炊所の死活は機関科に握られていた。

このように、大きな実権（？）を持っているようにみえる主計科にも思いがけない盲点、意外な弱点があるもので、かつて「愛宕」の烹炊員長であった山田実上主曹（十志）がこぼしていた。

「機関科には、相当いじめられたからね」と、うんざりした顔で言ったものだ。

そういえば、烹炊所は水が出なくては仕事にならない。これはとんだところに落とし穴があったものである。

烹炊所では、朝早く、四時前に起きて早めに飯を炊こう、張り切ろうと思っても、定刻にならないと機関科で蒸気を送ってくれない。また、真水のポンプや海水ポンプが作動しないことには、烹炊所の作業ははじまらない。これは大変なことだ。冷蔵庫から冷却機までも、すべて機関科の所掌なのだ。つまり、烹炊所の死活を握られているわけである。

これでは、烹炊員長として山田兵曹が悩まされたはずである。得手《えて》にも泣きどころとはよく言ったものだ。

烹炊所からのつけ届けが、すこしでもとどこおると、とたんに作業がスムースにいかなくなる。きまって、なにか意地悪されるのである。いまでいえば、順法闘争みたいなものといえる。

――しかし、これは普段の場合であって、すこしでも緊張が走った場合は、こういう事情は一瞬にして影を消し、ゆずりあう。ましてや、緊急時は一致協力である。

このようなわけで、普通の約束ごと程度でつけ届けをすませていると、すぐさま、しっぺ返しがくる。よほど気配りしていないと間にあわない。ときには、揚水ポンプの故障も起こりがちになりかねない。

「オーイ、機関科に水を出してもらうように、電話をしておけ!」

山田烹炊員長に命じられた若い主計兵は、すぐさま、

「モシモシ、兵員烹炊所です。水をお願いします」と電話する。電話の向こうの若い機関兵は、これもその場で、

「ハイ」と、軽く返事をしてくれる。

だが、水は待っていても出てくるものではない。これは機関科真水係の常套手段で、こちらがやきもきしているのを先刻承知のうえで、その反応をためしているのだ。ぎりぎりになるまで水の栓をあけてくれない。

これでは烹炊所も仕事にならない。一分間でも早く水を出してもらえれば、それだけ作業がスムースに進む。はやく出してもらいたくてうずうずする。

「どうした、まだ出ないのか、もう一度、電話してみろ」

ふたたび山田烹炊員長が命じる。

若い烹炊員はまた電話する。すると今度は、電話口の向こうで、待っていましたとばかりに、古い機関兵が出て、

「ウルサイ！　一回いえばわかる！」と怒鳴る。

とたんに、ガチャン、と味もそっけもなく電話を切った。こうなると、どうみても勝ち目はない。

山田烹炊員長は苦虫を噛んだような顔で、近くにいる古参兵に、

「お前、行ってたのんでこい」と——ここからが奥の手になる。なにか持って行かないと「ラチ」があかないのだ。肉のおいしいのでもどさっと持っていくと、すぐに水がジャージャーと出てくる。

よくしたものである。これもギンバイの一種——職務上の権限を行使する圧力的ギンバイである。

主計科もこうして、機関科には悩まされ、意外なところで頭が上がらない。

それではその機関科に悩みはないかというと、これがまたそうでもないのだ。これがおもしろいところである。

艦底ではたらくという機関科の職務上、灼熱のつらさや密室内の心理的圧迫感などは当然のこととして我慢もするが、罐室や機械室などでは作業中に服はもちろんのこと、手足や顔も油でよごれ、真っ黒になる。

水は職場上、充分にあるのだが、身体や服などを洗うための石鹼が、他の部署の何倍も必要とする。これが機関科の弱点であり、泣きどころである。

規定の配給量では、とても追いつかないくらいに使う。これをなんとかしなければならない。この石鹼のうけ持ちが、運用科ときている。

主計科からせしめたギンバイ品を、こんどは運用科にまわさなければならない。その一部をしぶしぶまわす。まあ、よくしたものである。おもわず笑いたくなるのも、これが男だけの生活のなかで一生懸命やっていることなので、なんとも滑稽なのだ。これでは、まったくギンバイも三すくみといったところである。

世のなか、すべて、待ちつ待たれつだ。衛生科なども、薬品や取り扱い品を利用して、うらではうまい汁を吸っていたようである。

ただ、艦橋にいて花形といわれる司令部付きの航海科や通信科、それに主砲や高角砲、機銃を発射する砲術科などはいかにも花々しいが、これがこれといって意外にうま味がない。

そういうわけで、こういう特別なうま味のない大方の部署では、いろいろと工夫をし、協力をしてギンバイのこね、、をつくる必要が出てくるのである。これも笑えないこととといわなければなるまい。

なにはともあれ、どの部署でも古い下士官などになると、このギンバイがものをいって、士官食堂もおよばないようなうまい物をたくさん食べているというわけである。飯を食った数がものをいう海軍の面目躍如たるところである。

しかし、ここでもう一度、くり返し強調しておきたい。こういうギンバイ作戦行為は、いざ緊急体制に入れば一瞬にして立ち消える。戦闘ともなれば、主計科の兵員も、率先して弾丸運びなど、戦闘に参加する。

「愛宕」でも、この弾薬庫配置で艦とともに沈んでいった主計兵もいたのだ。

海軍の最終の目的は戦うことである。いざ戦闘となれば、兵科も主計科も衛生科もない。艦上の兵員すべてが一致団結して戦うだけである。

時すでに遅し

ブルネイを出撃した栗田艦隊の陣容は、つぎのようなものであった。

その第一遊撃部隊として編成された第二艦隊は、第一、第二、第三の三つの部隊に分けられ、第一、第二部隊は、パラワン水道を北上し、シブヤン海からサンベルナルジノ海峡を通過ののち、太平洋側をサマール島沖に南下してレイテにむかう。

三部隊のうち、第一、第二部隊は、栗田中将が指揮し、第三部隊はハラバック海峡を抜けてスル海を東進、ミンダナオ海からスリガオ海峡を通過し、直接北上する。第三部隊は西村中将が指揮、ふた手《て》に分かれて進航。突入時期は、ともに二十五日夜明けと想定して、レイテへとむかった。

その編成は、つぎの通りである。

第一遊撃部隊＝指揮官・栗田健男中将、参謀長・小柳富次少将。

［第一部隊］指揮官（栗田中将直率）

〈第一戦隊〉司令官宇垣纏中将、戦艦「大和」艦長森下信衛少将、戦艦「武蔵」艦長猪口敏平少将、戦艦「長門」艦長兄部勇次少将。

〈第四戦隊〉指揮官（栗田中将直率）、重巡「愛宕」艦長荒木伝少将、重巡「高雄」艦長小野田捨次郎大佐、重巡「鳥海」艦長田中穣大佐、重巡「摩耶」艦長大江覧治大佐。

〈第五戦隊〉司令官橋本信太郎少将、重巡「妙高」艦長石原聿大佐、重巡「羽黒」艦長杉浦嘉十大佐。

〈第二水雷戦隊〉司令官早川幹夫少将、軽巡「能代」艦長梶原秀義大佐。第二駆逐隊司令白石長義大佐、駆逐艦「早霜」「秋霜」。第三十一駆逐隊司令福岡徳治郎大佐、駆逐艦「岸波」「朝霜」「長波」「沖波」。第三十二駆逐隊司令大島一太郎大佐、駆逐艦「藤波」「浜波」「島風」

［第二部隊］指揮官鈴木義尾中将。

〈第三戦隊〉司令官鈴木義尾中将、戦艦「金剛」艦長島崎利雄大佐、戦艦「榛名」艦長重永主計大佐。

重巡洋艦「愛宕」。昭和7年、竣工直後の一葉。高雄型の二番艦として建造された「愛宕」には、レイテ湾突入部隊の旗艦として、艦隊司令部が座乗した。

〈第七戦隊〉司令官白石萬隆少将、重巡「熊野」艦長人見錚一郎大佐、重巡「鈴谷」艦長寺岡正雄大佐、重巡「利根」艦長黛治夫大佐、重巡「筑摩」艦長則満宰次大佐。

〈第十戦隊〉司令官木村進少将、軽巡「矢矧」艦長吉村真武大佐。第十七駆逐隊司令谷井保大佐、駆逐艦「浦風」「浜風」「雪風」「野分」「清霜」「磯風」

以上、戦艦五隻、重巡十隻、軽巡二隻、駆逐艦十五隻、計三十二隻の大艦隊であり、戦艦「大和」「武蔵」という巨大艦から駆逐艦にいたるまでうちそろった連合艦隊中、もっとも優秀な艦隊であった。

これに別働の第三部隊がくわわる。

「第三部隊」指揮官西村祥治中将。

〈第二戦隊〉司令官西村祥治中将、戦艦「山城」艦長篠田勝清少将、戦艦「扶桑」艦長阪匡身少将、重巡「最上」艦長藤間良大佐。第四駆逐隊司令高橋亀四郎大佐、駆逐艦「満潮」「朝雲」「山雲」。第十七駆逐隊司令（欠）駆逐艦「時雨」
以上、第三部隊は戦艦二隻、重巡一隻、駆逐艦四隻の計七隻。第二艦隊の総計、戦艦七隻、重巡十一隻、軽巡二隻、駆逐艦十九隻の三十九隻の大艦隊は、予定どおりブルネイを出撃した。

第一、第二部隊は先端を切り、ひと足はやく二十二日の午前八時に出撃、二十三日早朝には、パラワン水道を北上していたのである。

第一、第二部隊は、二十四キロの狭い水道を幅八キロ、長さ十四キロに散開して進航している。その朝靄をついて進撃する栗田艦隊の姿は、連合艦隊健在なりを思わせるにたる堂堂たる勇姿であった。

＊

パラワン水道を北上中の栗田艦隊の旗艦「愛宕」の艦上であった。

「面舵一杯！」

荒木伝艦長のこの大怒号と、「ズシーン！」という魚雷命中の衝撃と、そのどちらが先であったか――わからないほどの間髪の差で、右舷前部一番砲塔右側の水線下に敵潜水艦の第一弾が命中した。

魚雷は「愛宕」の横腹をえぐるようにして爆発、ダダーンという大音響とともに、巨大な水柱がマストの高さより遙かに高く、みるみるうちに噴き上がる。

その水煙りにつつまれるようになって、一瞬、前方が見えなくなる。やがて、その噴き上げた海水が、ザザーッという水音をたて、滝壺に落下する瀑布のようになって甲板上に落ちてきた。

その前に、艦橋上部の見張指揮所から、右舷前方七、八百メートルの海上に異常な影を認めたのは、二十三歳のベテラン――航海学校高等科卒の堀井一曹（十四志）である。

さすがに、見張りの筋金入りというだけのことはある。鍛えた眼力のなせる業《わざ》というべきであるが、なんといっても、ほんのすこし、その眼をかすっただけの影である。それが敵潜水艦の一部（潜望遠など）であったのか、魚雷発射の気泡であったのか、それとも、ただの浮遊物だったのか、判然としない。

それでも、堀井一曹の脳裡には、巨鯨のような不気味な潜水艦の影がひらめいたという。しかし、確認するにはいたらなかった。

そして、ほんとうにわずかな空白の〈時〉が過ぎる。それがどれほどに決定的な〈時〉であったことか――その十秒、二十秒、三十秒という短い時の刻みの間に、魚雷は「愛宕」の前方に、秒刻みに急接近していたのである。

それは、十八ノットの「愛宕」の速力に合わせ、しかも、「愛宕」の針路十度を計算して定針した直後を狙ってきた。まことに正確な攻撃であったのだ。

このときの敵潜水艦ダーターとデースの狙いは、わが栗田艦隊にたいし、最小限の攻撃力で最大限の打撃をあたえることであった。

そのため、強大な防御力を完備する戦艦「大和」「武蔵」などという巨艦群を狙わなかった。とても撃沈できるものではないし、おそらく軽度なショックをあたえる程度で、戦闘には大して影響しないであろう——といって、駆逐艦では、あまりにも目標が小さすぎる。

この選択は海戦の常道とするところである。こうして、重巡が狙われた。それは、艦隊旗艦であり、司令長官をはじめ艦隊司令部が乗り組んでいる重巡「愛宕」であれば、まず最高の攻撃目標であった。しかも、最高の攻撃方法であった。敵の思う壺である。

「右舷魚雷！　突っこんできまーす！」

堀井一曹が絶叫した——いや、叫んだというより、声のほうで、喉の奥から飛びだしてきた……と表現したほうがいいだろう。

伝令が、それをすぐさま艦橋に通ずる伝声管へおうむ返しに叫んだ。

「右舷魚雷！」

しかし、時すでに遅しであった。

ここでふたたびくり返すが、荒木艦長の〝面舵一杯〟の緊急転舵下令にもかかわらず、魚雷はすでに前部一番砲塔直下にせまっていた。

「ダダーン！」という爆発音とともに、ガクーンという大衝撃が、一瞬にして艦内のすみずみにまで響きわたった。

艦橋にいてこれを目撃した者はみな、そのとき、〝やられた！〟といっせいに眼をむき、口をあけた——こうして「愛宕」の早期訓練の夢は、一瞬にして破られたのである。

この大衝撃が、敵潜の魚雷攻撃のためであることを瞬時にして知ったのは、艦内では、この海上の見える位置にいた艦橋と、そして、高角砲指揮所の人々、機銃員などごく限られた者だけであった。

砲塔内にいる主砲砲塔員や艦内指揮所、そして、機械室や罐室の兵たちが魚雷攻撃であることを知るのは、第四弾目の攻撃をうけてからあとのことである。

艦内のほとんどの乗組員は、それぞれの戦闘配置で、この最初の第一弾のショックを、主砲の一斉射撃か、わが方の爆雷の威嚇投射かと、半信半疑でうけとめていた。

乗組員にとってまだしもの救いといえば、この被雷が夜なかの就寝中でなかったことである。これはせめてもの不幸中の幸いであった。夜半であれば、退避や救助も困難をきわめたであろうし、人身の被害は比較できないくらい多くなっていたであろう。

このとき、「大和」「武蔵」をはじめ、第一、第二部隊の艦隊は、何ごとか起きるというような気配をいささかも見せず、静かな大洋を北北東にむかって進んでいたのである。

それはまことに規則正しい陣形であり、上空からこれを眺めると、白い航跡を尾のように曳く有様は、さながら、大、小の海蛇の大群がいっせいに泳いでいる光景であったろう。

その眼を見張るような静かな陣形、その壮観な姿が、一発の敵の魚雷によってやぶられたのである。

〝面舵一杯〟の指令と同時の第一発であったが、つぎの瞬間には、もうすでに第二弾が追い打ちをかけるように、艦橋前部右舷水線下ふかくに命中した。

噴き上がった水柱は、巨大な量の海水を艦橋前面の窓ガラスから操舵室の舷窓付近に、ザザーッと音をたてて雪崩《なだれ》落とし、しばらくは前方の見通しがまったくきかなくなった。その間、わずかに数秒の間《ま》である。まさに一斉攻撃というべきである。

雪崩落ちた海水は、艦橋前面のガラス窓を洗って落下すると、前甲板を洗い流して、右舷舷門付近からものすごい勢いで海中へ流れ落ちてゆく。

さらに、たたみかけるように、第三弾が中部魚雷発射管室三番連管下に迫っていた。兵員烹炊所やや後ろ外舷付近である——とみるまに命中！ この第三弾が、第一、第二弾のそれにも増して、強烈な衝撃を「愛宕」にあたえる。

つづく第四弾が、息つく間もなく、右舷五番砲塔すぐ後ろに命中——第三弾より以上、最大の音響と衝撃をあたえて爆発した。

この爆発により、中甲板医務室後部付近はぶち抜かれ、上甲板まで吹き抜けた。その傷口は、ザクロのようにめくり上がり、見るも凄惨な状況であった。

この四発の魚雷攻撃は、ゆっくり首をひとまわしする間隔ぐらいの短い時間で終わり、その瞬間から「愛宕」と乗組員全員の悲惨な運命がはじまった。

なににもまして、全乗組員の血塗られた死活をわける戦いと、軍艦なるがゆえの生き地獄の絵巻がくりひろげられることになるのだ。体験した者だけの知る現実の地獄絵としても、人間同士が行なう戦争という行為は、まことに愚かしい限りである。

しかし、このときにそういう思いや批判などが心に浮かぶような情況ではない。自分の生き死にも、寸刻の動きにかかっている極限のときである。全身の全感覚を自分の動きに集中させなければならない。

——見ると、噴き上がった四本の大水柱がものすごい水煙りとなって、一万五千トンの

「愛宕」の巨体を一瞬にしてしつつみこんでしまった。やがて、一本ずつ滝のように甲板上に落下し、大河のような水量が「愛宕」の甲板から海中に流れおちる。

そのあと、霞みがかかったような水煙りが吹きはらわれ、ふたたび姿をあらわした「愛宕」を見ると、もはや何分か前の「愛宕」の勇姿は見る影もなくなっていた。

いつのまにか艦は停止し、右舷に二十度かたむき、がっくりした無惨な姿が眼のなかに飛びこんできた。

しかも、このすぐあと(約一分後)、ひきつづいて二番艦「高雄」も、魚雷二本の直撃をうけて、完全に停止してしまった。

こうして、艦隊の先頭を走っていた旗艦——四戦隊の中心である「愛宕」と、つづく二番艦「高雄」とがもののみごとにやられてしまった。

わが栗田艦隊は、レイテ突入を前にして、予想だにしなかった最初の被害をこうむったのである。

大混乱のなかで

「艦長! 魚雷を捨てましょう、よろしいですね」

「うむ」艦長がうなずく。

「右舷、魚雷捨て!」

「右舷、重量物捨て!」

「左舷、機械室注水！」と、矢つぎばやに、応急総指揮官副長・根岸実大佐の指令が、大声で飛ぶ。

第四弾の敵魚雷は、五番砲塔右舷に炸裂して上甲板に噴き上げたが、その爆発で外舷が打ちやぶられてしまった。その大破口から海水が滝の水のように、ドオッと流れこんでくる。

すでに、中部魚雷甲板下部の第六罐室外舷に命中した第三弾による破口から、その六罐室に海水が流入し、三罐室に取りつけられてある非常用通報器が、けたたましく鳴り響いている。

また、六罐室真上の三番連管（魚雷発射管）には、海水と重油の飛沫が吹きつけて、三番連管員は、その圧力と衝撃で中央発令所付近まではじき飛ばされた。

だが、〝魚雷捨て〟〝右舷重量物捨て〟の指令をうけ、水雷科員は必死になって発射管にしがみつき、がむしゃらに右舷魚雷八本のうち七本をどうにか海中に投棄した。しかし、敵魚雷（第四弾）の衝撃で「愛宕」の右への傾斜が激しく、残りの一本は必死の作業にもかかわらず、もはや投棄は不可能――という結果に終わる。

さらに、この第四弾の炸裂による衝撃は大きく、下部電池室および副後部電機室付近をも直撃して、被害をあたえていた。

その破口から雪崩れこむ海水によって、後部機械室の隔壁が破られ、そこから海水がものすごい勢いで流入してきた。もう防水などという状態ではなく、右舷下甲板一帯にまで浸水し、第九兵員室より海水と重油が噴き上げてくる。

それがそのまま破損された第五兵員室に殺到し、五番砲塔火薬庫にもまた、大量の海水が、それこそいっきょにとびこんできた。火薬庫はまばたきするまもなく、アッというまに満水になってしまった。

そのとき、この火薬庫内には五人の火薬庫員がいたが、渦をまいて突入してきた海水に呑みこまれて、瞬時にして落命した。どうしようもない惨事である。

もともと、火薬庫の出入口は小さく、しかも、それが一ヵ所しかないのだから、逃げ出せるわけがないのだ。

このころ、荒木艦長は御真影（天皇・皇后の写真）を「岸波」に奉移することを、衛兵副司令・久島守少尉（戦死後、中尉）と庶務主任・村井弘司主計少尉に命じていた。

その「岸波」は、「愛宕」に近づき、約二百メートルの至近距離まで接近してきた。しかし、それ以上接近すると危険であるとみた「岸波」の艦長は、「愛宕」の艦橋から、「寄れ！　寄れ！」という信号がさかんに発せられてはいるが、「岸波」を停止、漂泊させ、ようすをみている。

「愛宕」の艦隊司令部でも、悪化してゆく状況を判断して、「岸波」を「愛宕」に横づけすることは危険とみて断念し、まもなく、

「愛宕」庶務主任・村井弘司主計少尉。沈没のさい御真影を移した。

「司令部退去！」が発せられた。そして、そのあとに、

「軍艦旗卸《おろ》し方用意！　総員上へ！」

　つづいて、

「軍艦旗卸せ！」が下令される。

　――だが、この下令を耳にした者は不透明で、生存者はみなまちまちな証言をしているのだ。私自身、この総員退去の命令は聞いていない。後檣直下の飛行甲板わきにいた萩原上整曹も、〝軍艦旗は最後まで、その後檣上にはためいていた……〟と証言している。操舵室に最後まで残っていた西林、青木の二人の兵長もまた、〝最後まで総員退去は聞かなかった〟という――なにしろ、その命令が出ていれば、伝声管から下令されているはずである。

　なによりも、艦橋に一番最後まで残った、信号員の次席下士官である長岡一曹でさえ、知らなかったと言っているのだが……。

　それはともかくとして、その前に、

「司令部退去！」は下令されていたので、栗田長官はもとより、司令部主要職員はすべて海中に飛びこんだ。「岸波」に移乗するためである。

「愛宕」はすでに傾斜をやめて、右四十度に達していた。艦橋にいた高級士官たちは、左舷艦橋の外側をすべるようにして、そのほとんどが海中に飛びこんでいった。

　その高級士官たちの周囲を、下士官や兵たちがまもっている。泳ぎながら、

「オーイ、長官だぞ！」

「参謀長だぞ！」

「司令部だぞ！」と怒鳴る声々が、海上に響きあう。

その声に、「岸波」では早々にその救助にかかった。海に浮く者、泳ぐ者、手足をばたつかせる者、なかには、沈む者などなど、海上はかきまわしたような騒ぎになる。

艦の外の海上がこういう状況にあったとき、艦内では、いまだに兵たちの作業が必死につづけられていたのである。

私も、まだ艦内にあった。

艦橋通信室では、同じ司令部でも司令部付きの数人の兵たちが、機密暗号書の整理を急いでいた。これが兵務であり、命じられた作業であろうが、二十歳前の少年が大方である。それがいまさらに痛ましく、思い出すたびに胸を締めつけられる。

そのなかの一人、少年兵の坂井勲兵長は、まだ幼な顔の残る十七歳になったばかり——班長に命令された暗号書の持ち出しに夢中になっていた。

暗号書のたばを外嚢《がいのう》二個につめて、一個は自分が持ち、もう一個を、半年後輩の十六歳になるK兵長にわたし、

「これを持って上がれ」と命ずる。

そして、自分もその袋を背負う準備に取りかかりながら見ると、隣りにいるK兵長の顔は女性のようにやさしく、まだ幼な顔も残っている……しかも、力もあまりあるようにもみえない。〝これではとても持ち上がりそうにもないし、ラッタルも上がれまい〟と、自分も若いのを棚に上げ、〝かわいそうだ、すこしへらしてやるか〟と思ったという。

K兵長の袋から五、六冊の暗号書を引き出して、自分の外嚢のなかに押しこむ。ロープで背負い、傾いたラッタルを艦橋へむかってのぼりだした。

しかし、この時分になると、「愛宕」の船体は急激に傾きだしており、身体の均衡がとりにくく、二、三歩上がると、バターンと倒れかかってしまう。K兵長もつづいて倒れる。

こうして暗号書を背にのせ、格闘している坂井兵長のうしろへ、私がちょうど通りかかったわけである――これはまったく偶然のめぐり合わせであった。

「オイッ！　なにがはいっているんだ」と声をかけると、ふりむいた坂井兵長は驚いたように、はっと私の顔を見た。

「暗号書です！」

真剣そのものの顔が、いまでも忘れられない。彼とすこし言葉をかわしているそのころ、左舷魚雷二番連管に取りついた兵たちが、緊張しながら魚雷投棄の準備操作をしていた。

指揮官のT掌水雷長が、艦橋へ上がるラッタルの手摺《てすり》にしがみつくようにしながら、さかんに号令をかけている。それは、あたかも訓練作業を思わせるような光景であった。

この魚雷投棄は、そのときの状況では非常に危険をともなう作業であった。なぜなら、左舷海上二百メートルには「岸波」が接近してきていたからである。万一、投棄したこれらの魚雷が「岸波」の横腹に当たったりすれば、それこそ万事休すである。

彼らは真剣に、右に左に、上に下にと小刻みに動かしているのだが、適切な処置が見当たらない。気持はあせるばかりであり、号令も飛ぶ。

この二番連管の旋回手が、私と同年兵の、平野大八郎一曹（十五徴）である。人柄すこぶる温厚で無口な平野は、黙々として力強く作業をつづけた。彼のそういうときの真面目な顔が眼に浮かんでくる……いまでも胸が灼きつく想いでたまらない。

そのときすでに、魚雷甲板も、前後入口の防水扉はかたく閉鎖されている――出口といえば、そうなると魚雷発射管が突き出ている発射口それしかないではないか。

しかも、その発射管は巨大な四連装が突き出していて、脱出の隙間はまったくない。しかも、投棄も不可能になる。

時間は刻々と経過する――しかし、作業は夢中になってつづけられ、二番連管員たちが気がついたそのときには、すでに脱出不可能になっていたのだ。

こうして、平野兵曹らは、作業をつづけている発射口から流れこんできた海水に押し返されるような情況で、「愛宕」とともに海中に没していったのである。

第三章　激闘の陰にあるもの

機関科の少年兵

話はやや前にもどる……。

それは、出撃を明朝にひかえた、十月二十一日の夜のこと――出撃前の宴《うたげ》も終わり、夜の気配はしんしんと深まって、ここブルネイ港は、水音ひとつ立たない、静かな海面も眠っているようである。

満天の星の光に、生い茂るジャングルの島々がその海面に黒い影を落としている。遠く、あるいは間近に、軍艦の影が点々と見えかくれする。

それらは、みんなレイテ出撃に向かう一群である。そのなかでも、ひときわ大きくめだって見えるのは、戦艦「大和」と「武蔵」の島のような姿であり、昼に見る場合とは、また趣きの違う浮き上がっているような印象である。

その夜も、十二時をすこしまわったころ（もう二十二日の朝だ）、私は飛行甲板から高角砲甲板のコースを通って上がっていった。出撃のために運転開始している兵器の運転状況を確認するためである。

艦内の蒸されるような暑さにくらべると、上甲板はさすがにしのぎやすく、身内がひやっとして気持がよい。冷たい海の空気が私の頬を撫でて流れてゆく。おもわず生き返ったような気分になる。

ほっとひと息つきながら高角砲甲板の煙突の横を通りかかると、星の光にすこし揺れて、人の動く気配がする。

〝こんな夜ふけにだれだろう〟と、胸のうちでつぶやきながら覗きこむようにすると、その影が急に立ち上がって、私に向かい、直立不動で敬礼した。

こちらも驚いて、軽く敬礼を返す。衛兵の見まわりと勘違いしたらしい。その姿をよく見ると、上下のつなぎのエンカン服を着用した機関兵であった。あまりの暑さに、上半身は素っ裸になっている。そこは機関室吸気口の横であり、夜ふけの作業遂行のあと、そこに立って涼んでいたのであろう。

なおよく透《す》かして見ると、この機関兵は、まだ少年のような顔つきをしている。おもわず胸をつかれるような気分になる。〈このごろは若い兵隊が多くなったなあ〉と、つくづく思う。

罐室か機械室の当直を終え、あの室内の猛暑から解放されて、ひと息入れているところだったのだろうと、幼さの残るこの少年兵の身体つきを見ながらさらに思う。

この少年は、闇のなかで星空を眺めてどんな思いにふけっていたのであろうか……。遠く故国を離れた海上で、戦いについてどんなことを考えているのだろうか……。いや、故郷の母親の姿など思い浮かべていたのではないだろうか。

そこから離れて歩きながら、私はこの少年兵のことをしばらく考えながら、ふと、自分のかつての新兵時代のことを思い出したりしていた。

それればかりではない。この少年を見て、私は機関兵の苦労をしみじみと感じたのだ。真夜中のみんなが寝静まった時刻に、機関兵たち——とくに、このような若い少年兵が起きて働いている。任務とはいえ、もっとも下積みの（艦底）、そのためもっとも危険でつらい職務の機関科、しかも幼な顔を残した少年兵……。しばらく、その思いが私の胸の中を駆けめぐった。

考えてみれば、敵艦隊を目前にして最大戦速で突進する戦艦、重巡、駆逐艦の勇姿や、あの主砲発射の勇ましさなどの陰に、灼熱地獄の艦底機械室や罐室の兵たちの苦闘があり、それがあってこその勇姿なのだ。

これを忘れてはならないのだ……と、その後もなにかにつけてこの機関科少年兵のことを思った。

こうしてブルネイの夜はふけ、朝を迎えようとしている。艦隊はタンカーから重油の補給をうけ、静かな眠りについている。出撃を前にした栗田艦隊最後の休息のひとときである。

出港の準備を、このときもつづけている罐室や機械室の兵たちも、腹いっぱいに重油を補給された艦の状況に、明日からの決意を新たにしていた。

巨大なる柩《ひつぎ》

敵潜につけ狙われているとは知らず、わが栗田艦隊はパラワン水道を進航していた。レイテに群がる敵艦隊の一挙撃滅を、かたく胸にひめての進撃である。

艦底の機械室、罐室では、兵たちは機関の運転に余念がなかった。十八ノットの運転は、巡航速度にやや黒と言った程度で、快適な運転である。(黒はスクリュー回転数をますということ、赤は減らすこと)

この程度の速度であれば、六千マイル以上の航続距離をもつ「愛宕」である。機械の回転は、すべて順調である。

海上は二十三日の夜が明けて、朝靄が立ちこめるころであろうか——といっても艦底の機械室であってみれば、夜も昼もないのだ。その機械室も、〝訓練配置につけ〟が終わって、ようやく、通常配置にかわったときであった。

機械の騒音と熱風のなかにも、やっと落ちついた空気が流れだし、ほっとひと息つくころ合いであった。

そのとき、艦橋操舵室に通ずる速力通信機が突如として、「チンチン、チンチン」と連続音を響かせ、その指針がせわしなく回転して、前進全速の位置をさした。と、同時に、「前進全速！　急げ！」という大声が伝声管から飛びこんできた。

それはまったく突然の指令であった。すぐさま、機械室では灼熱と騒音のなか、手先信号による指示で増速運転が厳しく命令される——その間、わずかに十数秒、迅速な作業がはじまる。その瞬間、

「ドドーン」という爆発音、〝ガクーン〟とくる衝撃。〝なんだろう〟と、機械室は一瞬、

不安に襲われる。

——軍艦の機械の運転は、即時に高速に変えるという具合にはいかない。そこが自動車などと違うところである。

全部の罐が焚かれ、蒸気の圧力が上がっていてこそ全力運転が可能なのである。いまがいままで十八ノットで走っていたわけだから、罐は半分程度しか焚かれていないのが普通である。もしも全罐焚かれていたとしても、蒸気圧力は上げられていない——それは点火されているだけのことで、暖気を消さないという程度である。

全十二罐を焚き、最大戦速即時待機などにしたとすれば、たちまち重油がなくなってしまう。これが軍艦の、もっとも決定的な泣きどころでもあるのだ。

つづいて、第二の衝撃が激しく来た。

この第一、第二の衝撃で、船体がわずかに右六度ぐらい傾いたが、この時点ではまだ、機械室ではなんの衝撃であるか判然としていなかった。

しかし、つぎの第三の衝撃は、もろに中部機械室の外側に来た。敵潜の魚雷攻撃であり、被雷であったのだ。しかも、この第三弾は「愛宕」の腸《はらわた》をえぐるようにして炸裂した——さらにつづく第四弾。

この第三、第四弾によってできた大破口から、隔壁を破って海水が〝ドーッ〟と、滝のように雪崩こんできた。

この右舷機械室にもどんどん流れこんでくる。水位はしだいに増してゆき、十秒、二十秒、三十秒、一分と、みるまに水嵩《みずかさ》がふくらみ、機械類も海水にひたりはじめた。だが、機関兵たちは、海水につかりながらも、ハンドルや弁をはなそうとはしない。みんな、必死で作業をつづける。これを悲壮というには、あまりにも痛ましい。

何百室かに区切られた「愛宕」の艦内で、もっとも大きな区画に属するのが機械室である。大きいといっても、その暑さといったら、たまったものではない。まさに、灼熱地獄といっていい。機械運転中は、ふだんでも摂氏四十度は下らないし、ときには五十度に達することさえある。

私は、操舵室から舵機室に通ずる兵器の点検のため、この機械室をしばしば訪れたが、その熱風たるや凄まじく、私などはすこしの間でも我慢するのが大変であった。

こうしたなかで、よく機関兵は頑張っているものだと、いつも感心したものであるし、〈どうしてこんな熱風の渦まくなかで、長時間いることができるのだろうか〉と考えたり、〈自分は機関兵にならなくて本当によかった〉と、ひそかに思ったりしていた。

「暑いなあ、本当に暑いなあ、おれ機関兵にならなくてよかったよ」と、あるとき、思わずもらした小仲兵曹の嘆息まじりの呟きには実感がこもっていた。私たちはここを通るたびごとに、〝暑い、暑い〟を連発していた。

しかも、こういう大きな部屋でありながら、入口は前と後ろの二ヵ所だけであるし、中甲板へ上がるラッタルは、垂直の四角い煙突のようななかに、へばりつくように取りつけてある。このような具合では、沈没という緊急の場合、短時間に兵たちが脱出することは不可能に近い話なのだ。

これでは、機械室の兵たちは、はじめから艦と一心同体というに等しい。あの小さなハッチから大勢が出られるわけがないのだ。脱出策として、よりよい仕組みが考えられなかったのか。

彼らが軍艦を実際に動かすもっとも肝心な兵たちであり、しかも、もっとも過重労働の職場であっただけに、より大きな配慮が必要であったのではないか。(私にはいまでもその疑問が残る)

こういう機械室で、機関兵たちは海水と戦いながら必死に艦の心臓部をささえていた。まだ、自分たちの任務をすてていなかった。

そのころ、根岸副長の下令で、左舷機械室に注水が命じられていたのだ。

艦の傾斜は急速にくわわった。そのため、右舷機械室では海水が天井にたっするという事態が生じた。

それはもう、退避するとか逃げるとか、そんな余裕などをいう事態ではまったくない。部屋が大きいだけに、海水の流入も激しく、アッというまに天井にまでたっする勢いで、機関兵たちは、その天井に押しつけられる状況となる。

清掃用具、その他もろもろの浮遊物と油が浮き、機関兵たちはそのなかでもがきながら、かろうじて天井とのわずかな隙間を見つけて、呼吸している。声をかけ合うことすらできない。絶体絶命である。

さきほどまで機械のハンドルを握って、必死に頑張っていた兵たちも、いまはもう手をはなして水に浮き、天井に押しつけられている。機械室はもはや部屋いっぱいが海水となり、逃げ場はまったく見当たらない。生き地獄とはこのことをいうのであろう。

灼熱地獄の日常勤務から、一瞬にして、水攻めの地獄に変わり、なにをどう考え、どうするという間もなく、さらに海水は雪崩こみ、浮遊物を巻きこみ、濁水となって機械室を満杯にしてしまった。

天井との隙間もいまはなく、二、三分後には、ほとんどの兵たちが、この鉄製の棺の中で水攻めの責め苦にあい、力つきて死んでいったのである。

機械室の大部屋は、そのまま巨大な棺《ひつぎ》となり、数分前まで生きていた人たちは、苦悶の姿そのままの水葬という、苛酷な運命に沈んでいった。

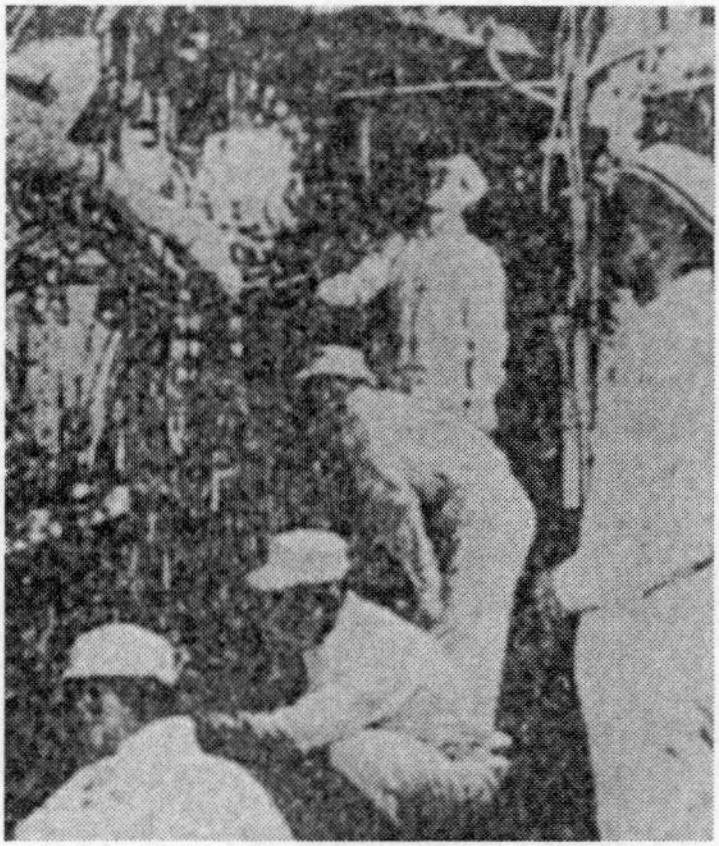

技術者としての能力もまた要求される機関兵。艦底での苦労は、忍耐につきる。

——しかし、昔から「生と死は紙一重」と、いわれているが、この機械室の運命的瞬間の場合にも、まったく想像を超えた運命のなせる悪戯《いたずら》があった。

B機兵長の、奇しき運命である。しかも恵まれた生への幸運なリターン奇談であり、まことに稀有な運命譚として特記しておくべきであろう。

その話は、当時は電機分隊に所属していた井沢三法上機曹が、B機兵長本人から直接聞いたことであると、つぎのようにくわしく語ってくれた。

B機兵長は、海水が満杯になり、さらに渦を巻くような状態のなかで、手足をばたつかせてもがき苦しみながら、もう万策つきて気が遠くなる寸前であった。

水はまだ飲みこんでいない――飲みこんだとき、そのときが最後となる……と、すでにぼけてゆく意識のはしで、自分が急に浮き上がってゆくのを感じた。

暗黒の水中でもがいている身体が、急速に浮上してきたのだ。それは浮上というより、機械室の鉄の壁に沿って、押し上げられてゆくといった状態だった。そのときの自分の身体は頭が上であったか、横になっていたか、そういうことも思いだせない。

浮き当たったところが、中甲板へ通ずる出口のハッチであった――なんと幸運であったことか！　さらに流れこんできた海水のものすごい下からの圧力で、そのハッチがグーンと押しあけられた。もちろん、B機兵長の身体ごとである。

ガバッと、音をたてて噴水のように噴き出したその海水とともに、中甲板に吐き出されたB機兵長は、信じがたいことが起こった驚きと喜びがいちどきに沸きたって、ものもいえずに、しばらく転がっていた。

留《と》め金《がね》のケッチがどうしてはずれたのか、いくら下から押し上げる水圧が強くても、とていはずれるようなものではない。船体が急速に傾斜していたので、ゆるんでいたのがはずれたのか――あるいは、このハッチは非常用なので一ヵ所か二ヵ所だけを軽くとめる程度にしてあったのか、そういうことでもなければ、こういう奇蹟は起きなかったと思われる。

身体がちょうどそのハッチの部分に押し上げられたこと、絶命（海水を飲んで）する直前に海水の流入で押し上げられたこと、ハッチの蓋が開いたことなど、偶然がかさなっての命拾いであった。

B機兵長が助かったあと、そのハッチから脱出できた者はなかった——まさに、生と死をわけた運命的な出来事というべきであろう。

このように、激しい戦闘下にあって艦船が沈没するさいには、生死を賭けたさまざまな「ドラマ」が現出し、展開される。なかでも、艦の水線下の甲板や鉄の部屋で起きるドラマは、間違いなく悲劇そのものである。

艦を沈没から救うために、機械室の窓をすべて閉ざしハッチも閉め、全員蒸し殺し、焼き殺したケース、傾斜する艦を復元するために注水し、兵たちをむざむざ水葬にしたケースなど、さまざまである。

艦底の一室で、海水を入れないために密閉され、しだいに酸素が不足してゆく暗闇のなかで、長時間苦しみつづけて死んでゆく——そういうケースもいちだんと凄い。悲劇などというものではなく、惨劇、地獄劇とでもいうべきか。これ以上の苦しみはない。

息絶えるまで、どのようなことがその脳裡に去来するものか、胸を掻きむしりながら死を待つ心境は……と考えただけでも身ぶるいする思いである。

こういう軍艦の一部の部屋というわけではなく、潜水艦となると、艦もろともの沈没ということになる。

戦後、九年を経過して海底から引き揚げられた潜水艦の兵員室から、生きていたときそのままの姿の戦死体が数体、発見されたことがある。それらの死体は、この沈没した潜水艦の中で、九年間も熟睡しつづけていたような姿であった。

しかし、それが引き揚げられ、部屋を開いて死体を外に出した瞬間から、その形を急速にくずしていったという。あたかも、冷蔵庫から取り出したアイスクリームが、しばらくして溶けてゆく――そのようであったといわれる。

まとに憐れというか、無惨というか……そのまま海に眠らせておくことが功徳《くどく》ではなかったか。

何年も海底にあって、艦内（室内）の酸素もすべてなくなったあとは、雑菌の繁殖さえ許さぬ厳しい世界となる。こうした戦死者たちの多くが、いまなお太平洋やその他の海底に眠りつづけている。

いかに科学が進歩し、宇宙をも駆けめぐるような時代になっても、この何百メートル、何千メートルという海底に眠る人たちを、陽のあたるところに運びだすことはできないと思われる。せめて遺骨だけでもと思う遺族の願いもむなしく、現世の時の流れの彼方に忘れさられようとしている。

生と死をわける戦闘下の酷薄なドラマは、第二次世界大戦が終結した直後から、いまなお世界各地で展開されつづけている。人間という生物が死に絶えるまで、この生と死の惨酷劇は続演されるのであろうか。自分の戦争体験を振りかえるたびに、現在、そして未来の世界の情況にやりきれなさを痛感するのだ。

海底で眠る英霊たちといえば美しく聞こえるが、とてもそういう静かで安らかな姿ではないと想像できる。

「愛宕」の機械室のなかも、苦悶の死を遂げたあとは、海水の洗礼をうけて白骨化しているであろうし、密閉された部屋で死を迎えた兵たちがいたとしたら、生き地獄の苦しみの形相のままに横たわっているに違いない。

そういう厳しい実相を、私たちの心のなかで確認しなければならない。生きながらえた私たちのみが知る、酷薄な戦争の現実にたいする痛恨、痛哭こそ、死せる者に捧げる鎮魂の祈りであると思う。

その「愛宕」は、かのパワラン水道の海底にいまも沈んでいる。誘爆による大爆発がなかっただけに、わが「愛宕」はパワラン海面下二百メートル余の海底に静かに沈んでいった。いま見ることができれば、意外に原形を多くとどめて鎮座しているのではないだろうか。

そして、機械室をはじめとして、艦とともに沈んだ将兵の亡骸《なきがら》も、いまは原初の生みの母たる海に、すべてをゆだねていることであろう。

ただ、水も入らぬ密室では、死せる将兵たちの魂すら解放されず、いまでもその精魂さまよう有り様《ありよう》ではないか……。その精霊の静かな安らぎの日はいつになるのか。

もはやこれまで

この朝、六時二十五分、各部訓練に入ったころ、中部中甲板右舷にある兵員烹炊所では、平常どおり作業が行なわれていた。

掌経理長の高林主計少尉（そのときは兵曹長）は、順調な作業の進行状況を確認して、反対側左舷やや前方にある准士官室にもどったところであった。

突如として起こった連続四発の大爆発音と衝撃に、高林主計少尉は、身体ごと甲板上にたたきつけられた。

魚雷は、反対側の右舷に命中したようだ、烹炊所はかろうじて直撃をまぬかれたようだった。

高林少尉はすばやく勘を働かせ、懐中電灯の明かりをたよりに（艦はすぐに電灯が消えてしまった）、左舷飛行甲板出口のラッタルへとむかった。

しかし、そのラッタルの上がり口に足をかけたとき、やはり烹炊所の兵たちのことが急に気がかりになった。その烹炊所はこの場所の反対側にある。そこで烹炊所に通ずる機関科兵員室のハッチの非常用丸窓を二ヵ所、ずいぶん長い時間をかけてどうにか開け（じつは二、三分でしかなかった）、そこを通り抜けてたどりついた。

来てみると、すでに人の気配はなかった。烹炊所のなかでは蒸気が吹き出して充満しており、あたり一面は目茶苦茶に破壊され、はげしく浸入する海水のなかに、烹炊用具などが散乱状態で浮き沈みしている。惨憺たるありさまで、ただ呆然とするばかりである。

人の気配はなかったが、万が一にでも負傷者が残されていてはと、気をとりなおし、おもいきり大声で、

「だれかいないか！　残っていないか！」と数回、叫んでみた。

蒸気の音や、海水の飛沫《しぶ》く音に耳をすませてみたが、応答はない。それでもだれか倒れて

はいないかと、懐中電灯を振りまわす。部下思いの高林少尉の真面目な心境に、あの〝杉野はいずこ〟が思いだされる。

だが、ここでまごまごしていると閉じこめられてしまう。——海水は流れこみ、艦の傾斜は次第にひどくなる。だれもいないのを確認し、急いで身をひるがえす。

右舷七分隊兵員室に通ずる通路の、ハッチの非常口を抜けて、魚雷甲板三番連管横のラッタルを駆け上がり、魚雷甲板へひと息に走り出る。それから、ようやく後甲板へたどりついた。

見ると、そこには烹炊所員がひとかたまりになって、傾いていく甲板に呆然と立ったまま海上を眺めていた。

高林少尉は、〝うむ〟と、うなずくように胸を撫でおろした。しかし、烹炊所員たちの顔は不安で一杯になっている。

「総員退去はあったのか、総員退去があるまで待てよ」と、みんなを制し、前方艦橋付近の幹部の動きを注意ぶかく見つめた。

さらに、上甲板の突起物にしがみつきながら周辺の情況を眺め、情勢判断につとめていた。

すると、まもなく、

「司令部退去！」が下令された。

艦隊司令部の幹部たちがつぎつぎに入水する

掌経理長・高林金太郎主計少尉。
真面目で部下思いの人であった。

情況を目撃しながら、〝もはやこれまで〟と判断した高林少尉は、烹炊所員にそれぞれ退避するよう指令した。そして、自分は完全に横になりつつある艦の左側へと上がっていった。横になったバルジの付近には、兵たちがいっぱい並んでいる。

伊沢兵長の最後

先に述べたように、機械室や罐室では、前進全速の指令をうけて、それぞれの配置で全員が必死になってがんばったのであるが、もう万事休すである。

上甲板に退避しようと思ったときはもう手遅れで、脱出できたのは、ほんの限られた者だけであった。

何度も書くようであるが、本来、機械室や罐室は出口もすくなく、艦底という位置にあるだけに脱出は困難である。あの広い機械室、灼熱の罐室――このなかで働く機関兵の酷な運命というべきなのか、いったん浸水となると、彼らの必死の奮闘にもかかわらず、急速に浸入する海水に、ほとんどなすすべがなくなってしまう。

こうして、海水に閉じこめられたまま、艦と運命をともにする者が多かった。

このとき、後部の舵機（舵取り機械）室のなかでは、小仲兵曹、川島兵曹、伊沢兵長、羽田上水（現在、種邑姓）、鈴木機長、久保島上機の六名が、動かなくなった巨大な舵取り機械を眺めながら思案にくれていた。

第三弾の衝撃で、舵機のモーターは鈍い回転音をのこして完全にストップしてしまった。

舵機の巨象のような大型ピストンも、わずかに面舵の状態で固定したまま動かない。

――静かになった舵機室のなかに、プーンと油のにおいがただよってくる。

「羽田！　上がってようすを見てこい！」と、小仲兵曹が命じる。

羽田上水は、すぐさま、大きく右に傾斜してしまった梯子階段を上りはじめたが、傾斜がきつくて足を踏みはずし、転落しそうになる。しかし、ぶらさがるような不安定な格好で上がっていく。

その羽田上水の眼に、上甲板は右舷が海水に浸り、四十度は右に傾いているようすがとびこんでくる。

「もう駄目です！　歩けません！」と、ハッチに首を突っこんで大声で報告する。

上甲板まで吹き抜けた大破口のため、後甲板五番砲塔右舷は大きくめくれ上がり、煙と蒸気がもくもくと吹きだしている。

「愛宕」を救うため奔走した舵機室員の川島上機曹（写真は二機時）。

「五番砲塔右舷が大破口です！　水偵（零式水上偵察機）が海中に転落しそうです」

飛行甲板の移動車に固定されている水偵が、どんどん傾きだした。羽田はやつぎばやに報告する。

「艦橋操舵室に連絡に行きましょうか！」

「行けるわけないだろう」と、小仲兵曹は捨て鉢口調でそうつぶやいた。そして、

「上がれ！」と命ずる。
川島兵曹がつづいて、「応急操舵に行きましょう」と大声で叫んだ。
そして、彼らはつぎつぎと上甲板に上がりだした。このとき、なぜか伊沢兵長だけが上がろうとしない。ひとり淋しそうに、舵機室の片隅にたたずんでいた。
「どうした！　伊沢、早く上がれ！」と、小仲兵曹は大声で呼びかける。
「ハーイ」と、力のない声が下から返ってきた。
自分の、どうしようもない決定的な弱点を知っている伊沢は、そんなにあわてて上がって
も仕方がないと、思いあきらめながらも決断がつかなかったのだろう。中肉中背、筋肉質で
いかにもスポーツマンタイプの理想的な体格をしている伊沢兵長であるが、水兵として、も
っとも決定的なウイークポイントがあったのだ。
このとき、伊沢兵長は心のなかで、昨年（昭和十八年）十一月五日のことを思いだしてい
たのではないだろうか。
南太平洋上に出撃し、ラバウル環礁内で米軍機百五十機という大群の空襲をうけたときの
こと——対空戦闘のものすごい状況、そして乗艦していた「愛宕」の被爆を……。そのとき
一度は覚悟したことではあるが……と。
あのときは、「愛宕」は左舷中部に大至近弾を直撃され、中岡信喜艦長以下二十数名が、
壮烈な戦死を遂げた。それでも、「愛宕」は沈むことなくして現在にいたっている。それを
思い、あれを思いして、伊沢兵長の心は千々に思い乱れていたことであろう。
このラバウル空襲当時の航海長・山香《やまが》哲雄中佐（海兵五十一期）の話によれば、その模様

は、つぎのようであった。

――「愛宕」は、敵機の猛攻撃を避けるため、ひとまず外洋に出ようとした。湾内では航行の自由が制限されて、敵機の攻撃をかわしきれないと判断した山香航海長が、湾外に出るために速力を増し、敵機の攻撃をかわしながら、必死で面舵一杯に転舵したとき、左舷にググーッと衝撃をうけた。

「しまった！　転舵が遅かったかな」と、思わず航海長は声にだした。

「これは腹切りかなあ」と、山香中佐はとっさに覚悟を決めたという。操艦を失敗したときの航海長は、切腹してその責任をとる、これが海軍の慣わしである。（それほどに航海長の責任は重い）

その衝撃は、グググーと船足をひきずるようなショックであった。

思わず、頭から冷水を浴びせられたような強い電気が、全身を貫いて走った――船体を環礁の浅瀬の岩礁に乗り上げたと、航海長はてっきり、そう思ったのである。

だが、航海長を震え上がらせたこの衝撃は、「愛宕」が左舷中部魚雷甲板下にうけた大至近弾によるものであった。その衝撃は、重巡「愛宕」の船足をとめるほどのものすごいもので、簡単に表現できるわけがない。

空に舞い狂う敵機の大群、その轟きわたり耳をつぶすほどの爆音と撃ちあげる対空砲火の轟音《ごうおん》――。

〈あの凄まじいラバウル戦のなかでも沈まなかった「愛宕」なのだ。あれでも沈まなかったのだ。大丈夫だろう、よもや沈むことはないだろう〉と、伊沢兵長は心にくり返していたのか。上甲板に上がっていった戦友たちのあとを追うひと足が出ずせずに、彼はなにを考えていたのだろうか。

しかし、ラバウルの大至近弾にくらべ、こんどは四発の魚雷であり、その衝撃も凄まじかった。しかし、その後の情勢が、不気味なほどにしずかだ。

ただ、刻々と右に傾斜を増していく。これは、敵潜に魚雷攻撃されたときの特徴である。破口からの海水の浸入のためで、これに対する応急措置はある。しかし、傾斜の途中で誘爆を起こし、大爆発のすえに沈没していった空母の例などもたくさんある。

伊沢兵長は短い時間の間に、走馬灯のように思いをめぐらせたのではないか。そうして、自分の心にせまる不安な気持や絶望感に、言い聞かせていたのかも知れない。

「愛宕」は、このラバウル環礁で大破したあと、昭和十八年十一月十八日、その修理のため横須賀港に帰投し、海軍工廠五号ドックに入渠《にゅうきょ》した。

そのとき、私や伊沢兵長たちも、ともにドック入りし、それぞれの作業を遂行していた。それは戦時下にあって、思いがけない内地生活のひとときであった。

そういう一日《いちじつ》、操舵員である私たち数名ひと組みで、艦底ログ（速力測程機）室外舵の錆《さび》落としの手入れをしていた。私を長として、西林、伊沢、阿部、青木、熊谷の六名というメンバーである。時刻は午後三時をすこしまわったころで、仕事もひとくぎりついた時分、晩秋の日射しがドックのなかを照らして、よい気分であった。

「オーイみんな、すこし休もうや」

私がそう呼びかけると、みんなもその声を待っていたという気配で、いままでコン、コン、コン、コンと外舷の錆を金槌で叩いていた手を、いっせいに休めた。

「今日はうるさいのがいないから、このあたりでやめにするか」

そう言って、わざとすこし間をおいてから、みんなの顔を見まわすと、五人はおたがいに顔を見合わせて〝なんと返事したものかなあ〟というふうに、戸惑《とまど》ったような変な顔で首をすくめている。心のなかでは、〝シメタゾ〟と思っているに違いない。

服の手入れをし、ヒゲでも剃って上陸準備をいち早くしたい……。すでに心は、町のネオン街に飛んでいるのかも知れない。みんなそろって若いんだから……と、私も思わず笑いたくなった。

すると、先任兵長で正直者の伊沢が、私の顔をちょっと見上げるようにして、じつに意味ありげに、〝ニターッ〟と笑った。先任兵長ともなると、なかなか余裕があるもので、仕ぐさひとつにしても、厳しい海軍生活で新兵などが出せるものではないようすを示す。

「オイみんな、まず腰をおろせよ」と、ドックの底のキールの下に敷いてある太い枕木に、五人とむかいあって私が先に腰をおろした。

「今日はあと一時間あまりあるが、それまでおもしろい話でもして休もうや。遠慮することはないぞ」

五人の顔がいかにも嬉しそうで、こちらまで微笑みたくなってしまう。海軍では仕事も厳しく、人間関係も緊張の連続で、気の休まるときがすくないのだ。

見ると、排水されてきれいになっているドックの底を、海軍工廠の作業員が四、五人、動きまわっているが、全体はいたって静かで、忙中閑ありといったところ……。

「いいんですか!」

伊沢だけは、さも嬉しそうに私に念を押した。

「ああ、いいんだよ、何でも話せよ。おもしろい話があるんだろう」と、相手の気持をくすぐるようにすすめてやる。

伊沢はすぐ嬉しそうに話しだした。入団前からの女性と遊んだ話、こういう場合、もっとも座持ちする話題である。ましてや、二十歳前の若い兵の多いこのごろなので、なおさらみんなが聞き耳をたててくれる。しばらく軽い話をつづけたが、伊沢は兵隊の古い順でも上で、西林とともに分隊の先任兵長である。

「大丈夫でしょうね、あとで、怒られるんじゃないでしょうね」と、私を見ながら心配そうな顔つきをして、伊沢は頭をかく。

「大丈夫だよ、今日のことは絶対に怒らないんだから、何でも話せよ。無礼講だ。たまにはのんびりして、英気を養わなくちゃあかなわないよ」と笑いながらうけあう。

それからいちだんと巧みな伊沢の話がはじまった。その話術のうまさ、内容のおもしろさに、みんな喜んで聞きいり、若い水兵たちは目を白黒させたり、笑い転げたりしている。

こういうことは、海軍では珍しいことで、とくに昼間ではまったくないことといえよう。それだけに、このときは非常に楽しく、伊沢のことを中心に心に残っている。

「伊沢は女にかけてはベテランだからなあ、かなわんよ」

西林兵長が思わず茶々を入れる。彼ら二人は同年兵同士であり、いつも語りあっているのだろう。

ひとしきり伊沢のおもしろおかしい経験談がつづいた。しかし、それが終わったあと、急になにか思い出したように肩を落とした。そのガックリして憂鬱そうな顔になった伊沢を見て、一同は、すこし驚いた。

「伊沢、どうした？　なにも心配することはないぞ」

あわてて私が念を押すと、伊沢は急に真顔になり、顔を上げ、声を落として、

「もうあの女とも会えないような予感がするんです。出航すれば、また飛行機にやられて、こんどは撃沈されるかも知れませんし、撃沈されたら私はおしまいですよ」という。

それは、いまのいままで愉快に経験談を語っていた伊沢とはうって変わった深刻そうな調子なので、非常に真実味があった。

「どうしてだ」と私が強く聞くと、そこではじめて彼は自分の欠陥をうちあけた。

「私は、カナヅチなんです」

私たちが伊沢兵長がカナヅチであることを知ったのは、こういう意外な成りゆきからである。

一般に、海軍ではさぞかし、水泳の達人がそろっているにちがいないとか、将兵全員が泳げるのだろうとか思いがちであるが、そういうわけではない。なかには、全然泳げない者もいる。

海軍の学校で訓練をうけた者は別として、補充兵や古い兵隊のなかには、たまたまそういうのがいる。予備士官などのなかにもいたようである。しかし、海軍では数はすくなかった

と思われる。海の上でカナヅチとは、伊沢としてはやはり致命的なことであり、私たちも内心、非常に驚いたものだ。

「心配することはないよ、伊沢。こんな大きな軍艦が沈むなんて、そう簡単にあるわけないだろう」と力づけて「愛宕」を見上げた。

ドックに入っている一万五千トンの重巡を艦底から見上げると、これはもう小山のようである。それは、大きな鉄の山が聳《そび》えているとしか見えない。とてつもなく大きい。これが沈没することなど想像しようとしてもできないほど大きい。

とくに、ドックの船台の上に乗っている軍艦は、海に浮かんでいるのを見るのにくらべて、段違いに大きい。まったく比較にならないほどに大きいものだ。海に浮かんでいるときに見えるのは、船体の上半分ぐらいで、あとは海中に沈んでいるわけで、一般の人はもちろんのこと、海軍の中でも、これを軍艦であると思っている者もいたことだろう。

しかし、ドックの船台に乗っている重巡となると、これはもう軍艦そっくりが陸上げされているのと同じだから、とてつもなく大きい。それを見上げながら、私は内心の多少の動揺を隠して、

「そうだろう！　なあ伊沢」とさらに力づける。

「そうですよねぇ、大丈夫ですよねぇ」と、伊沢はなにかにすがるようにつぶやいて、それでも、口もとをほころばせ、元の笑顔にもどった。

「万一、もしものことがあったって、なに、かならず取りつくものがあるものだよ。応急用材の杉丸太かなにかが浮くだろうし、それにしっかりとつかまっていれば助かるよ」

「飛びこむとき、なにか浮く物を持つこともできるしなあ」
「かならず近くの船が救助に来てくれるよ、ボートなどもあるだろうし……」などと、私や西林らが口々に励ましの言葉をつづける。
「そうですね、心配ばかりしていても仕方がありません」
伊沢もどうにか思いなおして、なにかしら心に誓うのであったのだが……。

その重巡「愛宕」が、いま沈みかかっている。そう思わざるをえない情況である。

伊沢兵長にとって、信じられない出来事である。しかし、現実に「愛宕」はしだいに傾斜をつづけている。舵機室のなかに一人残って、伊沢兵長の頭のなかにはいろいろな思いが駆けめぐったことであろう。その短い時間――上がるに上がれないでいた伊沢兵長のことを思うと、私はいたたまれなくなる。

小仲兵曹に上から呼びかけられ、返事をした伊沢兵長は、しばらくしてみんなが上がったあとのハッチをゆっくりと踏みしめながら、上甲板に出てきたと思われる。

だが、遅れて出てきた伊沢は、もう四十五度にも傾いた上甲板で歩くことは不可能であった――投げだされるようにして、右舷海中に飛びこんだのであろう。

短艇甲板の右舷海上に、内火艇が一隻浮上していた。第一内火艇であろうか。

「伊沢は、あれになんとかして、しがみつけばよかったのに……。あとでだれかにどんなことを言われようと、そうしてくれていたらよかったのに……。死んでしまったらおしまいだよ、まず生きることが第一なんだ。しかし、それができなかったのか……」と、私は何度、こういう思いをくり返したことであろう。だが、兵長としての伊沢のプライドが、あの男の性格として許さなかったのか、いまは知るよしもない。

先に上甲板に出た舵機室の兵たちは、いったん上甲板へ出たものの、ふたたび後部中甲板の応急操舵に行きつき、それに取りついた。最後まで「愛宕」を救おうとする執念である。しかし、艦内の電源が切れていては、万事休す——応急用操舵も動かない。びくともしない。

「やっぱりだめか、上甲板へ上がろう」と、声をかけあって五人の舵機室員は、ふたたび後甲板へ上がった。そのころ、伊沢兵長は海に飛びこんでいたのだろう。

艦は右舷に四十五度も傾き、立ってなどいられない状態になっていたし、通風筒などの突起物にしがみついて、かろうじて身体をささえるのが精いっぱいだったという。

前方に聳える艦橋は大きく右に傾き、それは倒れかかった塔のように見える。

——右舷海上にのり出すようになっているその艦橋上部から、見張員か、信号員か、それとも主砲指揮所の兵隊か、その見分けはつかないが、一人、また一人と、つぎからつぎに、ふり落とされるようにして海上に転落してゆく。

必死になってしがみついている者も、やがて転落していった。そういう光景を目《ま》のあたりに見ていた、ほんの短い時間……これでいよいよ「愛宕」も最後、という悲愴感が、熱いかたまりになって胸にこみ上げてきた。そして、すぐに、なんともいえない冷たい淋しさが、すうっと吹きぬけていったという。

これは小仲兵曹ら生き残った舵機室員が、あとで語ったことである。

その直後、舵機室員の五名も、思い思いに海中に飛びこんでいった。

しかし、運命は無常である。この五名のうち久保島庄吉上機は、ふたたびみんなと顔を合わせることなく、先の伊沢兵長（戦死後、二曹）とおなじく、海中に姿を消していった。

「愛宕」舵機室員の二名は、こうして、あのパラワン水道ふかく沈み、私たちの胸のなかにその面影を永遠に残していったのである。

厳しき海軍の掟

海軍では、「戦闘配置」という指令でその配置についた以上、「総員退去」が下令される以外は、たとえそのために、自分が死ぬ危険があったとしても、自分の配置を放棄することは絶対に許されない。

それは、死にもまさる厳しい掟《おきて》である。自分の命よりも、なにものにも増してまもらなければならない、絶対的な任務である。死を恐れて配置を放棄し、逃げ出して助かっても、銃殺、あるいは切腹などのもっとも重い罰が課せられる。

（一般の読者、とくに戦争や軍隊生活を知らない若い人たちは、このことをよく認識しておいてほしい。当時の日本軍隊の厳しさは、世界各国の軍隊のなかでも、一、二を争うものであった。とくに海軍は海に浮かぶ軍隊であり、一人の配置放棄が何百、何千人というひとつの艦の乗組員の生死にかかわることになりかねないのだ）

さて、しだいに傾斜を増してゆく最下甲板の真っ暗な艦底の後転（後部転輪羅針儀室）で配置についていた私は、まったく連絡の途絶えたままの状態で決断にせまられていた。

この傾斜はただごとではない。「愛宕」が沈没するという予感が、私の本能的な勘を刺激して、上に駆け上がろうとする恐怖心をかきたてる。

しかし、「総員退去」の連絡はいまだに届いていない。いや、伝わってこない——と、いったほうがいいほどひどい被害状況だけに、心に不安が高まる一方である。

だが、無断でこの配置を離れるわけにはいかない。海軍の厳しい規則がすぐ思い浮かんでくる。そして、私の脳裡に、ふと過去のわすれがたい記憶がよみがえってきた。

それは、海軍の規則をやぶったときの運命に関する話であり、囚われの身にとっては不幸とも悲劇ともいえること、人生の破滅といってもいい事件にかかわる話である。私が海兵団時代に偶然、目撃し体験したことだけに、それを思いだしたことが、いまこの状態で逃げだしたい、脱出したいという気持に二の足を踏ませることにもなったのである。

——昭和十五年二月初旬のこと、一年で、もっとも寒い季節であった。

横須賀海兵団新兵時代の出来事で、私は二十歳を過ぎたばかりの若さで張り切っていた。それだけに人生経験もなく、身体は別として（郷里で鍛えに鍛えていた）、精神年齢は若く、いろいろな刺激に敏感に反応したし、いままでと異なった環境にも順応したが、群馬の田舎育ちなので、犯罪やその刑罰などには無知で、むしろ、恐れの気持のほうが先行するというような青年であった。

横須賀海兵団時代の著者(二列目左端)。開戦を目前にして、猛訓練にあけくれる海軍に徴兵された著者は、入団して早々に軍隊の厳格な掟にせっした。

海兵団三兵舎左側二階、二十五分隊のなかでは、ちょうど夕食後の甲板掃除がはじまろうとしていた。二百二十名の新四水は思い思いにあちこちに固まって、雑談している。それは、入団後、連日のごとくうちつづく苦しい訓練のなかのわずかに許された憩いのひとときであった。

当直の七教班長・吉田伍三郎一曹は、善行章三本をつけた「ヨコ鉄砲」(砲術学校普通科卒)で、海軍では珍しく温厚な教班長である。

その吉田教班長が中央通路に立ち、ホイッスル(号笛)を口にくわえて、「ピー」とひと吹きし、短くひと声だけ、

「ちょっと聞け」

いままでの話し声や笑い声が一度にやみ、あたりはみごとなほどに、しぃーんと静まり返る。ホイッスルのひと吹きの偉力である。

「五名整列」と、これはもの静かな声で命じた。すこし離れたところにいる兵たちでは、気がつかないほどの小さな軽い声であった。これがこの温厚な教班長の特長であった。

私はそのすぐそばに居合わせたので、真っ先にすっ飛んでゆき、通路の先頭に立った。——この時間にこのように整列をかけられるときは、だいたい、分隊以外の掃除に派遣されるのである。分隊内でいつものように甲板掃除をするだけより、また当直の班長によってはおもしろ半分にこづきまわされたりするが、それよりもすこしはましである。場合によっては、乾パンぐらいもらえる。これがまた、腹のすく新兵にとっては、世間の人では考えられないほどの楽しみでもある。

なにはともあれ、整列なのだ。

私につづいて、近くにいた五教班の関口、佐々木、庄子が飛びだしてきて並ぶ。それに、たまたま通りかかった九教班の佐々木正が、すばやく、うまくすーっと割りこんできて後についた。私を入れて五人、しかし、付近にいた者たちもあわててその後にならぶので、一列に十人以上である。

コンクリートの通路に整列して固くなっている私たちに、吉田一曹が静かに声をかける。

「気をつけ、番号」

「一、二、三、四、五」

「ハイ、それまで」

先頭から五人を手でしめした吉田教班長は、残りに解散を命ずる。〝残念〟というような顔つきをはっきり見せて、解散した兵たちはしぶしぶ帰ってゆく。残った私たち五人に、教

班長は、

「お前ら、これから衛生詰所の掃除に行く」

そして、いつも気のきく佐々木に、

「お前、指揮をとって行け、いいな、わかったな」と念を押し、

「ハイ」という元気な返事に、

「ヨシッ、カカレー」

その教班長の声で、われわれ五人は兵舎の前に飛びだして整列した。

五人ともそろって、心のなかでひそかに喜んでいた。それは顔つきをみればわかる。兵舎の甲板掃除が一回だけ逃れられる。甲板をソーフを持ってまわらされるよりも、よほどらくでもある。

先頭をいく佐々木の後から、カラのオスタップをぶらさげた長身の関口とそして庄子、手ぶらの佐々木正と私がそのあとにつづいて進んだ。

三兵舎正面出口から庁舎の裏側にぬけて、薄暗い烹炊所の前を通り、広い海兵団のなかを衛兵所へとむかった。

「第二十五分隊、衛兵所掃除にまいりました」と大声で報告する。

「ヨーシ」

見ると、チョビ髭《ひげ》をはやし、善行章をつけた怖《こわ》そうな顔をした一等兵で、腰に帯剣をさげて出てきた。

どうやら、服延組（服役延期組）らしい。大きな目玉をむき、ぎょろっと私たち五人を見

わたし、使用する水道の蛇口から、用具のあり場所や、掃除作業の手順などをこまごまと指示し、

「ワカッタナ!」

「ハイ」という返事に、

「ヨーシ、カカレ!」

そのひと声で、私たちは用具を奪いあうようにして、いっせいに掃除にかかる。

ホーキ、ソーフ、内舷マッチ(雑巾)などをめいめい持ってやるのだが、海軍では「ホーキ」を持つ者を怠け者とよぶ。作業が一番らくであったからである。それで艦隊などでは、それを持つのはもっぱら古参の一等兵で、片手に持って〝回れ、回れ〟と号令用に使われていた。

掃除用具のなかでは、「ソーフ」が一番つらい。それだけに、「ソーフ」をいち早くもって作業する者が働き者といわれる。

うっかり「ホーキ」でももとうものなら、怠け者のレッテルがはられ、古参兵たちから目の仇にされかねない。

私はもともと田舎育ちで、生まれつき労働には馴れているので、たいてい、いち早く「ソーフ」をもつのがつねであった。しかし、これもあまり毎度やると、点数かせぎだと思われて憎まれたりもする。

このころは海兵団なので、同年兵同士でもあり、あまり問題はない。いつもの習性で、そのときも私はおもわずソーフをつかんだ。すぐにオスタップの水をたっぷりしみこませて、

通路を右に左にと拭きだした。

通路は、幅一間（約一・八メートル）、長さ五間ほどのもので、そこを往復して作業していると、二月初旬の夜の寒さはまだまだ厳しく身体にこたえていたのが、しだいに全身汗ばむようにほてってくる。しかし、水はさすがに冷たく、手だけは切れるような痛さを感ずる。

そのように夢中になってコンクリート通路を掃除していると、突然、どこからか、

「オイ」と低い声で呼びかけてきた。

どこかで、だれかが呼んでいるのか――うす暗い裸電球の下では、ちょっと見てもわからないのだ。あたりに人影は見あたらない。

作業をそのままつづけていると、しばらく間をおいて、また、

「オイッ、新四水」と、こんどは静かではあるがどすのきいた声がする。

あの衛兵の声かなと思い、まわりをあらためてよく見まわしたが、やはりだれもいない。

なんだかうす気味悪くなり、早く掃除を片づけようと、下を向いてさらに通路を行ったり来たりしていた。

すると、つぎはやや大きな声で、

「ここだよ、ここだよ」と、私の頭の上のほうから声がふってきた。

思わず声の方向に眼をやると、すこし離れたところにある小さな窓のなかから、だれやら手招きしているのが見えた。

いままで、まったく気がつかなかったが、ここは衛兵所裏にある、罪を犯した兵隊を留置する独房だったのだ。拭き掃除に夢中になっていて、うっかりしていた。

私はあらためて、ギョッと身体が固くなった。コンクリートの通路をはさんで、十室あまりの独房がむかい合って並んでいる。それに気がつかなかったのだから、うっかりもいいところである。

その右端のひとつの窓から手まねきしているのだ。その窓は、縦十五センチ、横四十センチほどの大きさで、食事をさし入れするものであろう。その上にはもうひとつ、厚い金網を張った小さな窓がついていて、そこから内部が見えるようになっている。一瞬、たじろいでいると、

「オイッ、こっちへこい」

小さいが押し殺したような声で呼びかけてくる。なにか伊賀、甲賀の忍者が身を隠して命令しているようで、こちらは金しばりにあったようになり、そう簡単に動けない。

「なにもしない。こっちへ来てみろ！」

「オイッ、こいといったらこい！」

その迫力に押されて、吸いよせられるように、ソーフを右手にもったまま、タタタタターと一メートルぐらいに近づいた。

プーンと汗くさい、変な臭《にお》いが鼻についてくる。独房のなかの便所の臭いなのか、それとも湿った室内のカビと汗のまじりあった臭いなのか、なんとも言いあらわしがたい独特な臭いである。ここへ入って来たときに、どうしてすぐ気づかなかったのか——。

独房のなかの住人は、黒い眼を光らせ、髭だらけの顔のようであるが、その顔の輪郭は、うす暗い獄屋のなかではよくわからない。ただ、眼だけがギラギラと光って見える。

この髭面《ひげづら》の怖《こわ》そうな兵隊は、どんな悪いことをしたのか、どんな規則違反をして独房に入れられたのか――海軍の掟の厳しさが、このうす暗くて臭い独房と、長くのびた髭やギラギラ光る眼に象徴されて、若い私は怖気《おぞけ》が全身を走り、寒気《さむけ》がふたたびもどってくる思いであった。

一人の兵隊が、こうしてブタ箱に入れられるということは大変なことであり、本人が苦しむばかりでなく、その罪によっては、両親をはじめとして、家族親類縁者にまで影響（災い）がおよぶほどで、その悲劇の度合いは計りしれないものがあった。ときには、家族全員の村八分といった極端な悲劇も、当時は起きたものである。それは死にもまさる拷問であったかもしれない。

私がじいーっと突っ立っていると、この兵隊はいきなり、「お前、こんなところに入ったらだめだぞ！　一生おしまいだぞ！」と、うす汚れた髭の顔に似合わず、意外にしみじみとした泣き声で、私の顔を、じいっーと見ながら話しかけてきた。

独房生活で人恋しさもあったのであろう。海兵団に入ったばかりの若い兵隊は、まだ海軍のしきたりにもくわしくないであろうし、お説教のしがいもあるとみての話しかけであったのかもしれない。

事実、私はなにも知らなかった――あとで耳にしたことであるが、こういう罪を犯して独房入りしている兵と言葉をかわすことは、絶対に許されないという規則があった。このことが知れると、教班長に大目玉をくらうところであったわけである。

しかし、このときは引きよせられるように近づき、肝を冷やしながらも、その人の話をすこし聞いていた。怖さばかりではなく、ほんのすこし思いやりをかけていたのかもしれない。この兵隊の言葉つきからしても、本人は後悔しているようなふしがうかがえたし、案外に人間はよいひとで、運悪くこんなところに収容される運命であったのか……そんな気持が、私の心にふとよぎった覚えがある。

たしかに、軍隊は「運隊」ともいわれて、その人の生死から上司、同輩との縁まで、「運」というものを痛感させられることが多い。ふり返ってみて、このときの兵隊も「運」の経回《へめぐ》りのひとこまだったのだろうか。

なんにしても、私は海軍の恐ろしさを新兵早々にして実感した。その後の海軍生活でも、いやというほど体験するのであるが、掟を破ったときの怖さの実感は、これが最初であっただけに、いまでも忘れられない。

——この挿話《エピソード》は、そのときからいままで、四十四年間、一度も他人《ひと》洩らしたことはなかった。

最後の力をしぼって

この記憶は、現実の私の脳裡に、一瞬よぎった翳《かげ》である。現実は、いままさに沈みかかっている「愛宕」の、下甲板の一室に閉じこめられている私である。

戦闘下、それも被雷傾斜中という非常事態とはいえ、海軍の規則にそむいたときの恐ろしさは、これは別物だ……と、一瞬よぎった翳をいまさらながらに思いだし、慄然としながら不安と戦っていた。

連絡が入ってこないことを理由にするとしても、この戦闘配置を無断で離れて、もしも総員退去がかかっていなかったら……そう思うと、ますます判断にまよう。

このようなときは、なにかにすがりたいものだ。溺れる者は藁をもつかむという。苦しいときの神だのみのような気持で、隣りの変圧器室にいる井沢三法二機曹（十五徴）に、大声で呼びかけてみた。

「なんだろうね！」

すると、

「なんだろう！」と、おなじ返事がはねかえってくる。

隣室の暗闇のなかで、井沢兵曹とB機兵長の二人が立ったままで、なにかを動かそうとしている気配が感じられる。

ふだんは、変圧器のモーターの回転音でうるさいのであるが、電源が切れてしまった艦底は、まことに不気味な静けさだけがただよって、馴れた者でも、あたりをうかがうようになる。

彼らの手さきは暗くて見えない。なにか黒い影がかすかに二つ、うっすらと動くような気配がするだけである。

「敵潜にたいして、爆雷の威嚇投射でもやっているのかもしれないね」

暗闇のなかの一つの影から、そんなのんびりした声が聞こえてきた。

もう、そんなのん気な問答をしている余裕はない。艦の傾斜とともに、海水が流入してくる音がかすかに響いてくるのだ。

そのとき、後部管制盤入口の防水扉が、どうしたのか、瞬間、半開きになった。だれかが開けたのだろうか——その隙間から、小さな豆電灯の赤い光がかすかに漏れて見えた。しかし、すぐにバターンという音をたてて閉じられてしまった。

赤い小さな光——それを眼にしたとき、ようやく息づいている「愛宕」の断末魔の命のかすかな灯を見たような気がした。

管制盤といえば、艦内の電源を一手に制御するという、軍艦の中枢部であり、頭脳ともいうべき重要な部署であるが、電源がきれてしまっては、いかに管制盤といえども死んだも同然であり、完全にその機能は失われてしまった。

ただ、この後部管制盤は、電機分隊の指揮所なので、十二分隊長（電機）が配置についていた。それだけに、この部署は心強かったに違いない。

しかし、私は一人一配置である。すがる何物もない。すべてみずからで決断するしか方法はないのである。

さらに傾斜がすすむ最下甲板の暗闇のなかで、私は自分がとるべき最善の方法は何かと、必死で頭をめぐらし考えた。

一刻をあらそう緊急事態でもあり、私は指揮所へ連絡をとる——という決断で腹をくくることにした。通信設備が不能になった現在、指示を仰ぐためには、みずから直接いくしかないではないか。

自分で指揮所へいって指示を仰ぐ……こう決心したことによって、私はみずからの生への道を選びとり、その道を切り開くことができたのである。

決断と同時に、私はすぐ行動を開始した。足場の悪い垂直の梯子階段（モンキーラッタルともいう）を上がり、その途中の百キロもある防御蓋を押し上げにかかった。しかし、そのあまりの重さに、絶望感に襲われた。とても一人で上げられるものではない。

たまりかねてあきらめかけたとき、暗い闇のなかを走馬灯のようにかすかな記憶がよぎった。

それは、まだ入団前の昭和十四年の秋も終わりになるころのことである。

当時、田舎の自宅近くにある昭和林業（現在は富源産業）という会社に勤めていた私は、材木搬出の土《ど》橇《ぞり》引きの作業に従事していた。その重労働は、経験した者だけが身体で覚えている、というほどにつらいものであった。

昭和13年ごろの著者。強靭な体力と負けじ魂で危機をのり越えた。

百メートル、二百メートル、いや千メートルもそれ以上につづく平面の橇道《そりみち》を、橇の裏に油を塗って引っぱる。鉄道の枕木を敷いたような道を、肩にかけた紐が引きちぎれんばかりに力を入れて曳く。

千五百キロもの木材を、山のように積んだ土橇である。四肢ともに全力をこめて曳いて進むと、心臓が張り裂けんばかりになる。入団前までつづいたその橇引き姿の自分を、その苦しさを、そのとき思い出したのだ。あの苦闘は、なんのためにあったのか……なにくそ！　という負けじ魂が、私の身内によみがえってきた。

当時の山村では、晩秋から冬にかけての農閑期には、失業対策の一環として、このような副業に従事するのが習わしであった。十二月は三ヵ月分働き、正月はそのぶんゆっくりと休む。それが四十六年も前の私たち田舎の生活風習であった。それでも、この土橇引き作業はつらかった。それを何年もやったおかげで、私の体力は人並み以上に強靱なものになった。この〝なにくそ！〟がなければ、この時点で防御蓋をあけることなど、とうてい不可能だったのではないか。

この煙突のような狭い梯子階段の、しかもその途中では足場が悪く、二人以上で力をあわせることは絶対にできない。どうしても、だれかが一人でやらなければならない。そのとき私の近くに配置についていた人で、それができる人は思いあたらない。

たまたま自分の決断で、まっ先にこの防御蓋に取りついたのが私であり、そして橇引きの苦闘で鍛え上げていた体力があったということで、けっして誇るわけではない。

自分の運が自分を助け、あとにつづいた人たちをも助けたというだけのことである。しかし、言えることは、もしあと何分か蓋をあけるのに手間どっていたとしたら、どうなっていたか——いまでも、それを思うと、背筋に冷たいものが走る思いである。

防御蓋の持ち上げに最後の力をしぼっていたとき、その足もと二メートルほどの闇のなかに、人の動く気配を感じた。数人、あるいは、もっと多いかもしれない……十二分隊長以下管制盤（電機分隊）の人たちであろう。そして、このなかに井沢兵曹も入っていたのだ。

人の気配を感じながら、この人たちのためにもと、渾身の力をこめて踏んばると、ようやくすこし動いた。〝ここぞ〟と一気に身体ごと押し上がった。

とにもかくにも、艦底からの脱出に成功した私は、上甲板に這いでるようにして身体を外にだした。そして、おもわず胸いっぱいに海上の空気を吸いこんだ。このときの気持は忘れられない。

つづいて、変圧器室の井沢兵曹と管制盤の人たちが上がってきた。

〈結果的に、あの重い防御蓋を押しあけたことで、管制盤の人たちや井沢兵曹らも救ったようなものだ……〉

そう思うと、私はうれしくなり、あらためて海の空気を胸いっぱい吸いこんだ。

艦底の密閉された鉄の棺桶のなかで、海底の藻屑と化することだけは避けられた。あとはどうなるかわからないが……と、ここで気持をぐっと引きしめた。

見ると、大きく傾いた上甲板を、八分隊の応急員が、

「左舷注水弁をあけろ！」と、大声で連呼しながら走ってきた。

走るといっても、すでに三十五度も傾いた上甲板は、まともに走れるわけでなく、ただ気はあせりながらも身体が均衡とれずという状態で、危険きわまりない。

と見るまに、海水に濡れた甲板に足をすべらせた一人の水兵が転倒した。そして、砲塔の脇に生じた破口に転落し、そのささくれた切り口に顔や胸をひっかけて血だらけになった――と思うまもなく、そのまま蒸気と煙の渦巻くなかへ落ちこんでゆき、哀れにも見えなく

なった。凄惨といおうか、息をのみ、声もでない。

さきほどの応急員の叫び声で、四番砲塔左舷付近の注水弁に取りついている兵隊が見える。応急分隊の下士官である。その相撲取りのような大男が、力まかせにまわそうとしている。全身が真っ赤になり、顔は仁王様のように力んでいるのだが、注水弁は軋《きし》んでしまったのか、動く気配もみせない。

それを横眼にいれながら、私はよろめく身体をどうにかささえつつ、艦橋へむかって歩きだした。そのとき、魚雷発射管室の方向から、

「安全栓を閉めろ！」という大声が、二回、三回とつづけて聞こえてきた。

この声は、井沢兵曹ら機関科の人たちも聞いたという。

魚雷は安全栓が強くしめられていないと、なにかに接触して爆発をおこす危険がある。「愛宕」が誘爆をおこさず、人的被害がいっそう増加することなくすんだのは、最後の土壇場にたちいたっても、このように訓練時代の基本を忘れず、落ちついて任務遂行がなされたためである。

この声を耳にいれながらすすんで行くと、左舷魚雷甲板に通ずる中甲板の出口から、八分隊（応急員）の加田和一水兵長が上がってきた。伝令で艦内へ状況を知らせるためであろう。彼は、「愛宕」の乗組員のなかで、もっとも若い水兵であり、みんなに大変かわいがられていた。

そのとき、彼は意外としっかりしており、私はすれ違うときに、「気をつけろよ」と、声をかけると、

「ハイッ」とはっきり返事をし、後甲板の方向へかけていった。〈まだ、若いのに……〉と私は心配だったが、それが最後になった。

沈没の大混乱のなかで、ついに救助されることなく、私に返事ひとつ残して、「愛宕」と死をともにした。加田水兵長（戦死後、二曹）、十七歳の青春――いまでは考えられない若さである。私の永遠に消えることのない記憶の記念碑に、その面影は、刻みこまれている。

――「愛宕」の戦死者四百八十七名。このうち、加田水兵長をふくむ二十歳以下の若い兵隊は七十二名である。この若さで、国のためという戦争によって、艦と運命をともにしたのだ。

また、二十歳から二十五歳という働き盛りの兵隊の戦死者は、三百八名。やはり、比率的にはもっとも多く、戦死者の六十三パーセント以上を占めている。この数に二十歳以下の戦死者をくわえると、三百七十九名。じつに七十八パーセントにもたっする。

いかに多くの若者が犠牲になったか、これでわかろうというものである。

戦争がいかに若者の生命を必要とするか、いかに若者の生命を奪うか――その典型的な見本といえよう。

第四章　何のための厳しき訓練か

まぼろしの勲章

「愛宕」の傾斜は、ますますひどくなっていった。私が飛行甲板から魚雷甲板をはうようにして進み、艦橋操舵室の入口付近にようやくさしかかったときには、傾斜した階段（ラッタル）は、蟹の横ばいといった姿勢でなければ上がれなくなっていた。

その操舵室入口の階段踊り場のところで、司令部付の坂井勲兵長が、暗号書をいっぱいつめた外嚢を背中に背負い、ラッタルの手摺《てすり》にしがみつくようにしてもがいている。傾斜と重さで、まともに進めないのだ。

その横でふり向きもしないで、つぎつぎと他の兵隊たちが退避していく。坂井兵長を乗りこえるように通りすぎていく——他人のことをかまっている余裕はないのであろう。みんな必死なのだ。

「それを持って上がるのか」と、私が声をかけると、

「ハイッ」と大声の返事がかえってきた。そして、一歩でも上がろうと格闘している。

「そんなもの、持っていたら、沈んでしまうぞ、死んでしまうぞ」といっても、もう返事を

せずに、坂井兵長は無言のまま、背中の暗号書と傾斜した階段を相手に、必死に努力している。

私は、彼を一時そのままにして、操舵室入口の防水扉（ハッチ）を開けて内部をのぞきこんだ。すると、そこに西林兵長と青木兵長の二人がいた。二人は、ただ呆然と突ったっている状態で、西林兵長の肩にかかっている防毒面（防毒マスク）が、非常に印象的に私の眼にうつった。

「もう、だめだなあ。出ようよ」

私はそう呼びかけて、ふたたび艦橋へむかって引きかえした。

そこでは坂井兵長があい変わらず苦労し、格闘をつづけていた。〝暗号書をまもるぞ〟というその執念は、見るだけでも凄まじいものがこちらに伝わってくる。

暗号書を救った坂井勲兵長。この功績により特別善行章をうけた。

もう、ほとんどの人が上がったのであろう。あとは配置から離れられない者、判断や決断にまよっている者などで、彼の横を通りすぎる人の気配は絶えている。

「しっかりつかまれ！」と怒鳴り、「よいしょっ！」と気勢を上げながら、私は力いっぱい、後ろから坂井兵長を押し上げてやった。

それでどうにか彼は、艦橋ラッタルからはい上がるように首を出し、身体と外嚢を外にころがるようにずり上げ、艦橋甲板にベターッと座りこんだ。

〈……こんなに疲れていて、しかも重い袋を背負って大丈夫なのかな、海に飛びこんだあとは大変だぞ、自分はこれ以上いまはしてやれないし……〉と、私はそのようすを見ながら心のなかで不安に思った。

しかし、私の思惑などどこ吹く風——というふうに、坂井兵長はすぐ行動を起こす。そうしないと、背負っている暗号書がつまった大きな外嚢の重さで、傾斜した甲板から海にふり落とされてしまう。

彼は手摺につかまりながら、必死に、左側に移動していった。「愛宕」はもう四十五度以上も傾き、そのため艦橋左舷の側面は、滑り台のような形になっている。

しかもこのとき、その傾斜が急速にはげしくなり、ガクン、ガクンという大きな音響とともに振動をくりかえして、ますます傾きを強めてゆく。

ガラガラとどこかでなにかがころがり、落下する物音が響くが、それに気をとられている暇などまったくない。

坂井兵長の動きからおもわず眼をそらす。その私の眼に、気が遠くなるような情景が飛びこんでくる。

艦橋にのこっていた数人の兵たちが、ひと固まりになり、押し寄せられるように右舷に移動したかと思うまもなく転げだし、アッという間にふるい落とされ、「ドブーン、ドブーン」と、水音をたてて海中に消えてゆく。

同時に、艦橋真上の防空指揮所にいた見張員や主砲方位盤の人たちも、つぎつぎと海中に投げだされる。

人間が落ちる。つぎつぎに落ちる……これが陸地なら即死であろう。しかし、海とはいえ、ふり落とされて、姿勢は上向き、下向き、横ざま、あるいは頭からとか目茶苦茶で、そのまま上がってこない者もいる。

私は見るにたえかね、つぎの行動を起こそうとしたとき、艦橋中央羅針盤に左手でしがみつくようにして立っている長岡一曹に気がついた。彼はメガホン片手に、必死になって転落をおさえている。

ぐいっと、ラッタルから顔を出した私の眼とあった。

「もうだめだね」とそう呼びかけてきた。

「総員退去は出たのか？」と私が問いかけると、黙ったまま首を横にふって、

「わからんよ、出たのかな？」と曖昧な返事であった。

「出たんだろう」と、かさねて私が念を押すと、

「そうだなあ、出ないはずはないよなあ」

そう言って、私の顔をあらためてじいっと見た。そして、

「知らそうか？」

それは、総員退去を知らせることを同意せよと、暗黙裡に私にもとめる眼であった。

なんにしても、艦橋にいた航海科の長岡一曹たちが知らないうちに、総員退去が下令されたというのもおかしな話である。しかし、この修羅場ではあやふやなのもやむを得ないと言

わざるをえない。

「うーん」と合槌をうった。

「総員退去！　総員退去！」

間をおかず、叫びつづける長岡一曹の声を背に、私は左舷の外側を滑るようにして下りはじめた。そして、ようやく高角砲甲板にたっしたとき、「愛宕」は、すでに右に七十度以上も傾いていた。まさに断末魔の状態であった。

（このあと、最後まで総員退去を叫びつづけた長岡一曹も、このときはぶじに生還した。さすがに年季をかさねて鍛えてきた古参兵は違うと、そのときの情景を思い浮かべながら、つくづく思ったものである）

さて、暗号書入りの外嚢を背負って格闘していた坂井兵長は、どのようなドラマ展開になっていたか……。

彼もとうとう、外嚢を背にしたまま海中に飛びこんだ。二回転、三回転しながら落下した坂井勲兵長は、あちこちにかすり傷をたくさん負いながら、その傷の痛むのもわすれ、外嚢の口紐の結び目を片手にしっかりとにぎって、不格好な形で泳ぎだした。

〝死んでも、この外嚢は放すものか。なんとしても「岸波」のそばまで行くぞ〟と、そのとき、かたく心に決意していたという。

兵長といっても、彼はそのとき、たったの十七歳、少年兵である。現在の高校生の年齢である。まだ少年じみた顔がぬけきらない水兵であった——その若い水兵が、「これを持って上がれ！」という班長の命令を忠実にまもりぬこうとしている。その必死の情景を、あの現場を思い浮かべながら想像すると、その現場に居あわせただけに、さらにいっそう深い感銘を覚える。

——思い出すのも慄然とする情景が、そこには展開していた。それはうとましく、しかも、悲しむべき情景であった。

いままさに沈まんとする断末魔の「愛宕」の、左舷二百メートルの距離に、救援の「岸波」が停止している。

その二百メートルの海上は、頭、頭、また頭と、人の頭だらけである。そして、溺れかけてあがく者、浮き沈みをくりかえす者、すでに背中をみせて浮いたままの者、浮遊物にすがりついている者、泳ぐ者——。海面は生と死の地獄絵であった。

まっ先に退去した司令部の幹部たちが、その絵図のもっとも「岸波」に近い部分で一団になっている。それは栗田長官をかこむようにして、すでに「岸波」の外舷ちかくを泳いでいる。

「岸波」の艦橋でも、いち早くそれに気づき、救援体制に入っている。

「長官だ、早く上げろ!」と、彼らはたちまち、甲板上に救い上げられる。

坂井兵長も必死で水をかき、足で蹴りながら泳ぐ。暗号書入りの外嚢は重く、それをいまは抱えるようにしている。

それでも、どうにか五十メートルぐらいの距離に近づいたのであるが、もうどうにも疲れ果てて泳ぐこともかなわなくなった。身体じゅうの力が抜け、逆に重くなって沈みかける状態になる。〝もうだめだ〟と、おもわず抱きかかえるようにしていた外嚢を放しそうになり、はっと気がつく。

あたり一面の海上は、人の群れである。とても艦に上がれそうもない。これでは、せっかくここまで死力をつくして運んできた暗号書も海に沈み、自分の努力も、無駄骨に終わる……と判断した坂井兵長は、思いきって、

「暗号書です！ 司令部の暗号書です！」と、夢中で大声をあげて叫んだ。

「暗号書をあげください」

「暗号書が沈みます！」と、大声で必死に叫びつづけた。そして、「岸波」の艦橋にむかって、片手を上げてふる。

すると、疲れ果てた身体は、重くなった外嚢といっしょに沈みかかる。海水にアップアップしながら、それでも夢中で死に物狂いに叫びつづけた。

「オイ、あそこにあるのは暗号書らしいぞ。上げてやれ、早くしろ！」と、ようやくそれに気づいた「岸波」の甲板上から、声がかかった。

その声が坂井兵長の耳にとどいた。一気に疲れが出て、逆に力がぬけかかる思いでほっとする。そのあと、彼は暗号書とともに、「岸波」の甲板上に引き上げられた。

暗号書をまもろうと、それ一筋に必死に努力した結果が、こうして自分をも救うことになったともいえる。

「私はあのとき、暗号書に助けられたようなものですよ」

戦後三十九年目の戦友会の席上で、坂井勲氏はしみじみと述懐し、感慨無量の面持であった。

この暗号書を救った功績が大きく評価されて、レイテ沖海戦後、彼は内地に送り還され、海兵団において特別に表彰をうけるとともに、特別善行章一線を付与された。死線を踏みこえた少年兵にたいして、心から祝福する思いであった。

この特別善行章は、普通善行章の山形の頂点に、さらに桜の星がついた立派なもので、たいへんな名誉なものであった。海軍の下士官と兵のなかで、この特別善行章を付与された者は、おそらく、一万人に一人ぐらいのことで、ほんとうに最高章のひとつである。まさに、金鵄勲章ものであった。

敗れることなく、叙勲発表ということであれば、確実に金鵄勲章を受賞していたことであろう。これこそ、まさに「まぼろしの勲章」というべきである。

勲章といえば、総員退避直前、荒木艦長から御真影の奉移を命じられた庶務主任の村井弘司主計少尉（海経三十四期）と衛兵副司令久島中尉（海兵七十三期）は、あの混乱のなかでどうなったことであろう。

久島中尉は、不幸にしてこのあと戦死したが、村井弘司主計少尉は、みごとにその重責を果たした。

当時の海軍では、自分の生命よりも大切といわれた天皇・皇后の写真を、あの修羅場のなかでぶじに奉移したのであるから、これは最高の手柄であった。叙勲が行なわれていたとすれば、これも金鵄勲章は間違いなかったと思われる――ここにも、「まぼろしの勲章」があったのである。

一本のロープ

自信と誤算——この心的要素のからみあいから生ずる心の油断は、つねに失敗につながるというが、とくに激しい戦いの最中には、失敗どころか、死、あるいは、惨めな敗北につながるのがつねである。

私は、自分の一瞬の油断から、「岸波」の艦底の海中に沈みこんでしまい、無我夢中のうちにようやく浮き上がることができた。

浮上したそのとき、「岸波」の甲板上から投げ降ろされた一本のロープ——これが、私の全生命をゆだねる命綱であった。

なにしろ、「岸波」の艦底下七、八メートルもの海中で、もがき苦しんだため、さすがの体力も消耗の極にたっし、息をするのも苦しく、気絶寸前の状態である。

それでも、私は、道板の上からはうようにして身を乗り出し、かろうじて手を伸ばすと、両手でそのロープをしっかりにぎった。そして、最後の力をふりしぼり、すがりつくようにして、ぐーっと「岸波」の外舷に身体を近づかせるようにした。それが、私のできる精いっぱいの努力であった。

「シッカリつかまってください。いいですか！　にぎってくださいよ」

「ヨイショ！」「ヨイショ！」

そういう声や掛け声を、頭上で聞いたように思う。いや聞いたにちがいない……それなのに、夢のなかのことのようによくはっきりしない。その声や掛け声は、私を上甲板に引き上げようと、がんばってくれる細井上水ら三人の声であった。

しかし、身体の重みで、というより、すがりついたときの〝助かった〟と思う気のゆるみと疲労のため、意識朦朧状態でロープに取りついていたからに違いない、ロープをにぎっていた手が、ズズズーとすべった。

その瞬間、摩擦で掌が焼けつくような熱さに、私は思わず「アッ」と声をあげ、ハッと気がついて意識がもどった――まるで真っ赤に焼けた鉄の棒をにぎる、そのような飛び上がるような強烈な刺激であった。

と同時に、私の脳裡の隅を「摩耶」の新三水時代の記憶が鮮烈によみがえった。私はとっさに滑り落ちかかったロープを、力いっぱいにぎりかえし、ロープにぶらさがった。

「放すな！」と絶叫した、あのときのあの先任下士の顔を、はっきりと思い浮かべた。

〈いま、このロープから手を放したら、万事休すだ。地獄行きだぞ。海の藻屑になってしまうぞ。死んでも、この手を放すな〉と、もう無我夢中で、ただただ、この命綱をにぎりしめていた。「摩耶」時代の記憶、それが心のささえにもなっていた。

このとき、私が思いだしていた体験とは、四年ほど前のこと、重巡「摩耶」で苦しい訓練に明け暮れしていた新三水時代、そのころのことである。

昭和十五年の七月、千葉房総半島の館山湾内には、連合艦隊がそろって停泊していた。広い湾内も、数十隻という連合艦隊とあって、さすがにいっぱいになっている。

夕食を終えた「摩耶」の艦内では、これから行なわれる夜間訓練までの、わずかな憩いのひとときがすぎようとしていた。

しかし、私たち新三水は、すこし前に食事の後かたづけを終わって、ほっとひと息ついたところで、それもアッという間に終わってしまうというわけである。

「カッター上げ方、用意！」

「手空《てあ》き総員、前甲板へ！」と、早々に艦内マイクから放送が流れてくる。

私は中甲板最後部右舷、二分隊の兵員室からとびだし、左舷後部に突き出している繋船桁《けいせんこう》（短艇を繋留するところ）へ走った——今日は、私と増淵三水が当番だからである。私は綱梯《つなばし》子《ご》を伝わり、軽業師のように第二カッターにおり、後部の滑車にすばやく取りついた。

前甲板に長くのばされたカッター引き上げ用の太い二本のロープは、八分隊応急員が吹くホイッスルにあわせて、

「引け」という掛け声で、いっせいに引き上げられる。

ダビット前につっ立った小柄な先任下士官が、ひきわ大きな声で、

「引けえ！」と指示している。

それらの掛け声と共に、カッターは高角砲甲板から海上に突きだしているダビットへと、一気に引き上げられた。

このとき、ストッパーをカッターの滑車についたロープにかけて、思いきりしっかりとにぎり、「ヨーシ」と、大声をかける——五十人以上で引っぱっていたロープを、一時的にこのストッパーで止めるわけである。

　定員五十人乗りの十二梃オールのカッターは、非常に大きなもので、それだけに重量がすごくある。それが上甲板より一段高い高角砲甲板から突き出しているダビットに引き上げられたのであるから、そのカッターから海面をのぞくと眼がくらむような高さだ。

「ロープ、ゆるめー！」という命令がくだる。きっちり締めつけられたストッパーに、カッターの全重量がかかる。

――もっとも緊張する一瞬だ。ロープがゆるめられる。両手でにぎったストッパーに重量がかかり、ロープはそのために、ギギッと軋み音を立てる。

　その瞬間であった。前部のストッパーを押さえていた増淵三水の手がすこしゆるんだ。

「ズズ、ズズー」と、ロープが音を立ててさがった――約一メートルほど。

「危ない！」

　声になるもならないもない。とっさに、私は両手両足に、腰に、そして全身に、気合と全力をこめて踏んばった。カッターの全重量が、私のにぎっている後部のストッパーに、ググーッとかかってきた。

　さらに落ちこもうとする。ここで私がこ、け、た、ら、カッターはまっさかさまに海中へ転落する。死傷者が何人もでる大事故に発展しかねない。足を踏んばり、両手にすべての力をこめてがんばる。

「放すな！」

「放すんじゃないぞ！」と、先任下士のつづけざまの絶叫が私の耳を突きぬけていく。

　だが、私のにぎったロープも、五十センチほどズズーッとさがる。カッターの全重量と私一人の全力では、ここらが限界か——。

〈だめかッ〉そう思った瞬間、掌に激痛が走った。鋭い刃物で切られたときより、もっと激しい痛さであった。そして、右の掌から赤黒い血がドッと流れだした。

その吹き出した血が、見るまにロープを真っ赤に染めてしたたり落ち、白い事業服の肩から胸に伝わるようにして流れた。だが、どうすることもできない。

「放すな！」

「放しちゃだめだぞ！」と、ふたたび先任下士が絶叫する。

私はしゃにむにがんばった。身体がどうにかなってしまうかと思うほどであったが、ここで踏んばりぬいた。

やがて、ロープは止まった。どうにか食い止めたのだ。クリップに止められ、ことなきを得たカッターを見てひと安心したとたん、自分の掌を見て驚くやら、気分が悪くなるやらで、ひと騒ぎである。

——掌の厚い皮が、一枚皮のようにベローッとむけて、血が吹きだしている。

「オーイ、早くおりてこい」

「よくやった！　医務室へ早くいけ！」

言葉をかけ、私の肩を叩き、先任下士がほめてくれたが、なんと言われようと、掌の痛みは身にしみる思いだった。

この痛みが、いま、この瞬間の激痛とかさなる思いで、ぶらさがっているロープを思わずにぎりなおし、グーッと力を入れた。

これでふたたび海に落下するのをふせげた。あとはロープをにぎりしめたまま、「岸波」の甲板上へ引き上げられた。「一本のロープ」と「血のしたたる掌の思い出」とが、私の現在の命をつなぐ絆となり、人生の明暗を分かつ運命の階段《きざはし》となった。

自分がたすかる前後に、どれだけの将兵が生き死にを分けたか――力つきてロープから手を放して落下する者、あとひと息というところまで引き上げられながら転落してゆく者、そのロープに手のとどくところまで泳ぎながら沈んでいった者、そのロープを眼の端に入れたまま消えた者……私の眼にも、くっきりと残っているのだ。

こうして、「一本のロープ」は痛恨と哀惜、喜悦と感謝が織りなす衝撃のドラマの象徴となった。そして、いかなる場合でも、最後まで生きることをあきらめずにがんばること、それが生への道であることを、私は教えられたのである。

舷窓からの脱出

操舵室で舵輪を握っていた西林兵長が、艦橋に通ずる頭の上の伝声管から、「面舵一杯、前進全速！」という荒木一雄大尉の下令を聞いたのは、〝配置につけ〟が終わり、〝各自適宜訓練に入れ〟という指示で、操舵員長の高野上曹と交代して操舵についた直後であった。

「操舵員かわりました、水兵長西林隆造！」と申告し、取舵のあと十度に定針して航行中のときである。

突然の転舵である。西林は、柔道部員で鍛えたという太いしなやかな両腕に力をこめて、舵輪を風車のように右にまわし、

「面舵三十五度!」と復唱した。

速力通信機(テレグラフ)についていた熊谷昭二上水は、急いで通信機のハンドルを右いっぱいに回転し、前進全速の位置にあわせて叫んだ。

「前進全速急げ!」

機械室指揮所に通ずる伝声管にむかって大声で叫んだわけであるが、この異常な〝緊急転舵〟に、操舵室は、一瞬のうちに緊張感が走り、室内は息をものむ静けさにつつまれた。

「敵潜だな」……それ以外に考えられないからだ。

だが、西林兵長が舵輪をまわすのと、「ダダーン」という大音響につづく、「ガクーン」という大衝撃と、どっちが早かったか、まったく見当がつかない。

操舵室右側の、一段高い板張りの上に寝ころがっていた操舵長の桑折順兵曹長は、一メートルも飛び上がるような驚きようであった。相撲が強いので兵曹長に任官したといわれるその巨体は、飛び上がったまま、もんどりうって甲板上にたたきつけられた。

左側板張りに座っていた高野上曹(操舵員長)もまた、あまりあわてて立ち上がったので、頭をもろに天井に打ちつけるといった騒ぎである。

一方、西林兵長がにぎっていた舵輪は、急激に圧力を下げて〝ガクーン〟と力がぬけてしまった。舵の故障である。

このとき、艦橋上はすでに修羅場と化していた。が、操舵室では知るよしもない。救助を要請するために駆逐艦へ信号を発する信号兵、衝撃をこらえがなら海面を見つめる見張員——しかし、その眼に敵潜の姿は入ってこない。

その「愛宕」で一番高い艦橋上の防空指揮所見張員の頭の上にまで、噴き上げた海水が雨のように降りそそいでくる。

すでに、艦の機能は完全に停止してしまった。

旗旒甲板にいたM二曹（十五徴）は、つぎはどんな命令がくだるのかと、左舷にたって海上を見わたしながらも、荒木艦長と当直将校のほうを交互に見つめている。

小杉信号員長は、つぎつぎと信号が下令されるので、艦橋上を走りまわっている。

若い水兵たちは、この異常事態におびえながらも、必死に自分の戦闘配置をまもろうと、それぞれの眼鏡や旗旒甲板にしがみつき、がんばっている。

「愛宕」操舵員・西林隆造兵長。青木兵長と共に舷窓から脱出した。

しかし、混乱している艦橋上では、荒木艦長や根岸副長の下令がうまく徹底しないために、焦燥《しょうそう》の色を濃くしているようすがありありと見える。

——電源が切れ、通信設備が破壊された現在、もう肉声で伝えるしか方法はない。（ここで、艦橋に集中している司令部の人たちには、司令部肉声だけの下令では主砲砲塔や魚雷発射管、さらに機関科など、すべての艦内配置に連絡はつかない。この段階で、各配置のそれぞれの判断にまつしか手段がなくなっていたのだ。

艦長以下幹部全員がその対応に必死であったが、あまりにも突然の被雷であり、被害も大きかったので、そのショックは急激に混乱へと変わっていったのである。

さて、操舵室では、各配置に連絡をとるため、必死になって電話や伝声管にしがみついていた。

しかし、動きまわっていた西林兵長と青木兵長の二人が、はっと気がついて室内を見まわすと、いつのまにどうなったのか、短い時間の間に、桑折操舵長と高野操舵員長らの姿はなかった。

あの衝撃の後、どれほどの時間が経過したのであろうか、そんなにたっていないようにも思える。二人は夢中になって怒鳴ったり耳をすましたりしていて、時間の経過を忘れていたのだ。

それにしても、声もかけずにいなくなっているとは……思いもよらない結果になって、二人は思わず顔を見合わせた。二人だけになった部屋が、なにか信じられないほど静かに感じられた。

こうして、西林、青木の二兵長は、操舵室に最後にとり残されてしまい、完全に脱出に遅れてしまった。

これも、いつそうなったのかわからないが、操舵室入口の防水扉を、二人であけようとしてもだめになっていた。艦の急激な傾斜によってゆがんでしまったのだろう——しかし、〈それほどの時間が経過したようには思えないのに……〉と二人は思う。それなら操舵長たちは、その短い時間の間に声もかけないでとびだしていったのか。

そんなことを思っている暇はない。二人はなおも防水扉をたたいたり、蹴とばしたりしてみたが、びくともしない。

柔道部員で鍛えたという西林と、相撲でしごかれた青木の二人が、その体力にものいわせて交互に体当たりするのだが、もう微動だにしなくなっている。やはり、傾斜で狂ってしまったのだ。

操舵室は、水線上の高い位置にある艦橋にあるので、安心しきっていたのが裏目にでたのだ。室内から出ることができないのでは、艦底であろうが、水線上の部屋であろうが、どこにいてもおなじである。おしまいなのである。

二人は進退きわまり、六畳敷きほどの狭い鉄の部屋のなかに座りこんでしまった。

しかし、このままではこの鉄の部屋が、鉄の棺桶になってしまう。舷窓から射しこむわずかな光に、室内はぼんやりと明るみ、非情なまでに静かだ——入口のハッチの取っ手が、無情にも光っている。

「こまったなあ、青木」と、西林兵長が絶望的な声をだす。

青木兵長も、そう呼びかけられても、どうしようもない。頭のなかでいろいろと考えをめぐらすのではあるが、こういう絶体絶命のときに、人間はときには意外な思いつきをするものなのだろうか。

操舵室のこの部屋のなかに、桑折操舵長が持っていた軍刀があるのではないか……と、青木兵長の頭に、ふと、そんな意外なことが浮かんできた。それは操舵長が、いつもよく手入れをしていたもので、大男の操舵長の持ち物らしく、太めの刀身を改造した日本刀であった。

〈それがどうした、どうしようというのだ〉と、青木兵長は心のなかで自問自答してみる。

〈あれでも抜いて、最後に思いきり、ふりまわしてみるか〉

そんな衝動的な思いつきが浮かんできて、室内を見回した。立ち上がって調べてみたが、軍刀はどこにも見当たらない。家宝だとかいって大切にしていたが、こんなときでも持って逃げたのであろうか。大男ににあわず、逃げ足の早いこと……と、自嘲気味になお室内を見まわす。

「青木、どうしよう」

西林兵長が声をかける。

その声で、われにかえった青木兵長の眼に、中央の舷窓がまっすぐに映ってきた。

〈あれからなら、出られるかもしれないぞ。だれから聞いたのか、戦艦の舷窓から脱出したという話があったな〉

ぼんやりした頭のなかに、この考えが浮かんできた。

——操舵室前面の舷窓、それも真ん中の舷窓は、操舵中、前方が見やすいように普通のものより大きくできている。戦艦の普通のものとおなじくらいはあるだろう……。

そう思うと、パッと眼の前が開けたように明るくなった。

「西林さん、舷窓から出られるかも知れませんよ。出ましょう、真ん中のなら、大きいから出られますよ!」と、声をはずませて伝えた。

「そうか! そうしよう」

「西林さん、先に出てください」

「ヨーシ」と、すぐに舷窓に走りよった。

西林兵長は、いち早く舷窓のケッチ(止め金)をはずしにかかった。

「固いなあ、だれが閉めたんだ、こんなに強く……」と、ブツブツ言いながらも、どうにか二、三分かかってあけた。

外の冷たい空気が、サーッと入ってきた。なんともいえないよい気分であった。

西林兵長が出ようとする。足から先が出やすいとみてその姿勢になる。しかし、なにかがつかえて、おもうように出られない。大きいといっても、たかが丸い舷窓である。人間一人が、ぎりぎり通り抜けられるか抜けられないかである。

「青木! こりゃ大変だ、出られないぞ、どうするか!」と言いながら身体を動かしている。

「出られない、弱ったなあ」と、絶望的な声をだす。顔も蒼ざめていたのではないか。

西林兵長は、やはり、あわてていたのだ。よく見ると、西林兵長は、防毒面をつけたまま出ようとしているのである。これでは出られるわけがない、背負った防毒面がつかえているのだ。

「西林さん、それでは出れませんよ、防毒面がつかえているんですよ。はずさないとだめですよ」と笑いながら言うと、

「ああ、そうか」と、あわてて苦笑いしながら投げすてるようにしてはずし、脱出に成功し

た。

青木兵長もこれにつづき、どうにか脱出できた。ボートクルーや相撲部員の経験のある大男の青木にとって、西林兵長よりもだいぶ苦しかったが、それでも必死に抜けだした。

生死の別れ道

どうにか脱出に成功した二人が前甲板に眼をむけると、二番砲塔左舷中甲板への出口から大貫兵曹が顔を出してきた。

彼も、そのときちょうど脱出してきたばかりらしく、西林兵長らと眼があうと、〝ほう〟という表情をみせた。西林の顔にもかすかに笑みが浮かぶ。おたがいの脱出成功、ぶじを喜んでの笑いか、こういう非常事態での対面ということでのテレ笑いであった。

それから、西林、青木の二兵長は、艦橋の前面にへばりつくようにして、一人ずつそろそろ歩きだした。

艦は、五十度、六十度、そして七十度へと急激に傾斜してゆく。もう真横といってもいいくらいになってきた。艦橋から垂直に下がっている排水用鉄パイプが、いい具合に足場になるという状態である。

二人は、前面をはうように取りつけてある太い電線の束に指をかけ、鉄パイプに足をかけて、艦橋に上がるような形でそろそろ進んでゆく。

「西林さん、危ないですよ！　気をつけましょう」

「うーん、大丈夫だ。青木のほうも気をつけろよ」と、二人は声をかけ、励ましあいながら進んだ。

なんのことはない。二匹のカニが艦橋の前面にへばりついてはっている……そんな光景である。

右舷の方向にいくしかない。そのほうが海面に近いからである。

しかし、すでに、真横に近いという状態になっていた艦橋が、急に右舷の海上にグウーッと突きだしてきた。ガクン、ガクン、ガクーンという右に傾く衝撃をうけて、二人の手は思わず突起物からはずれてしまい、排水用鉄パイプにかけていた足もふみはずした。

「危ない！」という叫び声と共に、二人は海中に投げだされ、「ドボーン、ドボーン」と、あいついで水音をたてて転落した。二人は着のみ着のまま、海中深く潜りこんでしまった。

二人ともしばらくは海中でもがくようにしていたが、やがて海面へ浮かび上がることができた。

その青木兵長の目の前に、信号員長の小杉喜一兵曹が、まったく同時にポッカリと浮かび上がってきた。まったくの偶然である。小杉兵曹も急激な傾斜のため、艦橋の別のところからふり落とされたのであろうか、あるいは、すこし前からそこで泳いでいて、顔をあげたところであったのか。

「信号員長！」と、青木兵長が、口から海水をふき出しざまに大声で呼びかけると、

「オーッ、青木か、がんばれよ」と言葉をかえす。

おたがいに眼だけギョロつかせた二人は、顔を見合わせて力強くうなずきあった。こうい

うときは、それだけでも力づけになるものである。

海軍に入る前から水泳が得意であった青木兵長は、ぬき手をきって、またたく間に「岸波」の近く、五十メートルくらいまで泳ぎつくことができた。

そこまで来てみると、このあたりには無数の人が泳いでいて、頭ばかりが眼に入ってくるほどであった。

そのなかに、まだ救助されていない栗田長官ら司令部の一団がいたという。まっ先に司令部退去が下令され、飛びこんで退避した彼らがまだいたということは、「愛宕」の傾斜がそれだけ早かったということであるし、西林、青木の両兵長の脱出が、間一髪の危険をはらんでいたことにもなる。

青木兵長は、まだ余力が充分あるように思えたので、泳ぎながら、ゆっくりあたりを見まわして情勢判断をする。見ると、「岸波」の艦上では、

「長官を早く！　司令部の人たちを早くあげろ」などと叫びあって大わらわであるし、海上の高級士官たちの周囲には、藁にもすがりたいという兵隊たちが群がるように集まり、その頭で埋まっている。

〈この付近に近づいてもだめだぞ、救助されるとしても、ずっと後まわしにされておくれるぞ。これではだめだ。こういう人たちとははなれたほうがいい〉

青木兵長の情況判断は、心のなかですぐ結論にたっした。これも生きるためのひとつの知恵である。

彼はすぐ泳ぎはじめて、ずっとはなれた艦尾付近にまわった。行き着くと、そこにはちょ

うど一本のロープが甲板上から下げられていた。これが運というものであろうか。
こうして、青木兵長らは「岸波」の甲板上に救い上げられた。(西林兵長もいっしょであった)

青木兵長の海面上での判断に関連することであるが、好判断というばかりでなく、反面では、やりきれないような裏づけがそこには存在していた。

いつの時代、どのような場合でもそうあってはならないことであるが、生命に関して、そのあつかい方に軽重の度合いがつきまとうということ、これは認めざるをえない。

軍隊であれば、下士官や兵などは、さしずめ軽くあつかわれるほうである。残念なことではあるが、事実に近いといわざるをえない。救助というさいにも、最後にまわされることはほぼまちがいない。

冷静な情況判断によって「岸波」に運よく救助された青木武雄兵長。

海軍の場合、海上での救助が多いわけであるが、軍服がはがれていたり、油で顔がよごれて見分けがつかなければ話はべつとして、救助に差別がみられる。

司令部など、全体行動として指揮系統に重大な影響が生ずる……という場合は、それを優先するのはしかたないといえる。軍隊であり、戦時下であれば当然であろう。

しかし、つねにそうであるというのは困りものである。たとえば、死生のきわというわけではなく、転勤や移動というさいにも、この軽重の差が大きく出てくる。これについては無章の福田久次郎兵曹（十五徴）が、よくこぼしていた。士官は飛行機、下士官や兵でも学校出は駆逐艦で、無章はドロ船（輸送船）――いつもボカチンを食って泳ぐのは無章の下士官や兵だ……と。

それはそれとして、生死の別れ道に上下はない。軽重もない。その人の運命があるだけである。

「岸波」に近い海面を泳ぐ者のなかにも、さまざまなドラマが生まれる。士官、下士官、兵という差別はない。足がつって泳げなくなる者、そのまま沈む者、大量に重油をのむ者、鮫に食われて引きずりこまれる者、溺れかかって抱きつかれていっしょに海中に押しこめられる者など、さまざまだ。

助け上げられた者の中にも、不運な星の人もいる。林主計長は、海上で大量の重油をのんでしまったようだ。「愛宕」の乗組員を助け上げて満載した「岸波」が走りだそうとしたころ、主計長はその後甲板で、ガックリと座りこんで眼を閉じていた。

かつての貴公子然とした主計長の面影はあとかたもなく消えて、土色といっていいほどに青ざめた顔である。あまりにも変わりはて、しかも苦しげな様相を見せていたので、ちょっと見では、あの主計長だとは見わけがつかない。

そこへ通りかかったのが青木兵長である。〈オヤッ〉と、彼は思った。〈林主計長ではないか〉と、思わずのぞきこむように見つめた。

「主計長ですね」「うーん」と首を縦にふる。

「大丈夫ですか」と耳に口をよせて、心配そうに呼びかけると、それでも主計長は、「大丈夫」と小さな声で応答した。それは気の毒なほどに憔悴しきったようすであった。青木兵長は励ましの言葉を残してわかれたが、主計長は長くは生きることができなかった。

このあと、レイテ突入を前にしての対空戦闘の最中、十月二十六日、林主計長はついに戦死、帰らぬ人となった。重油をのんだのが原因であった。

壮絶な被雷、退避、脱出、救助というシナリオのすじだてをいろどる悲劇のひとこまである。

この「愛宕」撃沈のさいに、栗田艦隊司令部でただ一人の負傷者となったのは、参謀長の小柳富次少将であった。

参謀長は、「愛宕」の艦橋左側から外舷をすべりおりるときに、外舷の突起物にあたり、腰から大腿にかけて打撲と裂傷を負った。このときの突起物は、外舷に付着していた牡蠣《かき》ではなかったかといわれたが不明である。参謀長のこの負傷が、これからの作戦にすくなからぬ影響をあたえることになるのである。

こうして、重巡「愛宕」は重巡最高の装備をもち、栗田艦隊の旗艦という海軍最高の晴れ舞台にたちながら、レイテ沖海戦では、ついに一発の主砲も、一本の魚雷も発射することなく、パラワン水道の海底へと静かに沈みさり、その生涯を終えるのである。

「愛宕」沈没で、乗組員四百八十七名の将兵が戦死し、運命をともにするのだが、これは全乗組員の三十五パーセントを占める。

この戦死者のなかで、一つだけいかにも不思議な事実に気がつく。

それは、戦死者名簿を見てゆくと、艦橋配置の七分隊（航海科）の戦死者がいがいに多い事実である。

とくに、一番上部の見張所にいた見張員——その気になれば、あるいは、正式な指令があれば、まっ先に逃げられる兵たちの戦死者が多いのはなぜだろう。

考えられることは、「愛宕」をまもるためと、自分の配置を離脱せずに任務遂行を敢行するために、最後までへばりついていたのであろう。そう判断するしかない。

このことは、「総員退去」の下令がいまにいたるまで不明であることを解きあかす内容をもつものであろう。まことに、判然としないものを包含しているといわなければなるまい。

いずれにしても、連合艦隊の雌雄をかけたレイテ突入を前にして、総指揮官の座乗する旗艦「愛宕」が撃沈されるという不運に遭遇したこの作戦は、なにやら前途に不吉な予感を感じさせた。

栗田長官以下司令部と「愛宕」の乗組員二百二十一名は「岸波」に救助され、荒木艦長、根岸副長ら四百九十二名の「愛宕」の残りの乗組員は「朝霜」に救助された。

そして、このあと「岸波」に救助された艦隊司令部と「愛宕」乗組員は、戦艦「大和」に転乗した。第二艦隊司令部がかねがね待望していた、「大和」の旗艦という大名分が、このような形で実現されるとは予想もしなかったことである。皮肉な出来事であり、皮肉な運命である。

旗艦「大和」は、こうしてレイテ突入へとむかったのである。

総員退去は幻か

「愛宕」の沈没時に、「総員退去」は出たのか、出なかったのか──。

その賛否はあい半《なか》ばしている。しかし、出されたと言いきる人は、半数を大きく割る。

公式の戦闘詳報によると、第四弾の被雷直後に出されたように記録されている。すなわち、「岸波」にたいして、「愛宕」の舷側に「寄れ、寄れ」と信号を出したあと、「軍艦旗卸《おろ》し方用意」、つづいて、「総員上へ、軍艦旗卸せ」となっている。

しかし、この「総員上へ、軍艦旗卸せ」という命令を聞いた者が、はたして何人いたであろうか。艦橋にいた者でも、聞いたという者が何人いるのか……。

それはたしかに厳しい戦闘の最中であり、しかも、思いもかけない奇襲混乱のときであったので、命令が徹底しなかった──充分に行きわたらなかったのだといえばすむことかもしれないが、そうではない。

実際は、脱出の機会が確実にあったにもかかわらず、命令を聞くことができなかったため、ただそれだけのことで、それを待ったがゆえに、みすみす死んでいった人たちが相当数いることは確かなのだ。こういう兵たちは、とうてい浮かばれない。

ここに、そのようにして死んでいった兵たちを、自分の眼で見ている生き証人がいるのである。その代表的な挿話をひとつ紹介することにしよう。それは、命令を聞くことなく、ただ戦友の言葉にしたがって助かった者と助からなかった者の、明暗わけた真実の話である。

そのとき、艦橋操舵室では西林兵長と青木兵長の二人が、各配置からの連絡をいまや遅しと待っていた。

艦橋からの命令があれば、すぐに機関科指揮所や、前転、後転、舵機室など、一連の戦闘配置に連絡しなければならない。

しかし、「総員退去」の命令は、ついに最後まで（西林、青木の二兵長が脱出するまで）操舵室にはなかった。操舵室になければ、それを待っている機関科などに通じるはずがない。速力通信機の伝令から、機械室指揮所を通じてすべてがつたえられているのである。

その操舵室からの連絡を待っている部署のひとつ、前部下甲板左側の前転（前部転輪羅針儀室）にいた大貫一曹（十四徴）は、第一弾の被雷で、鉄板の壁にたたきつけられるような衝撃をうけた。

それはまさに、すべてが爆発して消滅してしまうのではないかと思うほど大きなショックであった。それもそのはず、大貫一曹のいる前転のまさしく反対舷に、その第一弾が命中したのだから、その衝撃の大きかったのも当然である。

〝どうしようか〟と、一瞬のためらいもつかのま、つづけて第二弾、第三弾、第四弾の衝撃である。

温厚な性格で、比較的のんびりしている大貫一曹だったので、これほどの大きな衝撃の連続にもかかわらず、よもや、「愛宕」が沈没するとは思わない——指揮所である操舵室からの連絡がくるのを待っていた。

それでも、ハッチをあけて外をのぞいてみると、ラッタル上り口の通路に、電機分隊前部管制盤の人たちが顔を出し、やはり、ようすをうかがっているようであった。彼らの頭が二つ、三つと、非常用の豆電灯の小さな明かりのなかに、影のように浮かびあがっている。「総員退去」が出されたようすもない。あれば、もちろん指揮所から連絡があるはずであり、電機分隊の人たちもあんなふうにはしていない。

じーっと辛抱して待っているよりしかたがない。その待つ身のつらさの間にも、刻一刻と厳しい時間がすぎていく。

いかにのんびりした面を持っている大貫一曹も、判断にまよいつつ、それだけに不安な気持がつのってくる。しかも、一分、二分、三分とたつうちに、艦の傾斜が増してゆくのがわかる。

伝声管からの青木兵長の声に命を救われた操舵員・大貫延勝兵曹。

大貫一曹もさすがにたまりかねて、おもわず操舵室（指揮所）へ通ずる直通電話をにぎったが、もうそのときは通じなかった。

しかし、それでも前部はまだわずかに応急灯が点灯しているので、それだけでもすこしは心強い。外を見ると人の顔も見える。部屋も通路も、かすかに赤い小さな電球が反射している。

また外をのぞいてみる――やはり、管制盤室の前には七、八名の人たちが通路に出て、座りこんでいるようだ。それぞれ、指揮所からの指令を待っているのである。はたして、連絡がつくのであろうか……。

そのころ、操舵室では、青木兵長が各配置に連絡をつづけていたが、もうどこにも通ずることができない。電話も伝声管も破壊されてしまったのであろう、まったく使用不能なのだ。何度呼んでも応答がない。絶望的だ。

しかし、青木兵長はあきらめなかった。

〈前転は近いから、ひょっとすると、伝声管で通じるのではないか、もう一度だけやってみよう〉と、そう思って、ふたたび、気持をふるいおこして大声で叫んだ。それはこれが最後と、力いっぱいの大声であった。

「大貫兵曹！」「大貫兵曹！」「大貫兵曹！」と、間をおいて絶叫した。


とつぜん、うす暗い部屋のなかに、青木兵長の声が入ってきた。飛び上がるようにして、

「青木！　どうした！　総員退去はもう出たのか！」

「大貫兵曹！　上がってください！　船が沈みますよ、上がってください」

大貫一曹と青木兵長は、絶叫の呼応をつづけた。それは、それぞれの部屋に大きく響く。

「青木！　総員退去は出たのか！」

大貫一曹は、なんといっても、それが一番気がかりであったし、それが一番肝心のことであった。

「総員退去は出たのか！」という大貫一曹の声に、伝声管のむこうでは、青木兵長が思わずうなった。

「ウウ……」と絶句した。

　艦橋からはなんの連絡もない。なんの指令もないのに〝出た〟とはいえない。一兵卒としてはいえないのだ。

　ウソも方便――こんな非常なときには、そういっても、だれにも責められないであろう。しかし、当時の軍隊の教育では、それができなかったというしかない。

〝上がってください〟が、〝上がれ〟にかわってきた。

「大貫兵曹！　上がれ！　上がれ！」

　青木兵長の絶叫が、伝声管のむこうで何度もつづく。それはもう、必死の懇願といってもよいくらいの声である。

　この青木兵長の声に、さすがの大貫一曹も〈これは上がってもいいのかな〉と、ようやく思いあたった。そう思うと、

「ヨシ、ワカッタ、上がる！」と、思いきって大声で返答し、気持をふっきって外へ出た。

　ラッタル上り口のところへ急いで歩いていくと、管制盤室の前通路には、何人もの兵たちが出ていて、大貫兵曹の大声でのやりとりに耳を澄ませて聞いていた。その人たちも必死であったに違いない。自分たちの指揮所との連絡がどうしてもとれないのであろう。

　大貫一曹にとって、この一本の伝声管がそのときになって通じたということ、そして、操舵室に青木兵長がまだ残っていて、しかも何度も絶叫してくれたこと、それが身にそなわった運命であるとしても、この二つの事実がなかったら、「愛宕」とともに海底の藻屑となっていたのである。

あれから四十年目の戦友の墓参のとき、大貫延勝氏は、茨城県の伊沢二曹の墓前でしみじみと述懐した。

「おれ、青木さんのおかげで助かったよ。あのとき、あれだけ上がれと強くいわれなければ、死ぬところだったよ。命の恩人だよ、青木さんは……」と、感謝の気持がにじみでていた。

だが、大貫兵曹が前転室から出て、せまい通路をぬけ、先ほど何度か自分ものぞいた前部管制盤の前を通りかかると、管制盤の機関兵が、一団となって入口付近の通路に座りこんでいた。

彼らには大貫兵曹の大きな声が、耳に入っていたのであろう。大貫兵曹の顔を見たこの人たちは、いっせいになにかを訴えるような眼差しをしめした。（大貫兵曹はいまも、その眼を忘れることができないという）

そのとき、同年兵の石坂一機曹（十四徴）が、その群れのなかからせきこむように声をかけてきた。

「大貫！　総員退去は出たのか」

その眼は、血走っていた。大貫兵曹は、一瞬、言葉につまった――青木兵長からは、何度問いかえしても、総員退去の連絡はうけていない。これが大貫兵曹の言葉をつまらせ、口ごもらせてしまった。

あのとき、臨機応変に、「出たらしいよ」といえばよかったのであろうか。いままでに数えきれないくらい、何度、そのことを思いかえしたことか。

古参下士官とはいえ、温厚で正直者の大貫兵曹は、おもわず、口から、「ウーン、おれたちだけかも知れないよ」という言葉が小さな声でこぼれていた。とっさの間《ま》では、人間というものは本当のことしかいえないものなのだろう。

石坂兵曹は、がっかりしたように下をむいていた。そのほかの人たちも、大貫兵曹が「総員退去は出たのか！」と大声で何度も聞いていたのを知っていたはずである。「そうか、出たんだな」というような言葉は一度も聞いていない。質問する声だけを耳にしているので、もうかさねて大貫兵曹に声をかけてくる者はいなかった。

「……しかし、いま考えてみれば、あのとき、なぜおもいきって、〝出たらしいよ〟とひとこと、言ってやれなかったのか、と悔やまれてならないんです。そうしておれば、あの人たちは全員いっしょに脱出できて、大部分が私のように生きておれたのに、残念でなりません……」と、何度となく、大貫氏はくり返すのである。

ただ、なにしろ、まったく時間の経過がわからないくらいのあわただしい緊急事態であり、それもはじめての経験であったということが、「愛宕」乗組員の、とくに兵たちにとって不幸であったといえるのではないか。

こうして、石坂一機曹以下、前部管制盤の人たちは、このまま逃げおくれて、ハッチから滝のように流れこむ海水に押しこめられ、ついに甲板上に姿を見せることなく、「愛宕」とともに海に沈んだ。

——傾斜したラッタルをぶらさがるようにして上がっていく大貫兵曹のうしろ姿を、石坂兵曹ら管制盤の機関科兵たちは、どのような顔で見送っていたことか。いや、自分たちの運命をどのように胸に嚙みしめて、通路に眼を落としていたのであろうか。まさに格子なき牢獄というべきである。なによりも、この前部管制盤に命令をくだす指揮官（分隊長）がいなかったこと、さらに、総員退去の下令の不明、不徹底こそが、こういう不幸をまねく結果になったのであるといわなければならない。悔やまれてならない。

大貫兵曹は、上甲板左舷の三番砲塔わきのラッタルを上がり、防水蓋から首を出した。ようやく脱出に成功したのである。（そのあとに、西林、青木両兵長と顔を合わせるのだ）

見ると、上甲板はすでに四十五度以上も右に傾いていた。思わず艦橋の方向に眼をやった。その巨大な艦橋は、まるでスローモーションの映画を見ているように、ゆっくり、ゆっくり、右舷に傾斜していく。巨大なるビルが倒れていく瞬間の姿である。

主砲も大きく右に傾き、海水につかっているのが眼にうつる。なんと表現していいか、大貫兵曹の胸は悲哀感でいっぱいになる。

数十秒というわずかな時間の間に、四本の魚雷を右舷に一方的にうけた「愛宕」――その瞬間に、艦内のすべての機能が停止してしまった。これは、人間でいえば、一発で心臓が止まってしまったという完全死の状態である。

指揮系統もなにもあったものではないと、極言したくもなるというもので、このことはあのとき、みずから脱出をはかった者、それに近い者でなければ絶対にわからないことであろう。

あの厳しい訓練はなんのためにあったのか、そのようにも思いたくなる。命令と服従、任務の遂行を、絶対の掟でがんじがらめにしておきながら……と、いやでも本音がでてくる思いである。

「愛宕」戦死者四百八十七名をいろいろと分析してみると、より以上に重要な内容がわかってくる。

総員退去下令の問題ひとつをとってみても、そのために何十、何百の兵が海の藻屑となって消えていったり、重軽傷を負ったか知れない。それを私たちはいま一度、確認しあわなければならないと思う。

それは、帰らぬ人となった私たちの戦友や遺族、さらに、これから先、いかなることが起きるか予想もつかぬ私たちの子孫のためにもやっておかなければならないことではないか。そうすることで、大貫兵曹の胸のうちの思いも、すこしは癒《いや》されることになるものとも思われる。

「総員退去」――それは恨まれるべき幻の下令であった。

地獄の蓋

右舷高角度甲板上、煙突と煙突の間にある三連装二十五ミリ機銃についていた鈴木善之助兵長(二分隊)は、右上空にむかい、三連装の機銃を旋回して訓練をつづけていたが、衝撃のあと、さらに、右舷直下に敵潜水艦から発射された魚雷がせまっていることなど、まったく知るよしもなかった。

第一、第二弾の衝撃が、連続して「愛宕」を大きく震わせたあとのことである。何秒かの間に自分をたてなおす暇もなく、第三弾の大衝撃をうけた——それは、自分が配置についている機銃座のすぐ真横であった。

魚雷は、山が崩れ落ちるときの、あの地鳴りにもにた重い響きをたてて、大爆発を起こした。腸がちぎれてとび散るほどに下から突き上げられる。ガクーンと大きく震動した機銃座からふり落とされそうになり、にぎっていた機銃のハンドルをグーッとつかむ。そのハンドルにささえられて、どうにか持ちこたえたが、身体も気持も、一瞬のうちにばらばらになってしまったようであった。

爆発と同時に、強烈としかいいようのない爆風が顔面をもろに襲い、ふきぬけてゆく。そして、霞んだ眼にも、噴きあがって煙突の三倍以上の高さにたっする大水柱がうつる——と見る間に、そのバカでかい水柱の先端が、水煙りとなってやがて、鈴木兵長ら機銃員の頭上にふりそそいできた。

防暑服はずぶ濡れになり、艦内靴《かんないか》の中にまで海水が入りこんでジャブジャブである。まるで滝の水をかぶったときのような状態で、しかも、その落下した海水には重油がまじっていて、見あわす機銃員の顔はいちように真っ黒だが、だれひとり笑うものはいない。しばし、呆然とたちつくすばかりである。

その海水は黒い濁流となり、煙突から機銃座を洗い、高角砲甲板へと流れ落ちる。さらにそのまま、傾斜した甲板から右舷へ音を立てて落ちてゆく。

呆然としてばかりはいられない。大事件である。思いがけない雷撃、それも第四弾までうけて、「愛宕」はしだいに傾斜しはじめ、それもスピードが上がってゆく。

見ると、艦橋付近の航海科や司令部の人たちが、あわただしく動きまわっている。眼をあたりにむけると、右舷海上を進航している戦艦「大和」や「武蔵」、さらに重巡などの艦隊も、一斉回頭を開始しだした。

すると、急に、「左舷にまわれ！」と、二分隊の先任下士官である金森上曹が大声で叫んだ。

　みんながあわてて左舷にまわろうとすると、もうそのころには、右に三十度は傾斜していて、身体のバランスがくずれて歩きにくく、とても行きつける状態ではない。

「角材を投げこめ！」「応急用材を投げこめ！」と、金森上曹は、つづけざまにだれかれにとなく絶叫する。

印南芳郎機兵長。最後の決戦と覚悟をきめ、衣服は全て新調した。

　すかさず、四メートルくらいの大きな角材が海中に投げいれられる。

「みんな飛びこめ！」

先任下士金森上曹は、ためらうところなく、つづけて命令した。

　――このとき、総員退去は出ていたのか、出ていなかったのか、いや、そんなことはどちらでもよい。金森兵曹の先任下士としての情勢判断と決断、これをこそ誉めるべきであるといわなければならない。

つぎつぎに飛びこんだ機銃員の一団は、投げこんだ角材につかまって海を漂流していたが、やがて、「朝霜」に救助された。その後、「高雄」へと移乗することになる。

一方、第三弾の被雷後、右舷機械室が、侵入した海水で部屋を満たされ、全員戦死という不幸な運命を迎えようとしているころ、しだいに傾きはじめた左舷機械室でも、ついに浸水がはじまった。

そういう状況のなかで、この〝左舷機械室へ注水せよ〟という機関長の指令が伝えられ、全員上甲板へ退避の命令がくだった。

ここで問題なのが、そのころ、上甲板では応急員が注水弁をあけようと、すでに必死にハンドルをまわそうとしていたことである。下の左舷機械室の機関兵たちが、退避したかどうかの配慮がすこしでもあったのかどうか、もしこれがあけられていたなら、機関兵たちは、脱出する暇などあるものではない。またたくまに海水が流れこみ、閉じこめられてしまっていたのだ。

配置についている兵隊たちの退避確認よりもさきに、艦の応急措置ということでは、兵隊はたまったものではない。

幸い、上甲板の注水弁はなんとしても動かなかった。この注水弁は、ふだんから手入れも充分ゆきとどいているので動かないはずはないのである。被雷の大きな衝撃のために狂ってしまったのだろうか。必死にハンドルに取りついたが、まわすことができなかったという。

これが左舷機械室の兵たちにとって、大きな幸せとなった。

そこでは、印南芳郎機兵長が、頭上の十一分隊兵員室に上がるハッチをあけて、そこから出ようとしていた。しかし、艦の傾斜が激しくて、思うようにハッチをあけることができない。

やむなく、そばにあったテーブルを倒し、これに足をかけることによって、なんとかあけることができた。こうして、かろうじてこの地獄の蓋から脱出することができた。

地獄の蓋というわけは、注水による密閉死や、あけられなかった場合の窒息死というばかりでなく、この時点で、通風装置が止まってしまった機関室の温度は、しだいに上昇していて、すでに五十度にもたっしていたのである。その暑さのために、身体じゅうがほてり、息もつまらんばかりの灼熱地獄になっていたのだ。

印南兵長は、出撃前から、こんどの海戦は最後の決戦になるであろう、とひそかに自分だけで覚悟をきめていた。

それで、衣類はすべて新しいものに着がえて、エンカン服（上下つなぎの白い作業服）も新しいものを着ていた。戦死したさいに、できることなら無様《ぶざま》な姿を見せたくなかったからだという。

だが、その新しいぶ厚いエンカン服を着ていることで、ひとの倍以上もの暑さとなり、灼熱の責苦が倍加したというのであるから、助かったからいいようなものの、すこし冷や汗ものであった。

ハッチをあけてやっとはい上がり、さらに、赤腹を見せて横になっている外舷へのぼることができた印南兵長は、そこでホッとひと息つき、心に余裕がでてきた。

あたりを見ると、すぐ右舷の海上に「岸波」が停止している。彼は、ためらうことなく腹をきめた。総員退去のことなど、この状況では考える必要もなかったのであろう。

「よし、飛びこもう」と叫ぶ間もなく、帽子をとり、防毒面をはずし、靴を脱いでさらに身軽になる。そして、因縁のエンカン服だけはこのときも着たまま、海中に飛びこんだ。

泳いで「岸波」にちかづき、さげられているロープの一本にやっと手がとどこうとしたとき、そのときを狙っていたかのように、「岸波」が急に動きだしたからたまらない。そのスクリューから猛烈な勢いで吐き出される水流に、身体ごと巻きこまれてしまった。

印南兵長は、そのまま「岸波」の外舷に吸いよせられるようにして、海中ふかく引きずりこまれ回転した。海水を飲みこむひまもないほどの、アッというまもないものすごい早さだった。

しかし、彼は水中で死にものぐるいにもがいた。それから、どうなったのか、運よくぽっかりと海面に浮上することができた。傷ひとつうけていない。

あのスクリューを想像するだけでもゾーッとするが、厚手のエンカン服が、〝こんどはわが身をまもってくれたのだ〟と思うと、彼はいま、生死を分けるきわにいながらも、心にすこし余裕をもつことができた。

浮上したまま泳いでいると、あとからやってきた「朝霜」に救助された。

この「朝霜」から投げられたロープには、ありがたいことに、先端に四十センチほどの棒がくりつけてあった。これがじつに便利で、これを股にはさむことによって、印南兵長は難なく引き上げてもらうことができた。奇抜なアイデアであった。

〝ちょっとした工夫で、疲れはてた身体をらくにあげてもらえた。思わぬところで命びろいさせてもらった……〟とあとで述懐していた――こうして、印南兵長ら左舷機械室の人たちも、「朝霜」に救助されたのである。

第五章　軍艦旗はためきて

危険なる配置

夜明けとともに、「愛宕」では夜間警戒配備から早朝訓練へとかわった。

第九分隊飛行科の萩原力三上整曹（十三徴）も、すでに、戦闘配置である飛行甲板左舷のカタパルト（水上偵察機射出機）のすぐ前面にある、十三ミリ単装機銃の指揮という任務についていた。

飛行分隊の整備兵のなかにも、戦闘中には機銃配置につく者もいる。それだけ対空砲火が重要視されてきていた。萩原兵曹もその一人であった。

萩原兵曹の右手には、指揮棒がしっかりと握られている。この指揮棒がものをいうのである。また、対空砲火急増ということで取りつけられたこの単装十三ミリ機銃も、実際の対空戦闘ともなると、なかなか勇ましくめだつ存在である。

しかし、その対空戦闘でもっとも戦死者の多いのが、この急増された単装機銃である。というのも、なにも防御のない裸同然の配置であり、敵側にももっともめだち、しかも、邪魔な存在であるためにすぐ狙われやすく、その銃撃にさらされる——もちろん、銃撃どころか爆撃の目標にもなるし、直撃でなくとも、至近弾の爆風をくらうだけでひとたまりもなくふきとんでしまう。

そういうもっとも危険な配置であるだけに、萩原兵曹の部下を訓練するやり方は真剣そのもので、しかも、根が生真面目な性格なので、訓練とはいっても手をぬかない。必死に指揮をとる。それがなにより、実戦において身をまもることにもなる。

機銃の銃把《じゅうは》を抱きかかえるようにしている射手に、つぎつぎと厳しい号令をくだす。ときには、射手（兵長）の頭を指揮棒でたたいて上空を指さし、その攻撃目標をつぎつぎと指示したりして訓練をつづける。

萩原兵曹が、こうして懸命に早朝訓練をつづけるすぐそばで、富井建次上整曹（十三徴）が零式水上偵察機（水偵）の整備に熱中していた。

昭和14年頃の萩原力三兵曹。人情家で面倒みのよい下士官だった。

富井兵曹は、飛行甲板上にあるこの水偵のエンジンをフル回転させ、大きな音を響かせている。この朝は、いつものように通常の訓練であるから、高角砲や機銃の発射音があるわけではない。あたりは静かなはずであるが、今朝は、富井兵曹がやっている、この水偵の爆発音とプロペラから吐きだす風圧で、萩原兵曹らは耳がつんざかんばかりである。

〈富井もよくがんばるなあ〉と思いながらも、

そんな風圧と騒音のなかで、萩原は訓練をつづけていた。

根が生真面目といっても、もともと、のんびりにできているのであろうか——萩原はこんな訓練の最中に、いつもの煙草盆での空つきぶりを思い浮かべて、心のなかでひそかにそっとほくそ笑んでいた。厳しい外面の反面、おかしなゆとりをいつも持っている男だ。

〈この訓練が終われば、またひと休みできるぞ〉

そう思うと、この男の場合、張りあいがでてくるから不思議である——つい、訓練にも身が入る。うまくできている人間だ。まったく得な男である。

このように、「配置につけ」が完了し、「各部訓練に入れ」が下令されてから、ふだんどおり、全艦訓練に入っていたわけである。

「愛宕」の左前方を走る第二水雷戦隊旗艦で、もっとも新型の軽巡「能代」の、水平線を遠い背景として波におどる勇姿が、すぐそこのように間近に見え、身体のなかから爽快感が湧いてくる。

ようやく、東の水平線に朝日がのぼろうとしている。その朝靄のなか、青空を突きぬけるようにして、「愛宕」の大檣上の中将旗（長官旗）がゆっくり、はためいている。

高角砲甲板上煙突の周辺の、数十門をこえるおびただしい二十五ミリ三連装機銃も、いっせいに旋回をはじめた（そのなかには、鈴木兵長らもいたのだ）。主砲もゆっくりと動きはじめ、八門の高角砲も上空をにらんで、作動を開始した。

まさに、早朝訓練は快調にすべりだしていたのである。

「訓練対空戦闘、左四十五度！　高度四十度、前方より突っこんでくる敵戦闘機、撃ち方はじめ!」

萩原兵曹のきびきびした号令にしたがい、訓練はつづけられていた。いつもどおりである
——そこへ突然、なんの前ぶれもなく、爆発音と大衝撃がきた。

萩原たちは、思わず足元をさらわれるようなショックで、倒れかかった。

「畜生! いまごろなんだ!」と、乱暴な言葉がとびだし、わけのわからない爆発音とその衝撃に顔を見あわせた。

だが、つづいて、第二弾、第三弾、さらに追いうちをかけるように第四弾へと、そのショックがつづく——その間、わずかに五十秒あったかなかったか、そのくらいの短い時間である。

しかも第三弾と第四弾の衝撃はものすごく大きく、萩原兵曹は夢中で飛行甲板左舷の手摺にしがみつき、踏んばった。機銃についていた二人の兵隊も、無我夢中で機銃の支柱に抱きつくようにして自分をささえた。みんな、どうにか海中へ転落することだけは避けられたという状況である。

——とくに、第三弾が命中したところが、萩原兵曹たちがいた場所の反対側カタパルトの前あたりであり、そのため、その衝撃も、彼らにはいちだんと強く当たったのである。しかも、その命中した場所は、鈴木兵長が配置についていた三連装機銃の横であった。

第三弾から第四弾と、つづいてくると、「アーッ、ヤラレタ!」と、さすがの萩原も大声をあげ、歯を食いしばった。

その直後は、どこもおなじであった。大きな水柱が天をついて噴き上がるとみるや、それ

がやがて、高角砲甲板上の機銃員や高角砲員の頭上に落ちかかり、その重油をまじえた海水は、高角砲甲板から飛行甲板を洗い流し、萩原兵曹たちの頭上にもふりそそぐ——とみるまに、本流の海水が、飛行甲板倉庫付近におりるラッタルをつたって流れ落ちてきて、萩原ら一団の兵たちの足元をさらうようにし、外舷へ濁流のごとく落ちこんでゆく。と、同時といってよかろう。〝ググーッ〟と、音をたてて「愛宕」の船体が右に傾斜をしはじめた。もう待ったなしの非常事態である。

萩原は、とっさに、零式水偵の試運転の指揮をとっていた掌整備長に、

「ボートをおろさなければだめですね!」と、大声で呼びかけた。しかし、掌整備長は、

「ウーン」とうなりつつ、うなずいたのか、真っ青な顔をして首をふった。

甲板下士官としてなにかにつけて若い兵隊をとりしきってきた萩原である。こういうとっさの場合でも、経験と天性のかわり身のよさで、周囲に戸惑い顔でたちすくんでいる四、五人の兵に、大声で声をかける。

「オーイ、ボートをおろせ!」

何人かが身体をささえながら集まり、飛行甲板倉庫の左舷の壁にぶらさげてある、救命用の応急ボートの救急ロープに取りついた。

「一、二、三!」「一、二、三!」と、大声をかけあい、力を合わせてロープを引く。と、そのボートは不安定な傾斜のせいか、〝ドドーン〟と、音をたてて甲板上に落下してしまった。

兵長が一人、足をすべらせて転倒した。飛行甲板のレールに腰をうちつけたのか、「ア痛

ター」と、さかんに腰のあたりをなで、顔をしかめている。

もう致し方ない。

そこへ、八分隊（運用科応急）の顔見知りのT兵曹が、応急員の腕章をつけ、

「中甲板で防御しているから、沈まない、大丈夫だ！」と、
大声で叫びながら走りぬけていった。応急員の伝令であろう。

萩原兵曹はそれを見送り、ふと気がついてふりむいてみたが、掌整備長の姿は、すでにそこには見あたらない――これはどうしたことか、指揮者の一人ではないか。老兵、逃げ足はやしということか……と、萩原は自分の危険をしばし忘れるかのように、思わず小さな溜息をついた。

そういえば、操舵長もいない。なんの指示もなかった。ボートなどの作業も、ほんの寸時のことであったのだから、いつのまに、どこへ行ったのであろう。部下たちはまだ、こうして配置についているというのに……。

というような感慨は、そのときではなくあとのこと――いまは、自分としての判断をつけなければならないときであった。

「愛宕」はさらに、ググーッと船体を右にまた傾けた。

そのとき、後檣上の軍艦旗が、萩原兵曹の眼にとびこむようにして入ってきた。それは何事もなかったかのように凪にはためている。この旗の印象が、その後、長い間、いつまでも萩原の眼底に焼きついて離れなかった。

――厳しい訓練や教育で無敵を信じ、神国日本をたたきこまれてきた兵隊にとって、この

軍艦旗は、ある意味では海軍そのものの象徴であると同時に、こわい掟の象徴であったともいえる。将校教育の人たちは、またべつの思いで見ていたのかも知れないが、ビンタや手厳しい仕打ちのなかで兵隊生活を送ってきた者にとっては、むしろ、複雑な心境で見上げる存在であったといってもよいのではないか。

ただ、言えることは、兵隊たちにとっては、軍艦旗よりさきに艦を離れたら懲罰問題だ、ということである。理屈ぬきにそうたたきこまれた教育なので、傾斜した後檣上の軍艦旗は表現しえない印象を、この萩原の脳裡に焼きつけたのであろう。

気をとりなおしてあたりを見ると、魚雷爆発で噴き上げた水柱が、甲板上の用具などをきれいさっぱりと洗い流しており、なんと、先におろしたというより、落下したあの救命用ボートも見あたらない。流れる海水と傾斜のため、海上に転落したのであろう。

見ると、駆逐艦「岸波」が左舷二百メートル付近に近づいており、左舷艦尾方向からは、「朝霜」もこちらにむかってくる。

「愛宕」の艦橋からは、さかんに「岸波」へ信号を送っているのが見える。誘爆で大爆発を起こす危険があるので、「岸波」はこれ以上は接近できないようだ。停止して、救助態勢に入ろうとしている。

萩原兵曹はひとりそれをながめていると、いろいろな思いが浮かんでは消え、しだいに胸のうちが高ぶるのを覚えた。一、二分のこととはいえ、その瞬間の印象は強かった。

この萩原兵曹のことであるが、彼は、東京育ちの江戸ッ子で、身体も大きく、それにも似合わず、いたって気持がやさしい。先にも述べたが、生真面目でのんびりした面もあり、かと思うと、江戸ッ子らしく男気があり、頑固さもある。ユーモアもあって、煙草盆では人気男の一人でもある。

しかも、若い兵隊にとっては鬼より怖い甲板下士でありながら、兵隊を殴ったことがないというのが、彼の自慢であった。

そういう彼の性格や人柄がうまく出ているエピソードを、ひとつ挙げてみよう。それはリンガ泊地での訓練中のことである。幾日も幾日も平穏ぶじな日がつづき、特別の事件もなく訓練に明け暮れていたので、若い兵隊の間でも、それに馴れてきたのか、気分的にすこしだれたようすがみられるようになった。

萩原の眼にも、それはすぐ映り、感じとれたが、〝それはそれでよい〟と思った。明日をも知れない戦時下のあい間であってみれば、なんとなくのびのびした気分でいる兵隊を見るのも、また微笑ましくさえ思えて、すこしようすをみることにしていた。

しかし、古参兵の間で「最近、デレデレしやがって……」とかいう声が聞かれだし、萩原の耳にも入るようになってきた。

〈これでは、そろそろ甲板整列がありそうだな……〉と、そんな予感が萩原の胸に浮かんだ。甲板下士をある程度やっていると、こういったことは、だれよりも一番さきに感づくわけである。

明日をも知れないこの戦いの最中に、一年や二年早く入団して、すこし階級が上だということで、戦友同士が殴ったり殴られたりするのは愚の骨頂だ——と、萩原はつねづね思っていた。〈ここらで手を打つ必要もあるか……〉と、ひと思案したが、すぐには思いつかない。

しかし、早くしないと遅れをとる。

そこで萩原甲板下士は、兵隊や古参兵のこうした空気に機先を制すべく、その日の夕食時になって、とつぜん、若い兵隊たちにむかい、

「巡検後、兵隊は全員、飛行甲板に集合せよ」と命じた。

甲板下士官が、みずから整列をかけることなど珍しいことで、こうした予告を出したことだけでも、分隊内の空気が一変し、ピリッとひきしまった。

夕食後の最後の訓練も終わり、やがて日が暮れる。巡検後の定刻になると、若い兵隊たちはそれぞれ、あちこちからこっそり姿をあらわして、月の光に黒く光る飛行甲板に上がって整列した。その顔はみんな一様に緊張でひきしまり、恐れにおびえて蒼白くなっている。防暑服は、背中まで汗でびっしょりぬれている。

先任兵長の届けを聞いて、萩原甲板下士は兵員室からゆっくりと出た。その右手にはバッターを持ち、もちまえの巨体をゆすって飛行甲板へあがった。

「気をつけ！　整列よろしい！」という先任兵長の報告にこたえながら、萩原はまだ頭のなかで、〈どうしたらよいか〉などと考えをめぐらしていた。やはり、どこかのんびりした面があるらしい。

だが、ここへきてのんびりしていてもはじまらない。彼は〝えい、ままよ〟とばかり、

「みんな、上着をぬげ！」と、開口一番、自分でもすこし張りあいのない言葉を、緊張して待っている兵隊たちに命じていた。

意表をつかれた兵隊たちが脱ぐ前に、萩原はさっさと上着をとる。すると、熱帯の夜風は心地よく肌にふきつけて、そのさわやかさは、まさに価千金といったところである。

「涼しいなあ、みんな、すこし休め」と、鬼兵曹はいう。

なんだか拍子ぬけした兵隊たちは、きょとんと狐につままれたような不思議な顔を見あわせながら、甲板下士を見ていた。

それでも、すこしは緊張もほぐれて、夜風にあたりながら二十分ほどもやすんだであろうか。萩原は、ころあいを見はからって、

「みんな、よく聞け！」と注意をうながした。ここで彼はいちだんと声をおとし、

「今夜はこれで解散する、いいな。みんな、分隊へ帰るときは、いかにも殴られたような格好をして帰れ。さも痛そうにしておればいいんだ、わかったな」と、そう念を押してから解散を命じた。

兵隊たちは、もうひとつ、なにか要領が呑みこめないままに怪訝な顔をしている。

萩原も、もうすこし説明したいのだが、それではあんまりあからさまになるので、あとは兵隊たちの心にまかせるしかない。その兵隊たちだが、なんとなく頼りなさそうで、萩原の真意は伝わらずじまいになりそうであった。先任兵長が、「甲板下士が、せっかく、ああ言っているんだ。みんな、解散しよう」と、そううながして解散しかかった。そのときである。

砲塔の陰から、とつぜん、F兵曹（萩原と同年兵）が姿をあらわした。

「まて！ 前部ここで聞いていたぞ。そんななまぬるいことでは教育はできない！」

そう怒鳴って、クレーム（文句）をつけてきた。

しかし、分隊内のことでは、甲板下士は絶対的権限をもっている。このF兵曹と萩原はすこし押し問答をしたが、性格はおとなしくても江戸ッ子（だから、こういう突拍子もないことをやってしまう）である。こうなると一歩も引くものではない。

「これは甲板下士の責任だ。お前の出る幕ではない！」と、一喝した。

そう言われると、兵隊をよく殴るこのF兵曹も、引きさがるよりしかたがない。黙って盗み聞きすること自体、軍隊のやりきれない一面をみる思いである。

だが、これで若い兵隊たちもすこし納得したことだろう。やがて、明るい顔にもどって解散した。

――南方海上の星空のもと、戦場で訓練に明け暮れた日々の、ふと心やすまるエピソードである。

そのほかこまかいいろいろな面で萩原兵曹の人柄が出るので、それがよい意味で大きく影響するのであろう。彼の分隊の若い兵隊たちは、チームワークも非常によく、いつも元気な訓練ぶりであった。

訓練の合間をみて、年に何回かの慰安大会が催されたが、そのなかのひとつに、分隊対抗の演芸会がある。

あるときの対抗演芸会で、萩原兵曹の九分隊が全員よく協力して、めでたく二等賞に入賞したことがある。それが彼の自慢の一つになった。そのとき、私の七分隊は、残念ながら七等賞で、分隊の番号とは偶然いっしょではあったが、萩原のように威張れる順位ではなかった。

おなじ分隊甲板下士であった私などは、いつも、彼の自慢話の空つきを煙草盆で聞かされたくちである。

「愛宕」が沈む

「愛宕」の船体は、いよいよ大きく右に傾斜していった。そして、すぐそばの零式水偵が危なくなった。甲板上の移動車にとめてあったフロートの止め金が、とうとうバリ、バリと音をたてて切断され、水偵は右側の海上へ転落してしまった。

そのころにはもう、そのあたりの海面は人の海になっていた。左舷の赤腹のバルジの動揺止めの手前に立って、萩原兵曹は海上を見つめている。

「もうこれまでか……」と、思わず呟きがもれた。

「愛宕」のあまりにも急変した無残な姿を眼の前にして、急に、胸の奥から悲しみのような鉛玉が吐きだされてくる思いで、それを飲みくだすのが大変であった。

萩原を、海軍の軍人として一人前に育ててくれた「愛宕」も、いまはもう余命いくばくもなく、人間の感傷など数のうちに入らぬただの浮遊物――真横になって沈みかけた一個の物体でしかない。

それでも、萩原にとってはかけがえない大事なものであった。彼が、その思いにしばしばふけっているのと同じころ、私は中部やや前方に近い、彼とほぼ同じ外舷に立っていた。

おそらく、彼と五十メートルも離れていなかったのではないか。どうにか脱出してきた私だったが、艦の横腹に列をつくって不安定にならんで立っている沢山の人間のなかでは、そこにだれがいるのか気づくはずもない。沈みかかっている軍艦に残って、そういう感慨を胸にいだく余裕は、人並みではもてるものではなかろう。

その萩原も、しだいに「愛宕」が沈みゆくのを見まもりながら、なかなか飛びこめないでいる。ただの感慨ばかりではないのである。彼は彼で、感慨とは裏腹に、なかばあきらめの心境でもあったのだ。

なにしろ、彼は泳ぎが得意ではない。大きな身体をしているが、横泳ぎを少々、あとは犬かきがせいぜいで、とてもこの海では広すぎて、どうしようもないといったあきらめの余裕〈そんなものがあるわけがない。しかし、そこが彼のおかしいところ〉である。

しだいにその間にも沈んでゆく艦の上で、〈あまり深刻さを感じないのはなぜだろう……〉と、自分でそんなことをふと思ったというのだから萩原らしい。クソ度胸といってしまえばそれまでだが、人間、最後の淵にたつと、その人間の生来の性格があらわに出てくるもので、ひとを押しのけても自分だけが助かろうとしたり、腰ぐだけになって何もできなくなったりもする。萩原などは、さしづめ落ちこむことを知らない得な性格で、やるだけやるしかないと思い決めている生まれつきの楽天性が、日ごろからみられた。

左方の海上に、「岸波」が見える。萩原はそれをひとごとのように見ている——そういう大胆さがなければ、そのあとの悲惨な情景を覚えてなどいられるものではない。

「岸波」の外舷にも、多くの兵隊がむらがって、海上や「愛宕」のようすを見たり、海上の兵たちの救助にあたったりしている。

しかし、その「岸波」がエンジンをかけ、静かに動きだしたようである。じっと見つめると、やはり、すこしずつ前進している。どうしたことか……と思わず身を乗りださんばかりになる。(このころ、この「岸波」の外舷に、印南兵長や左舷機械室の機関兵が取りついていたのだ)

「岸波」の、外舷の救命用ロープには、「愛宕」の兵たちがぶらさがっているのだ。その兵たちが海上を引きずられている。ぶらさがったまま、大揺れにゆれている。

よく見ると、「岸波」の上甲板の人たちが、のぞきこんだりして、離れるように指示しているのだが、ロープに取りついた兵たちは、必死になって離さないらしい。それは釣針にかかった魚が引きずられているような光景で、なんとも痛ましい限りである。

その兵たちは、いったん握ったロープを離すものかと、そして、なんとしても上がろうともがいているのだが、その必死な努力も、「岸波」がすすむ水流や動きにはさからえず、一人、二人、三人と振り落とされ、水中に消えてゆく。そして、「岸波」の推進器の渦に巻きこまれ、海中に沈んでゆく——その数を数えられる者がいたら、それは人間ではない。

それは、どこか遠くの世界の出来ごとのようで、萩原は一時、錯覚におちいった。まるで目くらましにかかったようになって立ちすくんでしまった。

自分がどうしているのか、どうしなければならないのか、どうしていいのか、まったくわからなくなっていた。しばらくして気がつくと、「愛宕」艦上で最後まで残った兵隊の一人になっていたようである。

最後の最後まで赤腹の外舷に立っていた萩原は、ここまでくれば、もう飛びこむ以外にやることがなくなった。というより、艦の傾斜の最終段階にきていて、飛びこまざるをえないといったほうが適切な状態にまでなっていた。

しかし、彼にはまだ周辺の海上を見まわす余裕がすこし残っていた。

彼の眼に、右前方を「大和」と「武蔵」を中心にした艦隊が遠ざかってゆくのが映った。そして、その後方に「愛宕」と、おなじく敵潜にやられたらしい「高雄」が、やや右舷に傾きながら停止している姿が見えた。

萩原は外舷にぶらがるような形になり、腹を決めた。そして、すでに真横になってしまったマストに、そのままはためく軍艦旗にむかって、きっぱりと敬礼した。ここがいかにも萩原らしいところで、彼流の最後の別れであった。

〝「愛宕」よ、さらば……〟と、五年十ヵ月のあいだ住みなれた「愛宕」の感触を胸に秘めて、海中に飛びこんだ——新三整で乗艦して以来、一回も転勤することなく働きつづけたこの「愛宕」を捨てる彼の心境は、彼なりにすこぶる複雑であった。それだけに、ほとんどの者が海に飛びこんだあとも最後の一人になるまで残っていたのだ。

「ザブーン!」という水音とともに、小さな水飛沫が上がった。ダイビングの姿勢をとったつもりであったが、そこは彼のこととて、ずいぶん腹をうったらしい。しかし、それが彼にとっては幸いになるところがおもしろいのである。

腹を強くうって痛いめにあえば、あまり深くは沈まないことになる。泳ぎの上手でない者は、水の中に深く潜ることが怖い。浮き上がるだけでもたいへんである。萩原にとっては痛かろうが、それでよかったのだ。

それでも、飛びこんだときの勢いで二メートルほど水面から下に沈んでしまう。そのわずかな間に、海面近くに人の泳ぐ足を見たというのであるから彼らしい。

普通、眼を閉じて飛びこみ、あまり泳げない者は、そのまま夢中で手足を動かして浮かび上がろうとするものだ。彼はクソ度胸で潜ってから眼をあけて見ている——そして、きれいに澄んだ青い海の水のなかに、泳ぐ兵たちの足が風に吹かれてそよぐ玉簾《たますだれ》のように、ひらひら動いているのが見えたというのだ。

鼻に海水が入りこんだりして大変なはずなのに、ひとのやれないことをよくやるものである。しかし、こういうことはお手のもので、あとあとまで、この模様は萩原の眼のなかに美しい印象として残った。

やっと、水面に顔を出すと、横泳ぎというか犬かきというか、方向も定めずめったやたらに手足を動かし、それでも自分では五メートルほど必死にもがき泳いだというのであるが、彼の頭にゴツンと固い物がぶつかった。

それがうまい具合に、なんと応急用角材だったのである。すでに何人もの兵隊が取りついているのだが、そうも言ってはいられない。そこは夢中でつかまってしまう。

大男の、それも泳ぎの下手な男がつかまったものだから、角材がガクーンと沈んだ。とつぜんの変化で、みんながギョッとして萩原の顔を見る。見るとこれが、黒線の一本入った帽子をかぶった髭面の顔である。

この大きな顔は、昭和十三年十二月以来、ずっと「愛宕」に乗り組みつづけた、ぬしのような存在の萩原兵曹の顔である。この顔を知っている者も多い。九分隊の甲板下士といえば若い兵隊でもたいがい知っている。その顔が急に水のなかからボコンとばかり出て来たのだから、ちょっといやな顔をしたが、何人かの先客たちも、一瞬、黙ってしまう。

みんな、必死のときである。顔を知らない者もいたであろうから、帽子をかぶっていたことで助かったというものだ。顎紐《あごひも》をかけてはいたが、落ちそうになったままの艦内帽が、やっと頭にのっかっていた。その黒線一本で、古い下士官ということがわかる。

——学校（術科）へ行っていない兵隊を無章というが、むしろそのために長く「愛宕」に乗っていられたわけであり、出世さえ考えなければ、このほうが案外に気らくであったのかもしれないのである。萩原もそのひとりであった。

脳裏に浮かぶ光景

こうして応急用角材にとりすがると、萩原はすぐ本来の彼に帰って、あたりのようすをしばらく眺めた。

「愛宕」は、敵潜の第一撃をくらったとき、操舵室の西林兵長が、とっさの反応で面舵いっぱいに転舵したのがきいて、行き足（余勢で動くこと）で、わずかに右に回頭していた。

そして、自分のそばで富井兵曹が試運転していたあの水偵が、海中に転落したまま、まっ逆さまになり、フロートを上にむけて、右舷方向の海上を静かに漂流している。そのフロートにも、飛びこんだ兵隊たちが、真っ黒にたかって取りついている。

——蜻蛉《とんぼ》の死骸に群がり集まっている蟻のような光景であった。

ちょっと眼をそらすと、やや前方に、長い杉の丸太が一本浮いているのが眼に入った。萩原はとまどわずに、すぐこちらの角材から手を離し、下手くそな横泳ぎで海中に頭を突っこみながら、夢中で泳いでいった。

やっと、その応急用丸太に手がとどいたときは、自分でも驚くほどほっとしたという。こんどは自分で目標をきめて泳いだからであろう。（先の場合は、目茶苦茶に泳いでいて、うまくゴツンと頭をぶつけただけだ）

ふりかえって見ると、いままさに「愛宕」が沈みかけていた。右舷艦尾から静かに沈むところである。昭和五年六月十六日に進水して以来、十四年と四ヵ月あまり、訓練から海戦へと重巡としての任務をはたした、第二艦隊の旗艦「愛宕」も、ついにここにその生涯を閉じようとしているのである。

その艦首が、海面から最後に姿を消すそのとき、重い船体が沈みこむその勢いで、すがりついていた杉丸太が巻きこまれ、吸い込まれるようにググーッと沈みかかった。

萩原のあとから、この丸太にぶらさがってきた兵たちもふくめて、ギョッとしておたがいに顔を見あわせ、丸太を押し上げるようにして足をばたつかせた。

しかし、各自てんでんばらばら、思い思いの方向に足を動かしているので、丸太そのものは、いっこうに進もうとしない。若い兵隊が多いせいであろう。馴れていないのだ。それになんといっても、こういうときはみんな気持が動転してあわててしまい、うまくいかないものだ。そのなかに、あわてていない男が一人いて、それが、

「オーイ、みんな、同じ方向に足を動かすようにしよう！　サア、みんな反対側にまわれ！」とさっそく、音頭をとる。冷静に判断し、即時行動にうつす萩原兵曹である。

取りついていた何人かの兵たちは、すぐ身体の位置を移し、そろって足をばたつかせる。

思ったとおり、丸太は前に進みだす。

と、そのとき、水上偵察機が一機、その頭の上を低空でせまってきた——その大きな爆音に、思わずみんなは首をちぢめ、なかには海中に潜った者もいる。

「ブルーン！」と、一気にとおりすぎ、遠ざかる爆音に、

「なあんだ、味方機か」と、だれかがつぶやく。

「オーイ、いいか、足をそろえろよ！」と、やおら同じ男が号令をかける。

「エッサ」「エッサ」と、海の上で声をかけながら丸太を押して泳ぐ。こうなると、萩原兵曹のいつものペースである。死ぬか生きるかの瀬戸ぎわでも、彼がいるのといないのとではえらい違いである。にぎやかなものである。

しばらく奮闘努力しているうちに、救援の「朝霜」から十メートルほどの距離にちかづいた。もちろん、外舷にはロープや救助の綱梯子がおろされている。

すると、みんな、われ先にと丸太から手を放し、「朝霜」に殺到する。だれもが早く助かりたいとそう思うのも無理はない。「岸波」のようにおいてきぼりにされたのでは、この広い海では死ぬしかない。（「岸波」の場合は、司令部の人たちを救助しているので、栗田艦隊の指揮問題もあって、つぎの行動にうつったのだが……）

しかし、泳ぎのうまくない萩原兵曹は、いままでのにぎやかな騒ぎをすっぽかされたよう

に、ひとり残された。もう丸太は動きも進みもしない。かなり長い(四メートル以上)杉丸太だったので、七、八人はすがりついていたのであろう。その人数の足だったから進んできたのだ。

もう仕方がない、たとえ十メートルでも、萩原の泳ぎではだいぶ危険なのだ。

〝エイ、なるようになれ〟と、そう観念して、一人で丸太にしがみついていた。たったの十メートルが非常に遠い。それでも、萩原はあきらめないで、自分だけの足で「朝霜」に近づこうとこころみた。

足をばたつかせているだけでは、つい退屈になるから、ちょっと丸太の端のほうを見た。すると、なにかそこにいるようなのでよく見ると、自分以外にもう一人、小さい頭が、海面にぽっこり浮いて丸太にしがみついている。

「オイ」と呼びかけてみると、まだ十六、七歳ぐらいの子供のような顔をした少年兵であった。

たぶん、萩原以上に金槌なのであろう。どうにかこの丸太にすがりつくことができて、それでも遠慮して端のほうにいたのか——六年あまりも海軍にいて、ベテランの萩原でさえ水泳は苦手なのである。志願して入ってきたこの少年兵が、泳げないとしても無理はない。あるいは、油のまじった海水をだいぶのんだのか、あるいは、どこか負傷しているのかも知れない。

その幼な顔の残る小さな顔面は、まっ青というより、恐怖もあってであろうが、蠟人形のようにまっ白である。それが海水にふやけて血の気もない。完全に気力を失い、ただ両手を丸太に投げかけているだけといったようすで、危なっかしいかぎりだ。

おなじく泳げないくせに、大男でのんびり屋の萩原は、急いで声をかけてやる。

「オーイ、しっかりしろ！　大丈夫か！」と気合いを入れ、

「コラッ、助かりたいんだろ！　がんばれ！」と怒鳴る。

「二人で足を動かすんだ。バタ足で近づくんだ。オイ、わかったな！」

ひとりぼっちになったと思ったときは、さすがにすこし物憂くなったが、少年でももう一人いるとなると、持ち前の元気が一度にもり返してくるところが萩原らしい。すぐ積極的になるのだ。

「バチャ、バチャ」「バチャ、バチャ」と、二人きりで、しかも、疲れきった足でやるバタ足であるが、それでも必死に丸太を押す。「朝霜」の五、六メートル手前までようやく進んだ。

それを見て、「朝霜」から二人めがけて救命ブイが一個だけ投げこまれた。そのブイに二人して必死にしがみつく。そして、ブイについているロープをしっかりにぎり、「朝霜」の外舷までやっとたどりついた。そこは後部右舷艦尾付近であった。

もう疲れはてて、さすがの萩原兵曹もこれ以上、動けそうもない。〈自分がこれだけ疲れはてているのだから、この少年はもう限界にきているのではないか……〉と、萩原は少年兵を気づかった。

「オイ、がんばれよ。ここが肝心だぞ。助かりたいんなら、がんばれ！」と、ふたたび少年に大声をかけてやる。

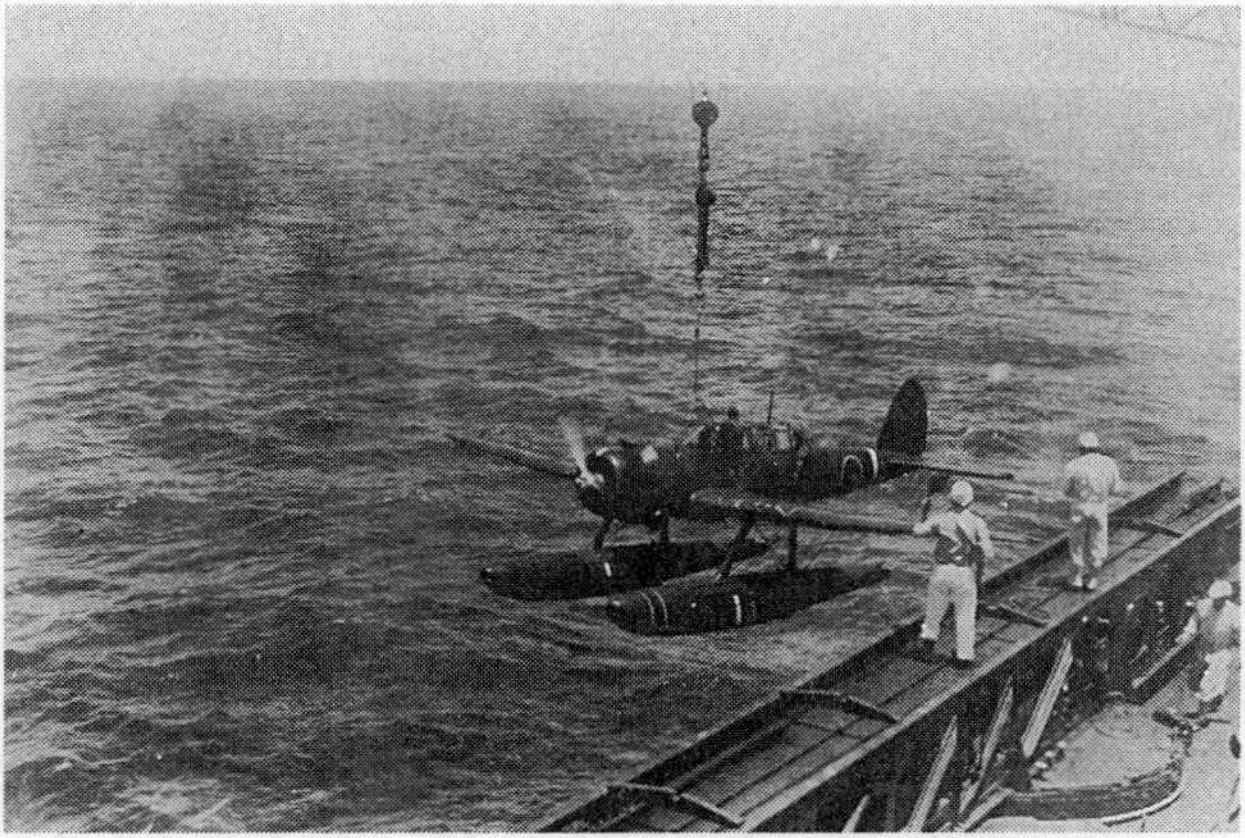

「愛宕」飛行甲板で、水偵収容作業を行なう萩原力三上整曹たち。艦の傾斜にともない、写真の零水偵も転落し、漂流する兵がフロートにしがみついた。

「ハイ」と小さいが、素直な返事をかえしてくる。

そのとき、救助用のロープが一本、外舷からおりてきた。ちょっと手を伸ばせば、舷窓に手がとどく。

「オイ、いいか、しっかりつかまれよ！」

と声をかけ、「朝霜」の上甲板の人たちと呼吸を合わせて、この少年をまず先に上げてやる。少年兵は会釈する力もないのだろう、足をばたつかせながら、萩原の頭の上を引き上げられていった。

ほっとする間もなく、つづいてもう一本のロープがさげられる。そのロープに必死にしがみつき、鉛のように重くなった大きな図体をどうにか引き上げてもらう。やっとハンドレールに手がとどく。足をまたいで、甲板上にどっとばかり倒れこんだ。

〝アア、助かった〟と、声の出ない安堵感が、身体じゅうにわきあがってくるととももに、その瞬間、意識が朦朧としてきて、身体が何百キロと重くなった。甲板上に溶けてゆくような気分で、それはどこか遠くの世界に引きこまれてゆくような感覚であった。気絶したというのではない――その何十秒か、あるいな何分間か、それくらいの間に、萩原の脳裡に、チカチカチカというような間隔をおいて、さまざまな映像や幻影が通りすぎていったという。

その中で、あとあとまで覚えていたシーンは、整備完了した水偵を送りだす光景である。整備作業では、それが一番はなやかな瞬間である。水偵発射の勇壮なイメージは、こうであった……。

デリックに吊りさげられて、カタパルト（発射台）に乗せられていた水偵は、固定された発射用レールの上にしっかりとのっている。発射用の太いワイヤーロープは、極度に伸長されて発射を待っている。

風向、風速、艦速力、針路が、艦橋から指示されてくる。この風向、風速にもしくるいがあれば、発射は失敗しかねない。失敗して水偵が海に転落すれば、飛行機が破損するばかりでなく、搭乗員が負傷したり、死亡する事故となる。大事故が生じかねないもっとも肝心な瞬間である。

左外舷に約三十度の方向に突きだしたカタパルトは、それが完全にセットされると、飛行長の右手の青旗が、水平方向に出される。この飛行長の合図で、水偵のエンジンが全開される。

このとき萩原兵曹の任務は、マイクと伝声管にむかって、飛行長の命令を発射用射手と搭乗員につたえる伝令である。

「発射用意！」

あたりをつんざく爆音。発射用ワイヤーロープは、はちきれんばかりに張りつめられる。そして、搭乗員とカタパルトの射手が一心同体になったとき、プロペラは全速回転し、吹き飛ばされてしまうほどの強風を吐きだす。その強烈な風圧で後ろにはいられない。

その一瞬、飛行長の右手の青旗はふられるのだ。間をおかず、萩原は、

「射て！」と叫ぶ。引き金はひかれ、「ドーン！」という号砲一発。主砲発射のような轟音をとどろかせて、水偵は射ち出される。水面すれすれにまで降下した水偵は、やがて空にむかってカーブをえがき、青空の彼方へ遠ざかっていく——発射成功の瞬間である。

葬送のラッパ

「ドーン！」というこの発射音を、幻覚にうつる映像のなかで聞いたと思ったとき、萩原は背中をおもいきり強く、握り拳で殴られた。

「ウッ！」と呻《うめ》いて気がついた。

「朝霜」の先任下士官であろうか、古い年輩の上曹が眼の前に立っていて、

「気がついたか！」と、大声で声をかけてくれた。（こんな殴られ方なら、いくら殴られてもいい、感謝するばかりだ……と、萩原はあとで何度も言っていた）

上甲板に腹ばいになったままで倒れていたので、「朝霜」の上曹が気合いを入れてくれた

のだ。これで萩原は気がつくと、いままでの腹ばいも、長く伸びていたことも、なんとなく忘れてしまうというつもの調子で、アッというまに大きな身体を起こして、厠（便所）に飛んでいった。つぎはなにをしなければいけないか――それをすぐにつかんですぐ行動にうつす。

口のなかへ指をつっこむと、おもいきり海水を吐きだす。喉の奥から、プーンと重油の臭いのする海水がドーッと出てくる。やはり、いつのまにかのんでいたのだ。何度か吐きだしてすこし落ちつく。

気つけに力いっぱい背中をどやされたのと、重油入り海水を吐いたので、急に元気になった。あれだけ疲れはてていても、ここが並みの人間と違うところである。

さっぱりした気分になった萩原兵曹は、「朝霜」もわが家とおなじという調子で、ふたたび上甲板へもどってきた。何かしなければおさまらないというか――あの少年兵のことも、そのときは忘れていたのではないか。

上甲板にもどってくると、すぐに、「土左衛門が上がったぞ！」という叫び声が、艦尾のほうから聞こえてきた。水死人が一人、後甲板に引き上げられているという。いや、土左衛門というより、まだ生きているらしい……ともいう。見ると大勢の人だかりだ。

萩原は〈「愛宕」のだれだろう〉と、かけよってゆき、人をかき分けて前に出た。その兵隊は重油で顔も黒く汚れて、すぐには見分けがつかない。なおもよく見るためにのぞきこんでびっくりした。心臓がひっくり返るとは、このことをいうのであろう。

〈富井兵曹ではないか！〉

第九分隊の同年兵、萩原上整曹(右端)と富井上整曹(左端)。萩原兵曹は、戦死第一号となった富井兵曹の水葬に立ちあった。

さきほどまで、すぐそばで水偵の整備をしていた富井兵曹ではないか——萩原とは九分隊(飛行科)同年兵の十三徴である。萩原もさすがに動転した。息をのんだまま、身をかがめて、身も心も、しばしこわばってしまった。

そのとき、だれかがあわてて人工呼吸をはじめてくれた。海水を吐きださせるのがさきではないか——しかし、そんなことを言ってはいられない。みんな、あわてているのだ。

息をふき返す気配がない。もはや、水を吐かせる余裕もないとみて、金井郷司上整曹(十一徴)が出てきて代わってやってみるが、やはり効果がない。それでも金井上整曹はつづけていたが、しばらくして、

「もうだめだ」と、くやしそうにつぶやいて身を引いた。

こんどは〝どうしても俺が……〟と、萩原が代わってやってみた。萩原は医務科の助手をした経験があるので、見よう見真似で、ほんのすこし医務の知識がある。

〈生きてくれ、息をふき返してくれ、眼をあけるだ

けでもいいんだ……〉と、心のなかで必死に叫びながら、泣くような気持でやっているうちに、しだいに富井兵曹の身体が冷たくなっていくような感じがつたわってきた。

そして、その眼の色が変わってくるのがわかる。くもってきた——白く変わってきた……。〈もうだめだ〉と、萩原も観念するように思った。腕の力もぬけ、萩原は身体のささえを失う思いであった。

そのとき、バタバタと足音をたてて軍医長がかけつけてきた。すぐに眼の玉をひっくりかえし、のぞきこんで見る。ズボンをグウーッと下げて、すばやく肛門をのぞきこむようにして、しばらく調べている。開いているのを確かめているのであろう。そして、まもなくズボンを元どおりに上げてやった軍医長は、息をふかく飲みこみ、吐きだしながら、首を静かに横にふった。

「もうだめだ」と、ひと言だけ、ぽつんと漏らした。

萩原は、その軍医長の言葉に悲しんではいられない——富井兵曹は、このままにはされないだろう。やがて、海中に送りこまれる運命である。ぐずぐずしてはいられない。

鉛玉のような重い思いをグッと飲みこむと、萩原は身をひるがえして、中甲板の兵員室へかけこみ、あちこち走りまわって鋏《はさみ》をさがしたが、なかなか見つからない。やっと衛生兵から借りて飛んで帰る。

富井兵曹とは、生前、誓いあった仲である。つい先ほどまで水偵の整備でエンジンを回転させていた、あの元気だった姿が、萩原の眼に浮かんできて、眼の前の息をしない姿とダブって涙にかすむ。

〈富井の爪を切ってやろう〉

そう思って探して来たのだが、きれい好きであった富井の爪は短く、かすむ眼とあわてているために、指の肉まで切ってしまいそうだ。

〈いかに死んでいる人間とはいっても、痛いにちがいない〉と、そんな変な気持が浮かんできて、それでまた、眼がかすみ、手が震えた。

せめてもの想いで爪と髪の毛を切り、富井の上着のポケットを探してみたが、なにも入っていない。なにか形身に……と思い、ふと彼のお守り袋を思いだした。両親から送られてきたといって、富井が、いつも大事にして肌につけていたものである。

調べると、やはり首に大切にかけてあり、海水に濡れて肌にぴったりとくっついている。両親が生きて帰ってくれるようにと、心をこめて送ってくれた生命加護の成田山のお守り袋のなかに、その人の形身を入れるようになるとは、といっそうの思いがこみ上げてくる。

萩原はそれを首からはずしてやり、爪と髪の毛をそのなかにそっと入れ、これを自分の胸のポケットにおさめて、その上から手でそっと押さえていた。周囲の兵たちも、それを見ながら立ちつくしている。

「富井、お前を、こうして俺がいっしょに持って帰ってやるぞ、安心して成仏してくれよ」と、富井の亡骸にむかって何度も強く呼びかけた。

〈まもなく水葬されるにちがいない、せめて毛布ぐらいにはくるんでやろう〉と、萩原は持ち前の機敏な行動性と思いやりで、また中甲板にかけこんだ。

その点は、甲板下士の経験でなれている。すぐに主計科に入りこみ、毛布を一枚さがし、ロープも準備する。もどってくると、富井を静かに抱き上げて、そっと毛布に包んでやる。そして細いロープで痛くないようにと、心をこめてゆわえる。

萩原の顔が涙でくしゃくしゃになる。それは、もう悲しさ以上のなにかで、止めようもなくこみ上げてくる。

〈こんな姿になって……〉と、やさしく扱いながら、口のなかで小さくつぶやくと、つい先ほどまでいっしょに任務に励んでいた戦友の面影が、何年分もいちどきに浮かんできて、たまらない想いである。

〈せめて、自分が、最後の世話をしてやれてよかった……〉

と、つらい気持のなかで、幾度も萩原は思った。

富井兵曹が「愛宕」の確認された戦死者の第一号であったことはまちがいない。彼のほかにも、もっと沢山の戦死者が出たのであるが、富井兵曹が最初の水葬者として、ひとりだけの水葬式が挙げられたことは、せめてもの慰めであったといえようか。

荒木艦長も根岸副長もかけつけてきた。多くの将兵が見まもってくれる。

後部のダビットにさげられた富井兵曹の亡骸は、荒木艦長や根岸副長そのほかの人たちの挙手の礼で見送られて、最後の別れを告げられる。萩原は、右手にさげていた斧を、先任下士官の深田兵曹にわたした。

静かな葬送譜のラッパが、「朝霜」の信号兵によって吹奏され、海の風に流れてあたりにひろがってゆく。

深田先任下士の右手の斧が一閃する。ダビットに吊りさげられたロープが切断され、毛布につつまれた富井兵曹の亡骸は、「朝霜」の白く渦巻く航跡のなかへと落ちていった。

そして、しばらく浮上していたが、まもなく、その渦の泡立ちの彼方に消えて見えなくなった。

——「愛宕」戦死者第一号の、はかなくも胸をうつ水葬式の情景である。

＊

「愛宕」が第一弾の雷撃をうけたとき、二番艦の「高雄」は「愛宕」の後方八百メートルの位置にあって航行していた。

そして、「愛宕」の被雷に遅れることわずか一分、六時三十分に、右舷艦橋下付近に第一撃をうけ、つづいて後部に第二撃が命中した。「高雄」は舵が故障し、そのまま停止してしまった。

そのときすでに大きく傾斜しつつあった「愛宕」の左舷横腹にぶらさがるようにして並んでいた兵たちは、その停止した「高雄」の姿を見て、呆然として口をあけたままである。

「『高雄』もやられたぞ！」と、だれかが大声で叫ぶ。その声に、「愛宕」の兵たちの波が大きく揺れ、はじめて嘆声がもれる。

しかし、火災は発生しないようで、わずかに右側へ傾いたまま停止している。「高雄」はこの被雷により、三十二名が戦死し、三十一名が負傷した。

旗艦「愛宕」につづいて、「高雄」も被雷したのを見たそのほかの艦船は、つぎの魚雷攻撃を警戒して一斉回頭を行ない、速力を上げて回避運動を展開しはじめた。

そのあと、「愛宕」が艦首を最後にのぞかせて沈み、その姿を消す直前、六時五十七分、「摩耶」が雷撃された。

「摩耶」は、右前方を航行していた「妙高」「羽黒」につづく三番艦であったが、魚雷四本を、ほとんど同時にうけるとみるや、大火柱と水煙のなかにつつまれ、ひととき見えなくなった。

しばらくして、その水煙が消えたあとには、「摩耶」の姿はすでにあとかたもなかった。まさに轟沈そのものである。

大火柱と巨大な水煙——その瞬間から、水煙が消えるまでの八分間で、重巡「摩耶」は海中に没してしまった。壮絶のきわみというべきである。北緯九度二十七分、東経百十七度二十三分。時刻は七時五分であった。

「摩耶」が消えたあとの海上には、救助をもとめる乗組員の姿だけが見えた。艦長大江覧大佐以下三百三十六名が戦死。三十三名が負傷——生存者は副長以下七百六十九名であった。

この生存者たちは「秋霜」に救助されたが、やがて、戦艦「武蔵」に移乗し、シブヤン海での対空戦闘に参加して奮戦した。しかし、「武蔵」は奮戦のすえ、沈没する。その沈没直前に、彼らをふくめた乗組員の大部分は艦から退去する。

「摩耶」の生存者は、こうした悲運につながる運命を背負っていた。

悪い前兆

日本海軍は、太平洋戦争の勝敗を分けた三大海戦のそれぞれにおいて、奇しくも旗艦を失っている。このことは、最後の敗戦につながる悪い前兆であったのかも知れない。

ミッドウェー海戦では、旗艦である空母「赤城」が不意打ちのごとく襲われた。すなわち、敵の急降下爆撃により、発艦準備のため飛行甲板に並べられていた飛行機もろとも攻撃されたのである。

そして、飛行甲板に命中した二発の爆弾が炸裂し、爆弾や魚雷を装備していた味方飛行機の誘爆をひきおこした結果、大火災につつまれて沈没した。

マリアナ沖海戦では、旗艦であった空母「大鳳」が敵潜水艦の魚雷攻撃をうけ、その被害は軽微であったにもかかわらず、その後の、ガソリン洩れによるガス爆発が原因となって、みずから沈没した。

そして、今回の雷撃による「愛宕」の沈没である。三回ともに、沈没という悲劇的運命をたどるわけであるが、なによりも、旗艦を失ったこれらの海戦で、日本はことごとく敗れさっているという事実が問題である。

それはあとのこととして、過去二回の海戦の敗北が、私にとって身近な問題であり、これからの成りゆきにたいして、胸の奥に不安感を兆しつつあった。

旗艦の沈没――海戦の敗北……そういう予感が、「愛宕」沈没後に私の胸にわいてきたのは事実である。

こうして、太平洋戦争三年八ヵ月の間、艦隊旗艦はつぎつぎにかわり、なかでも、連合艦隊の旗艦は「長門」から「大和」へ、「大和」から「武蔵」へとかわり、最後には、軽巡「大淀」へ、そして、ついには陸上の日吉へと長官旗をうつしてゆくことになる。

この連合艦隊にたいし、「愛宕」中心の第二艦隊は、開戦当初から、重巡「愛宕」一筋の旗艦艦隊であり、「愛宕」が撃沈されるまで二年十ヵ月あまりの記録的な歴史をもつ。日本の連合艦隊のなかにあって、それはまことに特筆すべきことであった。

マリアナ沖海戦で敗退し、機動部隊のほとんどを失ってしまった連合艦隊は、「大和」「武蔵」などの戦艦群を、「愛宕」中心の第二艦隊に編入して、あらたな水上艦隊を編成した。

しかし、この時点で第二艦隊の司令部は、旗艦を「愛宕」から「大和」にかえるという希望を、連合艦隊に上申している。

その理由は、すぐれた通信設備をもつ大戦艦「大和」のほうが、より確実な通信連絡ができるとともに、旗艦として、もっともふさわしいと判断したためである。

ただ、何度も連合艦隊司令部に上申したのであるが、ついにその許可はえられなかった。

——第二艦隊は、本来、水雷戦隊の夜襲部隊が主力であるというイメージが、司令部の間でぬけきらなかったのであろう。

だが、そのころの連合艦隊は、もはや機動部隊としての戦力はほとんどなく、残されている力では、水上艦隊による決戦しかなかったのである。

としたら、艦隊中で最大の攻撃力と防御力をそなえた巨大戦艦「大和」を旗艦として、そこに司令部をおくことが最上の方策であろう。一般の将兵のなかにも、そういう空気が根強くひろがっていた。

しかし、連合艦隊司令部では、なぜか、夜戦部隊の駆逐艦を指揮するためには、高速を出すことができる重巡を旗艦とするほうがよいという判断をかえなかった。

それはさておき、この旗艦「愛宕」もふくめて重巡群を狙ったところに、今回の敵潜水艦ダーターとデースの頭脳的作戦があり、それが心にくいばかりに成功したといえる。

旗艦を攻撃して成功すれば、その艦隊の打撃と混乱はもっとも大きいものになる。それがまず第一の考えであったろう。そして、その混乱を利用すれば、自分の危険も緩和されるとともに、べつの攻撃目標にたいする狙いも敵にさとられない。最後には、敵艦隊からの攻撃からものがれられる——敵潜としては、まさに一石二鳥どころではなく、四鳥ぐらいまで計算に入れていたことになる。

それにしても、狭い水道で敵艦を狙うこと自体は、非常に有効であるが、それは同時に、自分たちの行動をも制限してしまう。みずからを危険にさらすことにもなるのだ。

それを承知のうえで仕かけてきたのであるから、これはまさに、死中に活を求める作戦というべきで、敵ながらあっぱれと誉めざるをえない。

結果として、「愛宕」らを攻撃したあと、敵潜のうちダーターは追撃されて、みずから犠牲となって沈むことになる。狭い水道が命とりになったのである。

——こうして、旗艦「愛宕」の沈没というハプニングがあって、はからずも、第二艦隊としての念願であった旗艦「大和」がついに誕生することになる。

「愛宕」の生存者のうち、「岸波」に救助された司令部とその乗組員は、その後、時化だした海上で、「大和」に横づけして移乗した。午後四時二十三分である。

栗田長官は、ただちに、この戦艦「大和」を旗艦として、将旗を掲げた。

そのあと、いくどか敵潜水艦の影に警戒しつつ、針路を四十度に、さらに五十度へと変針して、午後十時三十九分、真夜中近くには北緯十三度六分、東経百十度三十四分に進出し、そこで針路を九十度にさだめた。

星空のもと、黒く光る海上を警戒しながら、巨大戦艦「大和」を旗艦とした栗田艦隊は、ミンドロ海峡へとむかった。

いっぽう、被雷して停止していた重巡「高雄」は、駆逐艦「長波」と「朝霜」の二艦に護衛されながら、ブルネイへと南下をつづけていた。

その間、攻撃成功に気をよくしたのか、さらに撃沈するまでの攻撃を狙ったのか、敵潜のダーター、デースの二艦は、執拗に尾行し、狙いをつけてきた。

被雷大破した「高雄」は航行不自由で、そのもたもたした動きを見れば、なんとしても仕とめたいという気持になろうというもの……。

しかし、あまりに狙いすぎたのであろう。警戒をかためていたわが駆逐艦に発見制圧されて、ダーターは、ついにパラワン水道の岩礁に乗り上げてしまい、航行不能となる。そして、その乗組員を急遽《きゅうきょ》、デースに移乗させて救助するとともに、ダーターそのものは、そのまま放棄してしまった。

敵も、必死で栗田艦隊に攻撃をかけていたのである。（ここで書いておきたいことは、船がやられたさいの救助についてであるが、アメリカ軍の場合は、いかなる場合でも、人命優先で、軍艦や武装など生命のためなら捨てることも辞さない。救えるかぎり、どんな危険を冒しても味方兵士の救助に全力をそそぐ。物ばかりでなく、作戦や任務そのものさえ、一時、無視する場合もあったと聞く）

さて、レイテ突入を前にして、思わぬ被害をうけた栗田艦隊の本隊は、二十四日早朝、対空戦闘の陣形を組んで、シブヤン海を東北にむかって進んでいた。

このとき、「愛宕」「摩耶」の二隻の重巡を失い、さらに重巡「高雄」を大破され、この「高雄」の警戒のために駆逐艦二隻（「長波」「朝霜」）をさき、計五隻を減じた栗田艦隊の総数は、二十七隻であった。

この朝は、あくまでもきれいに晴れあがり、絶好の日和であった。左前方に望見される島々の峰は、青空にくっきりと稜線をえがき、海上は、波ひとつなく油を流したような静けさであった。うねりもなく、どこまでもみごとに澄みきった海は、ねっとりして、ねばりを感じさせるような光景を呈していた。

そのうち、見るもきれいな素晴らしい太陽が、東の空の水平線へ姿をあらわした。いよいよ、明日は突入である。これはその決戦を目前にして、昨日の苦闘を忘れさるような絶好の光景である。

旗艦「大和」の大檣上の長官旗は、朝日をあびて青空にはためている。ぬけるような青空である。しかし、明日は連合艦隊最後の決戦になるかも知れない。

この素晴らしい光景を眼下に見おろす戦艦「大和」艦橋上にこのとき、私は任務についていたのである――戦艦「大和」の一員という幸運にめぐまれ、さらに、このさわやかな夜明けを眼にしていたのである。

第六章　「大和」シブヤン海を行く

レイテへの道

私たちは戦艦「大和」の兵員室で、二十三日の一夜を明かした。

その兵員室は、「大和」の前甲板主砲一番塔前部の下甲板にあり、室内は戦闘準備のために用度品その他すべて陸揚げされていて、何もないガラーンとした空き部屋であった。

私たちはその部屋で戦闘配食をすませたあと、艦橋へのぼっていった。その艦橋からながめると、南海の朝の海には、太陽の明るい光がふりそそぎ、キラキラ照りかえる光景がひろがっている。

栗田艦長は、この朝の海、シブヤン海を二つの円陣になって航進している。それは巨匠がえがく一枚の絵画のような美しさを私たちに感じさせる。

先頭をすすむ第一の円陣形には、旗艦である戦艦「大和」を中心にして、その後方に重巡「羽黒」、右斜め後方に戦艦「武蔵」、左斜め後方に「長門」、右に「妙高」、左に「鳥海」、前方に軽巡「能代」、その外側を、先頭から右まわりに「島風」「早霜」「岸波」「沖波」「浜波」「藤波」「秋霜」の駆逐艦がかこんでいる。

第二の陣形は、その三・五キロ後方につづいて航進する戦艦「金剛」を中心にして、先頭から軽巡「矢矧」、重巡「熊野」「鈴谷」、後方に戦艦「榛名」、左に重巡「利根」「筑摩」、その外側一・五キロに右先頭から「野分」「清霜」「雪風」「磯風」「浜風」「浦風」と円陣をつくる。

この二つの陣形が、全体として一つのまとまりとなり、東にむかって堂々と進撃している。この栗田艦隊がめざすところは、三ヵ月あまり前、「あ号作戦」にむかう小沢艦隊が波を蹴って通過した、サンベルナルジノ海峡である。朝はぬけるように明るく、晴天にめぐまれた栗田艦隊は、太陽のさわやかな光を、主砲はじめ高角砲や機銃に前面からうけて、緋縅《ひおどし》の鎧兜に身を固めた武者の揃いぶみのように、士気はいやがうえにも高まりつつあった。

しかし、今回の作戦は、この水上艦隊が主力となって決死の突入を計るというもので、航空機の援護もその攻撃計画もなにもない作戦である。このようにならざるをえなくなった現況をかえりみるとき、私は一抹の不安を感ぜずにはいられなかった。

その不安の因《よ》ってきたる第一の理由は、機動部隊(空母中心の艦隊)の脇役化である。太平洋戦争開戦以来、つねに主役の座を守りつづけ、花形として活躍してきた機動部隊が、なぜここへきて脇役にまわらざるをえなくなったか。

小沢艦隊は、空母四隻(「瑞鶴」「瑞鳳」「千代田」「千歳」)、搭載機百十六機を保有し、そのほかにも、航空戦艦「伊勢」「日向」をはじめ、軽巡「大淀」をふくむ十三隻をあわせ計十七隻の機動部隊である。

これくらいの陣容を確保していながら、脇役に甘んずる、というより、主役をたて、ときには主役を食う場合もあるほど個性的な脇役どころか、ただ敵を誘って引きつけ、犠牲を覚悟の上の囮《おとり》部隊に仕立てなければならなかったところに、追いつめられた日本海軍の苦しさがあったのである。

この経緯《いきさつ》を知り、認識しないかぎり、やがてこの栗田艦隊が迎えるであろう凄絶な死闘の原因ははっきりと明らかにされず、疑問がいつまでも残ることになろう。

——このことは、遠くミッドウェー海戦にさかのぼらなければ理解できない。

ミッドウェー海戦は、最初からよほどの不運に見舞われない限り、わが日本艦隊の勝利はまちがいないと信じられていた。彼我の勢力を比較してみただけでも、圧倒的にわがほうが

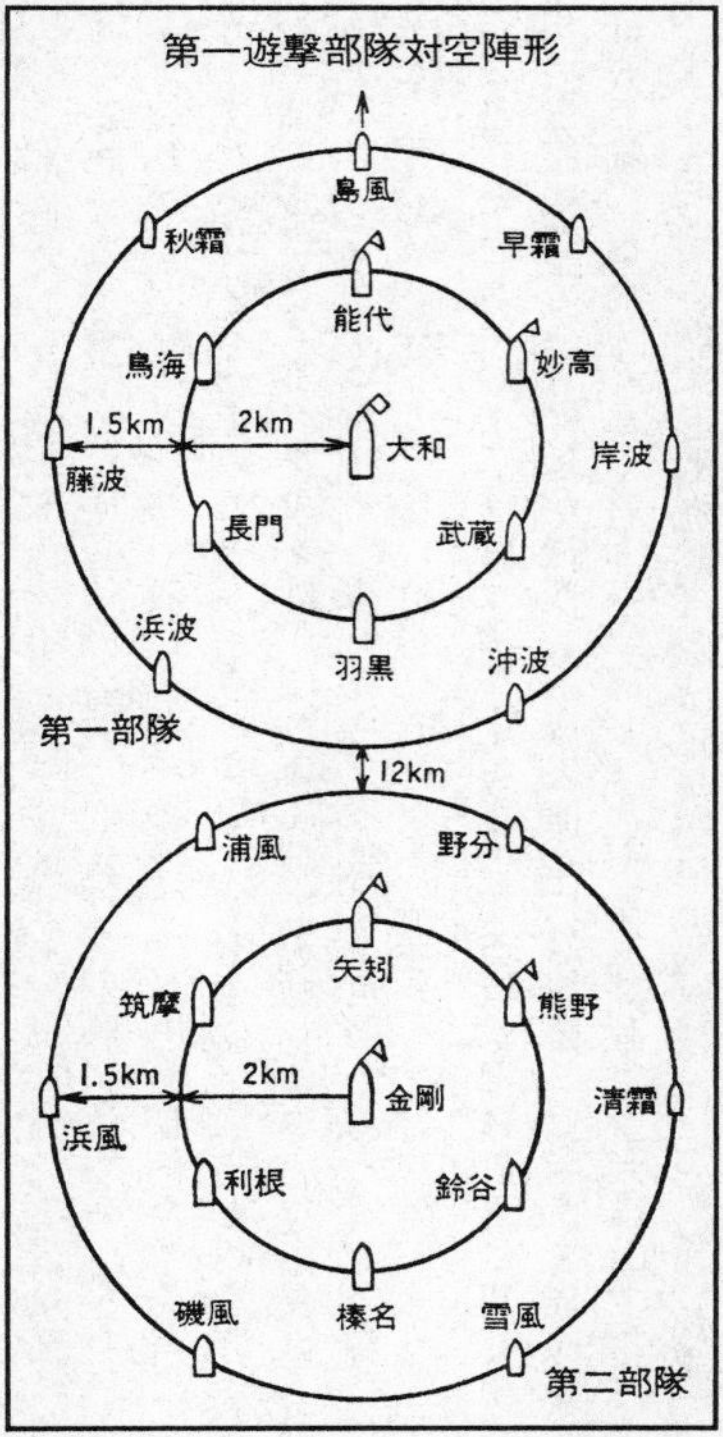

有利であったし、飛行士の練度（飛行および攻撃技術）も、その時点ではわがほうが上であったとみられる。

それが、緒戦の連勝に酔い、相手をあまくみて油断のあったことは否めない。そのため

だけではなくとも、多分に、それに根をおく敗因で大敗する結果となった。空母四隻の撃沈もさることながら、なによりも、航空機と練度の高い搭乗員（飛行士）を全滅させたこと——これが、大打撃となり、最後までその痛手はあとをひいた。

まず勢力比からみてみると、米軍は空母二隻をふくむ二十七隻であるが、その空母の中心勢力となるべきヨークタウンは、珊瑚海海戦で大破し、その復旧に三ヵ月あまり（百日）はかかるであろうといわれ、ミッドウェー参戦は不可能であろうと予想されるような状態であった。

これにたいし、わがほうは、南雲中将指揮する機動部隊計三十隻を中心に、巨大戦艦「大和」を旗艦とする大艦隊が後続し、南方海上には旗艦「愛宕」を先頭とする第二艦隊が参戦目的で航行ということで、その全勢力は八十三隻におよぶ大艦隊であった。

すなわち、わが中心的機動部隊は正規空母（「赤城」「加賀」「蒼龍」「飛龍」）四隻を有する、三十隻の強力艦隊の出撃であり、航空機もはるかに優勢を誇っていた。しかも、なによりも誇るべきは、その搭乗員の鍛えあげられた素晴らしい練度の優位であった。

わがほうの八十三隻という艦隊規模は、太平洋海戦史上最大の作戦体制であった。先行する機動部隊を追って瀬戸内海を出港した旗艦「大和」の大艦隊が、その後方海上約四百マイルをゆうゆうと航行し、すでに南方にあった近藤中将指揮の第二艦隊も、やはり四百マイル南方に位置して、この作戦に参加すべく進撃していたのである。

しかし、勢力比はあくまでも勢力比ということであり、極論をいうと、それはまったく勝敗とは関係はない。あとでそれについて述べようと思うが、一人で何十人もの相手と争う場合にしても、殴り合うだけが戦いではなく、たくさんの相手に息をのませ、ひるませて、戦わずして争いに勝つこともあるのだ。

数においても不利に立たされた米軍は、百日もかかるといわれたヨークタウンの修理を、全力傾注で、なんとわずか四十八時間、たったの二日で応急修理し、三日目には戦列に復帰させてしまった。まったく、その決死の努力は神業《かみわざ》といっても過言ではない。

敵は、こういう離れ業をふくめて、わが大和魂に匹敵するアメリカ魂で、この戦いにのぞんできたのである。

わがほうはどうであったかというと、先述したように、ハワイ急襲など緒戦の勝利に酔って、上層部では油断があったのではないか。戦艦「大和」を中心とした本隊や、高速を誇る第二艦隊は、ともに四百マイルも後方にあるという状況であったし、事実上、これはかたちだけの参戦であったといわれる。

「蒼龍」乗艦時の土屋春雄兵長。彼の敵機への不安は現実となった。

これでは、数の面でも三十隻と二十七隻になり、それほど差はない。戦いのテクニカルな面と、勝敗を分ける〈時〉のつかみ方、それしかない。

結果はどうであったか。

日本海軍は空母四隻をすべて撃沈されて、大敗北を喫した。航空機、搭乗員の損害も甚大。これはだれがみても、あきらかに作戦の失敗であった。このことを、下級兵士である下士官や兵たちの間でさえ、不審に思う作戦が幾つかあったのであるから、こう書いても致し方ないことであろう。

その一例として、そのとき、空母「蒼龍」の応急員として上甲板で待機していた、土屋上曹(十五徴、当時兵長)の証言をここで紹介してみよう。

――この土屋兵長は、第三期運用術特技兵講習を私とともにうけ、昭和十六年六月二十八日にいっしょに卒業した同年兵である。私は卒業後、駆逐艦「朝雲」に配属されたが、土屋兵長は空母「蒼龍」に着任した。

さて、「蒼龍」上甲板に立った土屋兵長が見たものは、広い飛行甲板いっぱいに並べられた飛行機であった。

それは敵発見と同時に発艦すべき飛行機であるのに、いまごろ爆装から雷装への積みかえ作業を行なっているのだ。

一兵隊でしかない土屋兵長の判断でも、すでに発進しているか、あるいは、いますぐ、一刻もはやく発艦すべき情況であった。

〈もし、いま、この作業中に敵機が来襲してきたら、飛行甲板に並べられたこの雷装の攻撃機に、三、四発命中しただけでも誘爆を起こし、おさまりのつかない大変なことになってしまうぞ〉と、目撃した瞬間、兵隊ながらもそう思ったという。その心配と不安が胸をふさぐほどに湧き上がってきて、ほんのしばらく甲板上に立ちつくしていた。

その短い時間の経過があって、やっと積みかえ作業が終わった。そして四、五分のうちに一機、二機と発艦し始めたと思うまもなく、やはり、土屋兵長の予感が適中してしまった。

機を見るに敏速果敢こそ勝利の道、という兵法は、武士道精神のわがほうこそとるべき戦術なのに、敵に先手をうたれてしまったのだ。

そのまま立ちつくしていた土屋兵長の目の前で、敵機の急降下爆撃がはじまり、三発の爆弾が命中、飛行甲板に並べられていた飛行機の積みかえたばかりの爆弾や魚雷が、つぎつぎと誘爆を起こした。

心配したとおり、もう手のほどこしようもなく爆発をくりかえし、「蒼龍」はそのまま沈没していった。

土屋兵長も、その爆風に吹き飛ばされ、艦橋上甲板から海中に投げだされてしまった。その海上で、彼はそのあと五時間あまりも漂流したが、駆逐艦にようやく救助された。

もしもこのとき、より機敏に作戦遂行が行なわれていて、全機発艦のあとであったとしたら、三発や四発の爆弾で沈没するはずはなく、戦いの展開は大きく変わっていたことであろう。敵をあまりにも甘く見ていたのではないか。そう思われても仕方のないふしが、多くあった。ほかの三隻の空母にも、おなじことが言える。

戦いというものは、こちらの都合のよいように進むものではない。つねに先手先手と、相手の動きをさきに読む行動こそ、作戦必勝の唯一の道といえる。こちらの都合（積みかえ作業）など待ってくれるわけはなく、むしろ、相手にとっては好都合の一語につきる。

「あのわずかな時間のロスで、海戦の勝敗は決まってしまったんだよ」と、土屋上曹は、あとで私たちによく語ったものである。

このミッドウェーの敗北で、空母四隻と航空機や搭乗員を失ったショックは、あまりにも大きく、とくに空母そのものより、航空機と練度の高い(優秀な)搭乗員を全滅させたことは、わが機動部隊にとって再起不能といえるほどの打撃となった。

かつて重巡「利根」の艦長であった黛治夫大佐(海兵四十七期)が、いみじくもつぎのように回想していた。

「太平洋戦争は、ミッドウェー海戦の敗北で終わっていたんだよ。あれ以後は、ただ惰性で戦いをつづけていたようなものだよ。もう負けはわかっていたよ」と。その通りである。私もこれが本音であると思う。

このように、現場の最高幹部である指揮官は、とっくにそのことはわかっていたはずである。

しかし、それでも戦いつづけなければならなかったところに、戦争そのもの、いや、日本海軍の不幸な運命があったのである。

このように、戦いの勝敗は往々、たったひとつの過ちによって、大きく分かれ、ときには死命を制せられる場合が多いのである。

囲碁、将棋は一手の失着、野球は一球の失投やエラーが命とりになる。戦いも、一瞬の不手際が敗北につながる。しかし、趣味やスポーツならまだしも、戦争においては、一回の失着や失投も許されないのだ。その失うところ、あまりにも大きいものがある。

ミッドウェーでの発艦前になっての爆弾と魚雷の積みかえ(これによる撃沈)もさることながら、私が目撃したマリアナ沖海戦における攻撃機発進後の作戦変更事件など、上級幹部の判断失敗の好例であろう。

——マリアナの場合は、攻撃機の発進後、夕方であるから……という理由で、急遽、作戦中止となり帰還命令がでた。そのため、練度のおちた搭乗員は、艦隊の多くの将兵の見まもるなか、空母着艦につぎつぎと失敗して、みすみす大損害を生んだというアクシデントである。これも諸般の状況把握の不足というより、一瞬の(判断の)不手際というべきで、そういうときの損害は大きい。

私は、この無残な情景を、前衛旗艦「愛宕」の艦橋上から目撃していた。これを眺めていなければならなかった将兵すべてが、地団駄ふんで悔やしがった出来事である。

いずれにしても、現場の戦闘員として、私たち兵隊は数々の失着と思われる作戦を目撃したり、体験したりして、無念にたえぬという思いを、肌身に染みこませてきたものである。

こうした過ちを重ねて、日本海軍はみずから墓穴を掘っていったと言えなくもない。

こうして、ミッドウェー海戦の敗北のあとも、南方の海上や島々で消耗戦をくりかえした日本海軍は、機動部隊のほとんどを失い、その機能を消耗しつくし、追いつめられていったのである。

もうここへ来ては、大挙来襲してくる米艦隊に立ちむかうべく、残された道は水上艦隊の突入作戦以外になくなった。——これに雌雄を賭けたということである。

ところで、今回のレイテ作戦の場合は、ミッドウェー海戦の場合とはまったく逆で、日本海軍の立場は苦しい。最初から、奇蹟でも起こらない限り、こんどはわがほうに勝ち目はない戦いであった。

そして、そのことは上級幹部、とくに現場の最高幹部のなかでは、先刻わかっていたはずである。それは、ブルネイ出撃前の栗田長官の訓示にしめされたことでも明らかである。……私たち下士官や兵たちはなにも知らず、ただ命じられるままに、死地への突入に邁進する以外に道はなかったのである。

ここで、その実質的な勢力比を紹介してみよう。

わがほうは、栗田艦隊三十二隻、西村艦隊七隻、小沢艦隊十七隻、志摩艦隊七隻の計六十三隻。

これにたいし、米軍は第七艦隊をはじめ、多くの機動部隊にまもられた艦船六百隻あまり。これがレイテ湾頭に群がっていたのである。

これでは、本当に奇蹟でも起こらない限り、勝負にならないことは明白である。

しかし、これほど敗色濃厚となるまで、かつては連合艦隊の主力であった水上艦隊が、こうして日本海軍に温存されてきたのには、それなりの理由があった。

太平洋戦争においては、このころまでは水上艦隊の出番はなかったのである。飛行機という新戦略を前にしては、水上艦隊は、鷲や鷹ににらまれた兎や鼠のようなものであった。これでは温存されることも当然であろう。

ソロモン海や南太平洋で、一部の戦艦や重巡、駆逐艦などが奮戦したが、主力である戦艦「大和」「武蔵」の世界に誇る巨砲が火を吐くというチャンスは、一度もなかったのだ。いまや、主役たる機動部隊が壊滅し、飛行機の極度に減少した現況となっては、残された道は水上艦隊の突入しかなかったのである。そして、それは先の見とおしなどまったく立たない決死の作戦ということであった。

こうして、巨艦「大和」「武蔵」をふくむ連合艦隊に突入指令がまわってきたこと自体、これは、追いつめられた特攻作戦という以外のなにものでもなかった。太平洋海戦史上、最初で最後の最大規模の特攻作戦であったのである。

ただ、栗田艦隊の巨砲が、怒りの火を吐くチャンスが到来したとしても、航空機の前には苦戦を強いられ、のたうつことになるであろうことは、何度も言うようであるが、上層部はすでによくわかっていたのであろう。

艦砲射撃で敵艦船を攻撃し撃滅するためには、味方飛行機の援護がなければ、その実力は発揮できず、効果のない時代になっていたのである。飛行機の援護もない丸裸同然の艦隊が、対空砲火の効果に期待もできず、敵機の空襲にさらされる苦闘は、筆舌につくしがたく、体験した者でなければ絶対にわからぬ残酷きわまるものである。

それは、南氷洋で多数の捕鯨船に狙われた巨鯨のようなもので、どんなに逃げまわり、かわそうとしてもどうなるものでもない。結局は、殺され捕獲される。それとおなじで、いかなる巨大軍艦で、これ以上の対空装備はないというほどに完備されていても、無数に襲いかかる敵機に対抗できるものではない。

当時の軍艦と飛行機との関係は、こういう絶対的で一方的な関係に立ちいたっていたといっても過言ではなかろう。

このように、敗北覚悟、死中に活を求めるごときレイテ作戦ではあっても、一抹の不安を胸にいだく私のような兵隊もそのひとつの運命体となって、すべてを賭けて進撃する連合艦隊であった。

いかに世界に誇る巨大戦艦「大和」の巨砲といえども、数ある空爆機の前には、いかに無力であるかを見せつけられる悲劇の対空戦闘が、刻一刻とせまっていたのである。

大艦巨砲の出番

栗田長官はじめ艦隊司令部の幹部たちは、旗艦「大和」の艦橋で、鉄兜と防弾チョッキに身をかためていた。

これと対照的に、第一戦隊司令部は宇垣纒中将（司令官）以下、まっ白な第二種軍装に身を正し、だれ一人として防弾チョッキや鉄兜など着用していなかった。

おなじ艦橋上であるだけに、これは見るからに目立つコントラストで、おなじ軍人で、どうしてこうちがうのかと思わせる情景であった。

それだけに、艦内では宇垣司令官はもちろんのこと、実戦部隊の幹部たちの毅然としたこの態度に敬意をあらわし、一方では、艦隊司令部は臆病風に吹かれているのではないか、過剰防衛ではないか、という陰口がささやかれていた。

そのことに関連しておもいだされるのは、敵米軍の総司令官マッカーサー元帥のことである。彼は開戦当初、日本軍の破竹の進撃の前に苦戦をつづけながらも、コレヒドール島ではいっさいの防弾チョッキや鉄兜を軽蔑して着用せず、日本軍の熾烈な砲弾攻撃のさなか、すぐそばで砲弾が炸裂しても、たじろぐことなく、まったく平気でいたという。武士《もののふ》の誠の姿というものではないか。

その点、宇垣司令官らの行動と共通するものがあった。戦場に立つ武士の誠の姿というものではないか。

マッカーサーは、昭和十七年三月十二日、コレヒドール島をはなれ、三月十四日、ミンダナオ島に着く。やがて、「アイ、シャル、リターン」という名言を残して、豪州（オーストラリア）へと脱出に成功するのである。

この名誉の撤退は、当時の日本軍隊では考えられない異質の思想であった。目の前の勝利ではなく、最終的勝利こそ真の勝利であるとする欧米各国の考え方は、日本人にうけ入れられるものではなかった。

当時の日本軍隊の考え方は、つねに勝利をというもので、退却とか捕虜という問題にしても、まったく正反対の思想であった。

日本の場合は、不名誉かぎりなきことで、死をもって、これにかえなければならなかった。捕虜などということは考えられず、捕らえられる前に自殺（切腹）というのが武士道とか日本軍人の精神であると教えこまれ、それが実行された。

わが子が捕虜の辱めをうけたとなると、父親、あるいは母親が自殺をしたり、一家が村八分などという話も実際に多く、それがまた兵士たちの心を束縛した。まして、一軍そろっての投降などということは、日本軍ではまったく考えもおよばぬことであった。

欧米軍の考え方は、いつに生命尊重であり〝名誉の捕虜〟という言葉さえ存在したものである。〝よく戦い、利あらずして敗れ、生を完うした……〟という考え方であろう。家族もこれを迎えた。

もちろんこれをうけいれ、勝敗にかかわらず帰国した場合も、国はもとより、市町村あげて退却にしても、一時撤退であり、つぎの戦いにそなえるというものである。すこしでも損害や死傷者を少なくし、英気を養い、補充してふたたび戦う——最終的勝利こそ、戦いの最高目標としているのである。

これが日本軍となると、敗れれば責任問題である。指揮官はみずから責任をとる場合もあれば（部下や諸武器、守るべき施設などの損害大なるときなど）、上層部からの更迭、降等、配転、問責などの措置がくだる。一兵卒にいたるまで、その教育が徹底していた。

〝恥〟〝恥を知れ〟〝恥辱〟〝恥辱に耐えられぬ〟などと、〝恥をもって尊しとなす〟という基本的な倫理観念が身についてしまっていて、自分や他人（敵味方を問わず）の生命の価値を超えて、それを重んずる風潮が、国全体にはびこっていたのである。親や妻子、恋人を想う、という心は、めめしい、あるいは、恥ずべきこととしてうとまれた。

アメリカ軍人は恋人の写真を胸のポケットに入れ、それをはげみとする。

マッカーサーの名誉の撤退は、こういう思想上のちがいから出てきており、当時の日本軍の心境とはまったく異なった性格のものであった。（しかし、あとで出てくる栗田艦隊のレイテ大反転は、栗田長官のマッカーサー的心理とあい通ずる面があったような気がしてならない）

この名誉の撤退当時の日本軍は、破竹の勢いであったが、今このときは、そのフィリピンを追われたマッカーサーが、自分で言ったとおり、大軍を率いてやってきたのである。しかも、これを迎えるわがほうの勢力は、かつての面影はさらになく、短時日の間に大きな落差

昭和18年、トラック泊地にたたずむ戦艦「大和」と「武蔵」。大艦巨砲の象徴であった両艦は、帝国海軍悲願の艦隊決戦の機会をむかえることなく沈んだ。

が生じていた。

艦隊数もさることながら、その質的面においても、ミッドウェーの敗北が尾を引き、大きな開きが明らかに出ていた。

そのため、作戦上、中心となるべき機動部隊が、囮部隊になりさがる情況を生むという現況では、もはや、なにをかいわんやであった。

航空関係の機能も、陸上基地を合わせてもその数は極度に減少し、搭乗員の練度となると、その養成は早急にならず、技能は低下したままの状態であった。発艦はできても、空母への着艦可能な技量の持ち主はごく限られていたのだ――その歴然たる証明が、すでにマリアナ沖海戦であった。私の目前でその未熟ぶり、というより醜態以前の悲惨な情景が現出されたのであるから、これ以上の証明はない。

「大和」艦橋で、長官たちと第一戦隊司令部幹部たちとの、軍装の違いなどに思いを馳せながら眼をうつすと、「大和」の右後方をゆく「武蔵」の勇姿がとびこんでくる。その勇姿を眺めていると、さすが姉妹艦だけあって、それは「大和」の姿をそのまま写しているような錯覚におちいる。

この「大和」と「武蔵」については、つぎのようなおもしろいエピソードがあり、ふとそれを思い出して緊張をほぐしてみたりする。

それは以前、「大和」と「武蔵」が呉軍港にうちそろって入港したときの出来事である。二艦の繋留ブイは、千メートルほど離れていたであろうか。

そのころは、戦いもさほど悲観的でもなく、ミッドウェー海戦の敗北もひたかくしに隠され、日本国内は戦勝気分に満ちていたし、明るさはたもたれていた。

この日は、艦隊で半舷上陸がゆるされた翌朝で、下士官や兵たちはそれぞれ帰艦の途についていた。

その集団は、一万名をはるかに越すという大人数で、その群れは下士官・兵集会所の前をとおって衛門を入り、さらに蜒々とつづく。海軍工廠の道は、帰艦を急ぐ下士官や兵たちの列でいっぱいであった。

やがて、その群れは桟橋に近づき、おのおの迎えのランチに乗って、それぞれの艦へと消えていった。

さて、戦艦「大和」の舷門をのぼった一人の新任らしい二等兵曹が、さかんに上陸札をさがしている。が、どうも見あたらないらしい。

舷門の机の上には、上陸札が並べられている。自分のを懸命にさがしている――これが最後のランチである。これに乗り遅れれば、時間を切る（帰艦時刻に遅れる）のである。

あとから来た兵たちは、つぎつぎと自分のを持ってゆく。ついに、舷門に並べられた上陸札は、のこり一枚もなくなってしまった。新任二等兵曹は、青くなって立ちすくんでしまった。これを見た先任伍長が、きびしい顔をして声をかけた。

「どうした！　上陸札がないのか」

「ハイ、見つかりません！」

なにしろ、「大和」「武蔵」クラスの戦艦となると、常時二千三百名は乗り組んでいる。その九割以上が下士官と兵であり、半舷上陸として、単純計算で千人以上になる。

その全部の顔を覚えられるわけがない。まして、呉入港時に、新人も乗艦してきているので、かなり乗組員が入れかわっている。この二等兵曹もその一人であろう。新人ではまったく顔を知らない者ばかりといっていい。

机の下などをいっしょにさがしてみても、どうしても見あたらない。

新前二曹は、完全にべそをかいてしまい、立ちつくしている。

「そんなはずはないがなあ」

そう先任伍長がつぶやいている。善行章を四本もつけた先任伍長ともなると、すくなくとも十二年、長ければ十五年近く海軍の飯を食っているわけである。海軍では生き字引のような存在である。

内心、〝ハハーン〟と思いあたったのであろう、突然、

「お前どこの艦《ふね》だ！」と、とてつもない質問を発した。

固くちぢみ上がっていた新任下士官は、直立不動の姿勢をとり、当然というように、

「ハイ！　『武蔵』です！」と大声で答えた。

この任官ほやほやらしい二等兵曹の真面目くさった顔を、あきれ顔で見ながら、「プーッ」と、さすがの先任伍長も思わず、唾をとばして吹きだしてしまった。

「バカ者！　ここは『大和』だぞ！」

この新任兵曹は眼を白黒させ、狐につままれたように、あらためて甲板上を見まわした。

いかに新前二曹とはいえ、下士官である。すくなくとも、四年は海軍生活をしているわけだ。その下士官が、休暇ぼけがあったとしても、また、いかにあわてたとはいえ、自分の艦をまちがえるとは……。いや、「大和」と「武蔵」はそれほどに似ており、同形といってもいいくらいであった。

このときは、「大和」からの信号で事なきをえたが、「武蔵」のほうでも驚いたことであった。なにしろ、新任の下士官が一人、帰艦していなかったのだから……。

こういうエピソードを生んだ、「大和」と「武蔵」という姉妹艦が、いま、特攻隊同然の作戦の主役として、ここに進撃しつつあるのであった。

朝日を正面から浴びながら、シブヤン海を進撃する栗田艦隊――このレイテ沖海戦の勝敗は、いつにこの栗田艦隊（第一・第二部隊）の双肩にかかっている。

開戦以来二年十ヵ月あまり、いろいろな経緯《いきさつ》はあったが、ついに大戦艦「大和」「武蔵」の巨砲の出番が、いよいよまわってきたのである。

それはいかにも遅きに失した感もあるが、とにかくその巨砲の偉力を発揮できるチャンス

が、目前に迫っているのだ。これは連合艦隊の、なにものにもかえがたい期待であり夢でもあったのだ。

そこで、戦艦「大和」とはそもそもいかなる軍艦であったのか、ここであらためてふり返ってみたい。

現在でこそ、大艦巨砲時代は、昔の夢物語になったとはいえ、世界の歴史のなかで、その後、「大和」「武蔵」を超える戦艦はあらわれていない。これからもおそらく造られることは、まずあるまい。

その当時、世界最大の戦艦といわれ、恐れられたアメリカの戦艦ニュージャージー（最近、現役に復帰した）といえども、三連装九門の主砲四十一センチ（十六インチ）という規模は、当時の日本海軍が擁していた「長門」「陸奥」クラスであった。「大和」「武蔵」は、それよりも、ひと回りもふた回りも大きかった。そして、この二艦はまったくの同形艦である。いまで言う、同じコピーで造られたものである。

「大和」は、その第一号艦として昭和十二年十一月四日、秘密裡に、呉海軍工廠で起工された。そのまま作業がつづけられ、昭和十五年八月八日進水、昭和十六年十二月十六日、海軍に引きわたされた。四年一ヵ月あまりの年月をかけて完成したもので、まことに日本の造艦技術の素晴らしさを世界にしめしたものである。

「大和」は、太平洋戦争開戦後まもなく、連合艦隊旗艦として活躍することになる。

それは、当時としては、じつに恐るべき巨大な軍艦であった。（公試状態排水量六万九千五百九十四トン、全長二百六十三メートル、動力十五万馬力、速力二十七・三ノット、主砲四十六センチ砲九門）もし、太平洋戦争が航空機主力の大戦争でなく、従来どおり軍艦同士の戦いということ、主力の座は戦艦ということであったら、完全に七つの海を支配し、制覇したに違いない――それが充分に可能なほどの実力を備えた戦艦であった。

攻撃、防御、ともにじつにすぐれた大巨艦を、いまから四十七年も前に造りはじめたのであるから、当時の日本の造艦技術は、まさに目を見張るものであった。

（この「大和」の艦橋上で、しかも、この「大和」が生涯でただ一度だけ行なった主砲の砲撃戦に、私は参加できたのであるから、めぐまれていたというべきであろう）

「大和」は、昭和十六年十二月十六日に海軍に引きわたされてから、昭和二十年四月七日午後三時、坊の岬の南方九十マイルの地点で沈没するまで、幾多の海戦に参加したが、マリアナ沖海戦の三式弾はべつとして、敵艦隊との砲撃戦は、このレイテ沖海戦ただ一回かぎりのこと――はじめにしてこれが最後の主砲砲撃戦であった。

思えば残念なことであるが、一発も発射することなく沈没してしまった姉妹艦「武蔵」のことを思えば、まだしも、すこしはめぐまれていたといえるのかも知れない。

不気味な沈黙

戦艦「大和」を旗艦に変更した栗田艦隊は、シブヤン海を東にむかって進んでいる。

点々と空をおおうように浮かんでいた雲もしだいに流れさり、晴れあがってきた。海上はそれこそ波ひとつたたず、まことに油を流したような静けさで、これから起きるであろう修羅場など想像すべくもないほどに、それは重くねっとりしたねばりのあるような海面であった。

旗艦「愛宕」の思いがけない沈没というアクシデントで、栗田艦隊の司令部が突如、移乗してきた「大和」の艦橋は、右舷に栗田長官を中心とした艦隊司令部が、左舷には宇垣中将の第一戦隊司令部がそれぞれ陣取るという、二つの司令部が同一艦橋上というかつてない事態に立ちいたった。

いかにひろい「大和」の艦橋といえども、これは異様であり、なんとも一種不自然な違和感がただよう雰囲気で、周辺の兵士たちも思いはばかるといった感じである。

こういう雰囲気のさなか、あたりの静けさを突きやぶるように、午前八時十分、第一警戒配備が発令され、

「第一警戒配備となせ!」の号令が、マイクから艦内全体に放送された。まもなく、

「配備につけ」のラッパが、けたたましく艦内に鳴り響く。

「タテタテチッチッチッ!　タテタテチッチッチッ!」

「大和」の乗組員たちは、それぞれの戦闘配置へと走る。高角砲や機銃員などが艦内をとびかい交錯し、おのおの戦闘配置へと一目散にかけだす。

上甲板の空が見える位置にいる乗組員たちは、いっせいにコバルト色の空を見上げる。艦橋の見張員や信号員の眼も、海面から上空へとそそがれる。

――「愛宕」の乗組員であった私たちは、艦橋上にいて上甲板を見おろし、あわただしく動く艦上をながめていた。

私は、七分隊六名の仲間とともに、艦橋後部に集まっていたが、みんなとおなじように東方上空を見上げ、眼をこらしてながめいった。

艦橋からそのとき、「B24発見！」という見張員の声が、いち早く聞こえてきたからである。しかし、そのB24はやがて姿を消した。

そのあと、「大和」の艦橋はふたたび、よりふかくなった緊張と不気味な沈黙につつまれる。それは、つぎにかならず来るであろう敵機にそなえての準備時間でもあるのだ。各自、緊張に武者ぶるいをする思いで、つぎに出る命令を待機しているのである。

このとき、艦隊司令部の栗田長官は、全艦隊にたいし、

「敵機の来襲ちかし、天佑を信じ、最善をつくせ！」と指令を発した。

その長官の指令を、森下艦長が「大和」艦内に伝達する。

——「愛宕」の私たち乗組員も、それぞれの補充員として配置されることになった。それは機械室の補充員であったり、弾火薬庫や砲塔、機銃や見張り、信号などの補充員である。いずれ予想される戦死者にたいする、欠員補充の意味があるのであろう。すぐにとって代われる手筈がととのえられたわけである。

しかし、それればかりではない。高角砲や機銃などについた者は、ただちに弾丸はこびの作業や、その応援などをやらされており、見張りもすぐにはじめられた。私もその見張員として、艦橋に立たされていた。

このように、一触即発の対空戦闘を目前にひかえて、「大和」艦内は万全の態勢をととのえ、はちきれるような厳しい緊張につつまれたのである。

この栗田艦隊の緊張ぶりと対照的に、三百六十度——周辺の自然はすこぶる美しい。静かな海面、きれいに晴れあがった青空、そして、視線にうつる島々の風景……。それらを眺めていると、いま、このときの緊迫した気持もふとなごむ思いがして、若い私の心がさわぐ。

左方向から前方にわたって、遠く見える島々は、なんのへんてつもなく、ただその美しい姿をそこにとどめている。本当にただそれだけであるが、人恋しさというわけでもなく、胸に熱い思いがグッとわき上がってきた。

山の木々は青々と茂り、山波の稜線は緑を色濃く浮かび上がらせるように、空に曲線をえがいて眼に染みるようにうつる。その山波の上を、やわらかな白い雲が右から左にと静かに流れてゆく。

海岸線の、突き出た弧線の先端には、白い砂浜が望見される。なんとなく、ただいまの時間を忘れ、ふと、ひと心地がつくひとときであった。

……なにもかもを忘れる瞬間、そういうのを空白のひとときというのかも知れないが、すさまじい出来事が起きる少し前には、自然のなかにも、そして、人の心のなかにも、こういう空なる時間が生まれるのではなかろうか。

艦橋眼鏡についている見張員が、「あの島の先端に、人家らしいものが見えるよ」と、話しあっている。

私だけでなく、彼らも嵐の前の静けさといった、微妙な心理的屈折に泳がされているのであろうか……。

「きれいだなあ……」と、そのなかの一人がつぶやいたままその口をあけて、ボーッとその島をながめている。

「どーれ、ああ、なるほど人間が動いているんじゃないかあ」

「えっ、ああ、もしあれがスパイだったらどうする、すぐ通報されるだろうなあ」

などと、そんな会話が耳に入ってくる。なんだか間がぬけたような調子である。

自然ばかりではない。前方や周囲を走る戦艦、重巡、駆逐艦などがそれぞれ吐き出す航跡は、静かな海面に山のように盛り上がり、それが長い線となって海の上に美しい絵模様を浮かび上がらせる。それはたくまずして生まれる自然の美である。とくに静かなその日の海面は、航跡画にうってつけであった。

それを一段と高い「大和」の艦橋から見おろしてみると、これがまたさらに美しく眼にうつるのであった。それは大小二十七本の線となり、広いおだやかな海面に、抽象画ふうの線模様をえがき出している。

「いいながめだなあ」「これはいいねえ」と、思わず嘆息まじりの声が、あちこちから漏れてくる。

すると、重巡から先行偵察のためであろう、水偵が一機発艦し、水平線の彼方へ遠ざかってゆく。やがてそれも青空のなかへと消えてしまう。

「敵の戦闘機にでも遭遇しなければよいがなあ」と、見送る私たちのなかから、だれか小さな声でつぶやく。これもすこしのんびりした調子で、そんなに心配しているようにも聞こえないから不思議である。

一瞬の駆け引き

こうして、しばらく微妙なとらえどころのないような時が流れる。

……文字や言葉では、なんとも表現しようもない空白の時間である。それは、長い時間のようにも、また、非常に短い時間のようにも感じられるひとときで、もしかすると、それは時間ではなく、人間の心情や心理の不可思議な屈折そのものなのかも知れない。

死や修羅場をむかえる前の、自分ひとりが、あるいは、人間の集団がつくり出す、幻の空間、空なる相なのか――過去を回想し、未来を想像する、この別々の世界を、同時に思いめぐらしているという不思議な時間である。

まさに体験した者でなければ認識できない神秘的な時空間なのか。

ただ、私たち「愛宕」の乗組員は、旅人が草鞋《わらじ》を脱いだという気らくさがあるのか、つぎにやってくるであろう敵機の攻撃や、起こるであろう猛烈な対空戦闘も、「大和」の正乗組員のような具合でなく、どこか遠いよその世界の出来事のように、なんだか錯覚を抱いているふしもうかがえる。

それは、定められた戦闘配置をもたないという、責任感のない気らくさであったのであろう。

と、とつぜん、隣りにいた大貫兵曹が、

「トラック島のときは、B24のあとに大空襲だったなあ」

だれにというわけでもなくつぶやいた。それには深い意味があるのか、ないのか……。しかし、実戦体験のある者の動物的感覚からくる、回想と予感をつなぐ言葉とうけとれないものでもない。

そう思っていると、おっかぶせるように、後ろにいただれかが、

「大編隊らしいよ!」と、大きな声を出した。

夢がいちどにさめるように、そろって顔を見あわせ、口を引きしめてうなずきあう。のん気な気分になどひたってはいられない場合である。

「ここは丸裸だから、あぶないんじゃないかなあ」と、つい本音をだす者がいる。

私たちがついている場所は、艦橋からはみだした後部煙突との間の高台である。防御物などなにひとつない、四方の海上が一望できる位置で、見張りには絶好の場所だ。それだけに攻撃されやすく、守りようがまったくない。

「でも、見晴らしがいいからなあ!」という者がいる。それもそうである。

「なんだか、ここを離れるのも、もったいないなあ」

緊迫感にかける言葉である。

「艦橋のなかに入るか、それとも、操舵室へいくか」

「操舵室も『大和』の定員でいっぱいだろうよ」

「あそこは安全なんだが(戦艦の操舵室は司令塔になっているので、厚い防御鉄板に囲まれているのだ)、入れてくれるかなあ、だめだろうなあ」

みんなが、かわるがわる言葉をつづけるのだが、もうひとつ重みがない。

「戦争見物の指定席のつもりで、がんばって見張ろうよ！」

そんな冗談もまじって会話がしばらくつづいたが、先ほどの不思議な空白の時間から目覚めたような、時間の移りかわりである。

軽い言葉のやりとりのなかにも、いまは、やはりいつもと違った重苦しさがただよう。そこにいる一人一人も、それをお互いに感じているので、会話がひとしきりつづいて、ふと、とだえてしまう。

そのようにさせるなにか不気味な静けさが、周囲に張りついているのだ。嵐の前の静けさとは、まさにこのことをいうのであろう。戦いの場合は、生きるか死ぬかがかかっているだけに、その静けさには氷のような冷たさが張りついているのである。

この状態をみるかぎりでは、目前にせまっている対空戦闘など、とても想像すべくもないのであるが、実際は刻一刻、秒きざみで、その瞬間は近づいているのだ。

ただ、この静けさのなかで、私はこれとダブルような光景を思い出していた。

――それは、開戦前の昭和十五年のどの季節であったか、訓練をおえた連合艦隊が、あの懐かしい瀬戸内海のおだやかな海を静かに走っている情景である。そのときに感じた、あのなごやんだ落ち着いた静けさは、いまの状況下のそれとはまったく反対のものではあるが、なぜか、二重写しになるような錯覚を起こす。

美しい故国の海のたたずまい――緑の島々や山波が、眼にやわらかく映る、あの日本の瀬戸内の海とはくらべようもない、この南海の果ての風景と時間の流れのなかにいて、これから生死の土壇場を迎えようとしているのに、思いがけない回想である。

だが、現実の私は、「お前たち、当分は肉眼で見張りをやれ」と、厳しい命令がくだされている仲間の一人である。

第一警戒配備が発令されてから、いったい、どのくらいの時間がたったことか……。私たちは、厳しい現実に立ちかえらざるをえない。

「艦隊司令部の人たちは、防弾チョッキをつけて、鉄兜をかぶっているんだってよ」と、また、「大和」の乗組員たちのささやく声が耳に入ってきた。

このような、間一髪の瀬戸際で、まだそういうささやきを耳にするとは……。同じ軍艦に乗っている味方同士で、しかも、指揮をとる幹部たちに関しての話であるから、なんだか違和感以上のものが感じられてならない。

そのささやきは、実戦部隊の司令部にたいする軽侮ともとれる。

とつぜん、移乗してきたとはいえ、艦隊司令部である。その最高指揮という役割を知るべきとも思うが、死なばもろとも、一蓮托生の海の戦いである。〝彼らだけが助かるというわけでもないのに……〟と、実戦部隊の若い兵たちは思うのであろう。

やはり、艦隊司令部といえども、すぐには「大和」になじめないのであろうか。それとも第一戦隊司令部や将兵たちとの間を分かつ対戦観の違いからだろうか。

一方、防空指揮所では、森下艦長が東の空を見つめ、対空戦闘の下令をいつ出そうかと待機していた。

――丸裸といえば、私たちのいる場所もそうであるが、ここ防空指揮所ほど敵に身をさらす場所はほかにない。艦橋の屋上のような場所であり、すべてがここから一望できる位置である。

艦の運命――その鍵を握っているのが艦長である。艦長はそのため、もっとも危険な場所に立って全艦の指揮をとる。それで部下もついてくる。太平洋の戦いで、何人の艦長が戦死したことか。防弾チョッキなど……、いや、それはそれとしておこう。

せまりくる敵機との攻防の駆け引きは、いつに艦長の手腕にかかっている。見張員の報告、艦長の下令、操舵の絶妙、機関のフル回転と、すべてが一体となってこそ敵機の攻撃を回避できるのである。それはまさに、食うか食われるかの壮絶な戦いである。

艦からスコールのように撃ち上げる対空砲火のなかを突っこんでくる敵機――これは五百キロ以上の高速で突入してくるので、なかなか命中するものではない。

ある統計によれば、対空砲火は、機銃や高角砲をふくめて二十万発に一発しか当たらないとさえいわれている。いかに訓練された対空砲火でも、そうやすやすと仕とめられるものではない。

まさにそれは、生死を賭けた戦いの、一瞬の駆け引きである。その駆け引きに賭ける艦長の役割は、艦のすべての運命をにぎるものといえる。

いつの時代でも、あるいは、いかに科学が進歩したといえども、特殊な場合をのぞいて、一方的な戦いなどはありえないのである。

戦いとは、まさに勝敗を分かつ一瞬に生命を賭ける極限の世界であり、その一瞬をいかにとらえ、いかにそれをわがほうに生かすかにかかっている。それは今後ともかわることはあるまい。

ミサイルの時代でも、あるいは、今後もっと進んだ時代になったとしても、やはりかわることはないであろう。戦争というものは、彼我の勢力が拮抗し、たがいの緊張が極限にたっする関係にあるからこそ生ずるものであり、そこに勝敗を分かつ一瞬の重要さがある。

そして、人類は、今後も戦いつづけ、その戦いのたびごとに、一瞬の極限に生死を賭け、勝敗を賭けつづけるのかも知れない。虚しいかぎりともいえる。

第七章　執拗なる敵襲に抗して

長い時間のなかに

東の空には、なにひとつ変わることのない太陽が、まぶしく輝いていた。

午前十時八分、「大和」の前方三・五キロを走っている軽巡「能代」が、東方洋上（九十度）百十キロの空に敵機らしい編隊を探知した。

まもなく、十時十三分、旗艦「大和」の電探が、百三十度方向八十五キロの地点に、大編隊を探知する。すぐ艦橋見張員が大声で報告。艦内マイクはいっせいに放送を開始する。「敵機の大編隊、百三十度八十五キロに接近しつつあり」という知らせに、全艦は一気に緊張の度を高める。まだ見えない敵機に不気味な緊張と、身内にわき上がってくる不安とが交錯してやまない。

十時二十三分、「羽黒」が同じく百三十度方向に、艦上機六〜九機を発見、「武蔵」も三十数機を発見した。つづいて「大和」もまた、三十キロの水平線上に探知――いよいよ、決戦である。

やがて、豆粒をまき散らしたような米軍機の姿が、遠く水平線にあらわれ、私たちの肉眼の視野に入ってきた。

わが艦隊は、すでに速力を二十四ノットに増速して、この敵機群の影にむかって突進を開始していたので、またたくまに敵機の影は大きくなり、一気に突っこんでくる。

それは、水平線上、二万メートル付近でいっせいに三隊に分離した。これは、日本艦隊の主砲の三式弾、その威力を警戒するためであろう。米軍機は、マリアナ沖海戦で「大和」の主砲が撃ちだすこの三式弾で、にがい経験をしているからである。

たとえば、四十六センチの「大和」の主砲三式弾は、一個の弾頭に約一千個の弾核が内臓されており、これが撃ち出されて敵機の編隊に接近すると、時限信管によって爆発し、直径五百メートル範囲に散乱して敵機にあたるのであるから、敵機がこれを避けようとするのも当然である。

この三式弾の射程内に入る前に計算し、いちはやく分散して、豆粒からみるみるうちに大きな群蜂となり、明るく輝く太陽を背にして突っこんできた。

十時二十六分、まず戦艦「大和」が対空戦闘を開始した。つづいて、各艦いっせいに攻撃を開始する。

その対空砲火はものすごいばかりで、瞬時にして、いままで見えていた青空を、高角砲の弾幕がまっ黒に染めあげてしまった。

空いっぱいの弾幕のなかをぬうようにして、敵機はまず、急降下爆撃をくわえてきた。

これにたいしてわがほうが撃ち上げる機銃砲火は、まさしくスコールといっても過言ではないありさまで、その中を曳光弾が数えきれぬほど幾条もの赤い火箭となって線を引き、さ

昭和16年３月、第二次改装工事を終えて宿毛湾で全力試運転中の「妙高」。レイテ突入を目前にして被雷した「妙高」は、シンガポールで終戦をむかえた。

ながら打ち上げ花火という情景を現出する。すさまじいばかりだ。

しかし、米軍機は、この激烈果敢な対空砲火のなかを、すこしもひるむことなく猛烈な突っこみを敢行してくる。

無慮二千門をこえるわが艦隊の対空砲火、それに一分一厘の隙間もないように撃ち上げる機銃の雨のなかをかいくぐって突入してくる敵機の攻撃ぶりは、じつにみごとというほかにいいようがない。予想以上の勇敢さであり、その練度もかつての日本側を上まわるかも知れないと思われるほどに神業《かみわざ》的である。

わが大和魂にくらべたら、アメリカ兵などの根性はその足もとにも遠くおよばない、死ぬことを恐れる弱虫どもだ——という教育をうけてきた私たちにとって、はじめて見る敵のその勇敢さには、いささかどころか、眼を疑い、口をあけて驚かざるをえない。

「敵さん、なかなかやるじゃないか」と、艦隊参謀たちのなかからも、そのような呟きが漏れてきた。

この、米軍の決死の第一次空襲で、わがほうは「武蔵」と「妙高」に損傷をうけた。「妙高」は大きく傾き、速力を落とし、横腹を浮かび上がらせながら、「大和」とすれ違っていった。だが、「武蔵」はなんの変化も見せず、「大和」の後方を進んでいる。

しかし、艦隊の針路はもう支離滅裂で、どう眼にとらえようもない。熾烈な敵機の爆撃や雷撃を避けるために、各艦は思い思いの方向に転舵して走らなければならない。各艦それぞれが夢中で戦っているのだ。

わが戦艦「大和」は、前方から急降下してきた爆撃機が爆弾のかたまりを投下、それを、まず右に転舵してかわした。一瞬の差でかわすわけであるから、これもたいへんな技術であり、みごとというほかない。

その爆弾群は、左舷二百メートル付近に落下した。

「ドドドーン!」と、大音響をあげて一度に爆発し、大きな水柱を噴き上げる。

すかさず、左舷方向真横から、追い打ちをかけるようにして、二機の雷撃機が水平方向から突っこんでくる。

こんどは、それを左に転舵してかわす。転舵のたびに艦の速力は落ちる、舵の利き(働き)も悪くなる。

しかし、発射された魚雷は、左舷十メートルの付近を、矢のような早さで逆行して走りぬけてゆく。

「あ、助かった！」と、見張員の何人かが思わず叫ぶ。

〝やれやれ……〟と、みんなが思った次の瞬間であった。中部左舷十メートルのところに、至近弾が一発、落下した。

それは、「大和」のマストの高さと並ぶくらいの大水柱を噴き上げて、われわれを驚かせた。艦はそのために、大きく上下にゆれたが、なんの損傷もなかった。「大和」の森下艦長は、ほんとうに操艦の名人である。

そのとき、「長門」も艦首方向からの急降下爆撃を食い、一瞬、ものすごい水煙のなかに隠れてしまった。私は、思わず息をのみこんだ。

しかし、その水煙のなかから、ふたたび「長門」の勇姿があらわれてきた。ほっとするまもなく、その左方向から突っこんできた雷撃機二機によって、魚雷が投下された――これもみごとに回避した。

私はこのようにして、この第一次の空襲を戦艦「大和」の高い艦橋上から、あのパノラマの映像を見るような感じでながめていたのだ。またとない、めぐまれた（といっても、死ぬことは覚悟のうえの）天与の体験であった。

その眼のなかに、つぎつぎと、戦いの情景が飛びこんでくる。眼にやきつくような印象、めまぐるしい情景の転回……それはもう筆舌につくしがたい。

ただ、爆音、爆発、水煙、火柱、砲声、銃撃音――絶叫、水柱、見え隠れする敵機、味方艦……と映像はそれらにつきる。ゆれ動く身体をささえながら、歯を食いしばり、眼をいからせて、食い入るように見つめていた。

大型艦を中心に、その周囲は、噴き上げる水柱にそれぞれがつつみこまれる。そして、その水煙のなかから、いっせいに、対空砲火の火花が撃ち上がる。それは、じつに死力をつくす攻防の映像である。

しかし、私の任務は見張りである。

最後の一機とおもわれる敵機が、右方向から接近してきた――それは、まるで忍者のようにひそかな、しかもすばやい攻撃であった。

「右後方敵機！」と絶叫する。わずかに取舵に変針したような感じであった。

〝南無三……！〟と眼を思わずつむり――祈る。

「大和」の艦尾が、右に振れた。その瞬間、投下された爆弾は、左舷至近に落ちた。落下と変針がほとんど同時と思われた。思わず、握り拳を力いっぱいふり上げ、「やった！」とつぶやく。絶妙のタイミングで、爆弾と外舷との間隙は、わずかに十メートルほどであった。

数十メートルの大水柱が噴き上がる。「大和」の巨体も、上下に大きくガクッガクッとゆれ動く。あちこちで、思わず投げ出される者、頭をぶちあてる者、尻餅をつく者などが見られる。それでも、痛い顔もできない。

こうしてみると、対空戦闘中の敵機とわたりあう軍艦は、まさに真剣勝負そのもので、あの武蔵と小次郎の一騎討ちの一瞬の勝負、あのシーンが、サッと眼に浮かぶ。

しかし、一対一というわけにはいかない対空戦闘であり、軍艦という集合体である。艦長、見張り、操舵など、全艦が一体となってこそ、敵機の攻撃をかわすことができるのである。また、敵機はどの方向から、何機で、しかも爆撃か雷撃か——と、さまざまな攻撃方法でやってくる。

これはもう常人では考えられない軽業的行動で、神業としかいいようがない場合すらある。いかに優秀な艦長といえども、つぎつぎと、変化して襲いかかる敵機の攻撃が、すべて見えるわけではない。訓練に訓練をかさねた見張り報告を信頼して、操艦するよりほかに手段はないのだ。

見張りと操舵、これが艦長の眼となり手となり足となるのである。これこそ、一心同体そのものというべきであろう。

こうして、第一次の対空戦闘は、十八分間つづき、十時四十分にようやく終わった。

この十八分間が、どのように長く感じられたことか——この時間のなかに、すべてが刻みこまれているのだ。十八分間という、歴史の小篋《こばこ》といってもいいだろう。

ただ一機の味方機

第二次の米機の攻撃は、十二時六分からはじまって、約八分間で終了した。しかし、戦いはそれで終わったわけではない。

敵はいよいよ、第三次の攻撃にうつってきた。午後一時三十一分である。このときは、約五十機であった。その空襲はいちばん長く、二十七分間も熾烈につづけられた。

この空襲の終了直前、「大和」の左舷中央、ちょうど艦橋前面付近の外舷に、数発の至近弾が投下された。その爆風がものすごい勢いで左舷艦橋にむかって、いっせいに吹き上げてきた。

「ヤ、ヤラレタ！」

そのような意味の叫びが、あちこちでドッと湧く。艦はショックで大きく横ぶれに揺ぎ、兵たちの何人かが倒れた。

この爆風は、「大和」の左舷水線付近に、大きな破口をうがち、たちまち、砂利のような鉄片をまじえて艦橋に吹きつけてきた。

そのとき、身を乗り出すようにして見張りについていた第二艦橋の水兵が一人、運悪く、その爆風をもろにうけてしまった。

身体を乗り出していたので、上半身を鉄片まじりの爆風が吹きぬけていったのである。その見張員は、うしろの鉄板にガツンとたたきつけられた。

その上半身はすさまじい状態に変わりはてていた。乗り出していた部分の肉片がすべて削ぎ取られ、剝ぎ取られ、無惨にもアバラ骨だけが残り、顔は吹きとび、腰あたりから下、両足だけがズボン姿のままで、二、三回ほど痙攣していた。一瞬の出来事である。

この憐れなガラのようになった水平の死体は、やがてドラム罐に入れられ、ロープにつるされて艦橋からおろされる。

第三次の攻撃が終わったすぐ後のこと——飛行機が一機、「大和」の上空を左舷から右舷へと通過する。

高度は五百メートルほど、それは見るからに、いかにもゆっくりした速度で、ちょっとおかしいなとは思った。

「大和」の二十五ミリ機銃が数門、いっせいに火を吹く。飛行機の後部から、パッパッと光が反射して見える。命中しているのだ。それくらい、ゆっくりした速度だった。

なんと、よく見るとその両翼に日の丸が二つ、くっきりと見えるではないか。

「味方機だぞ！」と、艦橋見張員のだれかが絶叫した。あわてて、機銃指揮所の兵曹長が、

「撃ち方やめ！」と大声で怒鳴る。

「味方機だぞ！」と何人もの兵たちが叫ぶ。

その飛行機は驚いたのであろう、速力を急に上げて、右方向の水平線の上空へ遠ざかっていった。

残された「大和」艦上の将兵たちは、上空を見上げ、その機影を追いながら、すっかり呆気にとられている。

「どうしたんだ、こんなときに、もたもた飛んで来て……」

「なんだ、味方機だったのか」

「いやにゆっくり、飛んでいると思ったよ、どうしたんだろう」などと、いろんな声が聞こえてくる。

しかし、この日（二十四日）、五次にわたって大空襲がつづいたが、その間、姿をあらわした味方機は、この奇妙な行動をとった一機だけであった。

この小事件が終わったあと、「大和」の艦上には、何回めかの不気味な静けさがもどってきた。それも、ここ二、三回は、激しい戦いのあとの乱雑で、しかも、眼をそむけたくなるような悲惨な情景のただなかの静けさなので、いちだんと不気味さが増す。

甲板上は、高角砲と機銃の薬莢がおびただしく散乱して、足のふみ場もない。

その薬莢のあいだに、兵たちの死体が、あちらにもこちらにも転がっている。首のないもの、胸部が裂け、腹わたが飛び出しているもの、手足のないもの、その腕や足、流れ出た血の河、甲板の隅には眼をむいた首が……。

眼をつむり、顔をそむけようにも、ここは海の上、軍艦の上であってみれば、動くためにはそうすることもできない。眼の前の地獄を、唇を嚙みしめながら見つつ、行動しなければならない。

わが艦隊は、ようやく陣形を立てなおし、ふたたび、「大和」を中心とした円形陣形をつくった。速力を十八ノットに落とし、針路を東に向ける——艦橋上にも、ほっとひと息ついた空気が流れる。

海上は、艦上の修羅場をよそに、なにごともなかったようにもとの穏やかな静けさにもどり、一刻前が夢の間の出来事のようである。それを思うにつけ、その激しい攻撃ぶりからみて、こんどの戦いは、いままでと違った酷薄さをひしひしと感じさせるものがある。

なにしろ、味方機は一機も姿を見せず、まったく一方的な攻撃である。このまま明朝の突入に突き進んでも、どうなるものであろうか——という不安な気持を、すこしでもまぎらわそういうふうに、空や海に眼をうつした。

「大和」の艦首にあたって砕け散る波は、いつも変わらず、舷側に流れ、静かな海流となって後へ流れていく。左後方の「長門」も、右後方の「武蔵」も、この「大和」に続航している。もとのままの情景であり、もとのままの陣形である。

私はこのとき、ふたたび思い出したくなかった情景の幻に胸をしめつけられていた。

それは、この第三次空襲が終わった直前であった。もう終わろうというときになって、味方の水上偵察機が一機、偵察を終えたといっても、こんなときに帰ってきたのだ。その機影が、水平線からはっきりこちらにむかってくるのだ。

そのときであった。引き上げかけていた一機のグラマンがそれを発見した。と見るまに、一気に襲いかかっていった。

それは、青々と茂る島の山々を背景とした海岸線と、わが艦隊との中間あたりで、円形陣の一番外側を走る駆逐艦の近くの空中である。

水偵は、最高でも時速三百八十キロ程度しかだせない。しかも、重いフロートを着けているので、とても戦闘機のような自由な行動はとれない。それに、敵のグラマンは五百キロ以上もの高速を誇る攻撃機であってみれば、これはもうひとたまりもない。

艦隊全将兵の目前で、この一方的な空中戦が展開された。見ている者の眼をそむけさせるような情景である。

上下、左右と反転し、必死でグラマンをかわすのだが、力つきてしまう。各艦の機銃をにぎる兵の姿も眼に入るが、どうしても撃てない。援護どころか、下手に発射すれば味方機を襲ってしまう。

しかし、私は撃ってほしかったと思う。それをいま、思いだしているのだ。敵に撃ち落とされるも、味方に撃たれるも死はひとつである。あのときに、いっせい射撃していれば、少なくとも敵機は、まさかと思って驚き、追い打ちをあきらめて退散した可能性が大きい。そのままに撃墜されたとしても、味方を思う攻撃に感謝しつつ、逝ったことではないか。万に一つの救われる道がないことはわかっていたのであるから、近くにいた駆逐艦長の決断があってほしかった……と、ふたたび思っていた。

死力をつくしていた水偵も、そのあと二、三分で海中に突っこみ、大きな水柱を上げて沈んでいった。鷹に追われる山鳥の最後の憐れさが、私にはたえられなかったのである。見ていたほとんどの兵たちもそうであったに違いない。各艦の幹部士官たちはどうであったか、知るよしもない。

情け容赦なく、敵方の見まもる中で敵機を撃墜したグラマンは、勝ち誇ったように機体をすこしふり、水面すれすれに、全速力で遠ざかっていく――それがあまりにも低空なので、対空砲火を浴びせることすらできない。切歯扼腕とは、まさにこのことをいうのであろう。せめて、味方機一機でもあれば……と、どんなに思ったことであるか。

水偵の搭乗員を思うとき、どうしようもない怒りがふつふつと胸にたぎってくる。先の味方機には誤射し、つぎの水偵一機は見殺しにする……これらのすべては、なにがそうさせたのか、戦後四十幾年もたったいまでも、目の前の出来事のように思いだされてならない。

ただ一機の味方機、そして、あの一機の水偵――ともに一機であるが、私の胸のうちにいつまでも残りつづけるのは、あの一機の水偵の映像である。

巨艦、潰《つい》えるとき

第四次の空襲は、二時二十六分、まず「長門」の頭上の急降下爆撃ではじまった。

そのとき、「長門」は「大和」の左舷後方二キロメートルを進航していた。そこへ前方から急降下してきた爆撃機に急襲されたのである。そして、左舷艦首に、三発の至近弾をうけた。

「長門」は、それを、大きく面舵に転舵して避けようとしたが、とても間に合うものではなかった。敵機は二段がまえの作戦で攻撃をくわえてきたのだ。

まず、最初の一団が急降下して爆弾を投下すると、すかさず、やや間をおいて第二の一団が急降下してくる。最初の一団の急降下は大きく転舵してかわしたが、その転舵のために「長門」の速力が落ちていて、第二団のときは回頭が鈍く、ついにかわしきれなかったのである。

噴き上げる大きな水柱――その中へ、「長門」は艦首を突っこみ、その激しい水煙のなかに姿を消す。これが第四次空襲の開始であった。

べつの敵機集団が、「大和」にむかってきた。左舷から低空で突進してくる雷撃機の一隊である。

しかし、第一次から三次にわたる空襲の連続によって、疲れているとはいえ「大和」はもとより、各艦から撃ち上げる高角砲や機銃の対空砲火はすさまじい。

死力をつくして撃ち上げるその機銃は、紺碧の青空にむかって火を吹きつづける。それはさながら、火の噴水といった情況で噴き上がるが、そのなかへ敵機は二機、三機と、勇敢にも飛びこんでくる。分散して突っこんでくる。それは、見ていると、飛び跳ねる飛魚のようだ。

と、一閃、この光の線にかかった一機が火を吹き、ばらばらになって「大和」の艦尾方向の海中に墜ちてゆき、水飛沫を上げて消えていった。

これとほとんど同時に、右前方上空から突っこんできた急降下爆撃機の一団が、数個の爆弾をいっせいに投下した。爆弾は、「大和」の艦首右舷付近に落下し、大きく水柱を噴き上げ、前方の見通しがまったくきかなくなる。

私はこのようすを、まさにこの眼で見ていたのである。私はこのとき、「大和」の左舷第二艦橋で大眼鏡についていた。「大和」の見張員が戦死し、その交替要員としての任務であった。

艦首右舷に噴き上がった海水が飛沫となって、私のいる艦橋の頭上にも降りかかってきた。つづいて、ガク、ガク、ガクと、艦首をゆさぶる激しい動きを身体に強く感じ、〝やられたな！〟と、思わず口に出た。そして、その実感を全身に味わう。

……というのは、私はこの大眼鏡について見張れるという任務に、心から誇りを感じ、われながら驚くほどの喜びを持っていたのだ。私の前に任務についていた「大和」の戦死した乗組員にはすこし申しわけないことであるが、この任務について目的がたっせられたという満足感で、武者ぶるいする思いであった。

それほどに、実戦に参加したかった――「愛宕」からの移乗者として傍観しているだけではなく、自分のこの手で武器や機器をにぎり、身を挺して戦い、国につくしたいという前からの念願があったのである。（これについては、あとで述べる）それだけに、戦死した兵士の分まで働かなければと、ハンドルをにぎる手にも、思わず力が入った。

しかし、私のこの配置は、艦橋でもっとも危険な配置のひとつであった。

そこは、艦橋のすべての防御壁からはずれて外に突き出ている見張台である。そのため、下から噴き上がってくる爆風には、上半身がまったく無防備にさらされるし、上空からの敵機の銃撃には、これはもう、まったく裸同然という状況である。

――すこし前、私の横の位置にいた見張員の一人が、上半身アバラ骨だけの鶏のガラ同然になって戦死した。あの気の毒な水兵が、私の前任者である。

なぜ、こんな危険な配置へ、みずから進んでついたのか。いや、私は先にも書いたように、むしろ、〝やった〟というような感じで、喜び勇んでこの任務を選んだのである。これが、私にとって一生にまたとない、たぐいまれな貴重な体験をもたらしたのである。

さて、第四次の空襲は、このように十五分間にわたってつづけられ、二時四十一分、ようやく終了した。

このとき襲ってきた敵機は二十五機で、おもに「長門」と「大和」に攻撃が集中した。

このころになると、後方を走る「武蔵」がすこしおかしくなってきた。速力が落ち、しだいに第一部隊の陣形から遅れだした。そのようすは、必死に追いすがろうとするものの、傷ついた巨鯨のようにいかにも苦しそうである。

この「武蔵」の苦しげな航行状況を目撃していて、私は今次作戦の出撃前に耳にしていたことを思いだした。「大和」の森下艦長と、「武蔵」の猪口艦長との意見がわかれて、一致した結論が出なかったということである。

それは、「大和」と「武蔵」という巨大戦艦の実戦における戦闘方法についての意見であった。今次決戦に関する図上作戦会議の席上で、両艦長の意見がわかれたのだ。

私たち若い兵隊にとって、大艦巨砲主義の時代に教育をうけたこれら最高幹部についてはまったくうかがい知れない雲上の人たちであったが、自分たちの運命にかかわることでもあり、また、この両巨大戦艦には関心も高かったので、その会議の模様を漏れ聞いたときには話題になった。

姉妹艦の責任を負うそれぞれの艦長の意見の、どちらが有利か、正しいかなどと、私たちは私たちで意見を出しあい、判断にまよい、煙草盆で議論に花をさかせた。つまり、猪口艦長は攻撃型で、

「大戦艦『大和』と『武蔵』は、敵のいかなる攻撃にもたえうる防御力をそなえている。敵発見のときは、躊躇するところなく、一直線に進撃して、一刻もはやく敵艦隊に接近し、巨砲によって、これを撃滅すべきである」

と力説したという。これにたいし、「大和」の森下艦長は、「少々おくれても、敵の攻撃をかわしながら被害を最小限にくいとめ、自艦の防御と攻撃を並行させるべきである」という意見を述べ、慎重論と積極論で意見は二つに大きくわかれ、平行線をたどり、ついに結論

レイテ島をめざしてブルネイ湾を出撃する戦艦「武蔵」。対空兵装の強化がなされたが、焼け石に水で、敵艦に主砲を発射することもなく沈んでいった。

が出なかったという。

この話は、川島善一郎上機曹も伝え聞いていたということである。

いま、私の眼の前にうつる現実の「武蔵」の姿はどうであろう。完璧な防御力を主張した「武蔵」の猪口艦長は、敵の空爆のまえに思い知らねばならなかったもろさを、どのような心境でうけとめていることか……。この現実を見るかぎりでは、森下艦長の意見のほうに、やや軍配が上がるような気が私にはしてきた。

日本の戦国時代に、鉄砲が伝来してきてから、戦いの形式が大きく変わったように、現在、戦闘そのもののあり方に変化がおきているのであり、その近代化という変化を、いかにはやく先取りして作戦に役だてるかが勝敗の分かれめとなることを知らなければならない。私は艦橋について実戦の情況を目の当たりにし、これを実感した。

対空戦闘は、それほどに激しく、軍の上層部が予想していた以上に厳しくて苛酷なものであったに違いない。航空機が発達し、その攻撃力が増大した現在、もはや、猪突猛進型の海戦では通用しなかったのである。

約十五分で第四次空襲が終わり、敵機は、わが艦隊から遠ざかる。そして、はるか水平線近くで編隊を組みなおそうとした。

——敵機も、攻撃をかけてくるときは、艦隊の上空で二、三機から数機に分れて四方八方から襲いかかってくるが、引き上げるときになると、艦隊から遠くはなれた地点まで行き、そこで、ふたたび編隊を組みなおしてから帰還しようとする。

そのときを、じっと待っていた「大和」の主砲が、狙いすませて三式弾を発射した。その距離は一万メートルぐらいであったろうか——敵機の編隊が、はるかに豆粒のように見えていた。

ものすごい轟音一発！　それは、みるみる水平線上にたっし、海面近くで炸裂した。

〝やった！〟と、眼をこらしていると、やがてその砲煙が消えたあと、その炸裂したあたりにいたはずのわがほうの駆逐艦が一隻、ふっと姿を消しているではないか。どう見ても、そうに違いない。

それは、敵グラマンの編隊による攻撃でやられたのか——それとも、「大和」のこの三式弾の爆発でそうなったのか、見分けがつかなかった。はるか茫漠たる大洋上の海戦ともなると、こういうことも、ときにはつきまとうものである。

なんとなく腑に落ちない出来事であっても、そういうことは、空襲後、後始末がただちにはじまり、そのあわただしさや悲惨さ、自分の身体の変調などなどにまぎれて、記憶の奥に消えてゆく。

このときも、第一次空襲にはじまり、かぞえて何回目になるか、艦内は戦死者の死体や散乱した薬莢などの後かたずけに大わらわとなる。負傷者の多くを、下甲板の治療室へと運びこむ。艦内の繁雑はつづく。それもわずか十分程度の時間であり、引きつづき、修羅場がやってくるのである。

屍《しかばね》を越えて

太陽が西の空に傾きつつあるとはいえ、その照りつける陽射しをまともにうけての戦闘であり、それが何度もつづくとあっては、咽喉の乾きはとてものことで、ついには、いても立ってもいられなくなる。後始末の寸暇をみつけて、矢も楯もたまらず、右手にヤカンをぶらさげて、中甲板へとかけおりる。

もう他人に頼んでいるという余裕などはない。口は乾き、のどはやけつかんばかりで、身体じゅうの水分がなくなったと思うほどのひどさである。

——第四次空襲は、徹底して、はじめから「長門」と「大和」にもっとも攻撃が集中した。そのため、それは前にも増してねらい撃たれ、死傷者も多く出ているようすであった。

私がヤカンを持って中甲板にかけおりると、そこで思わず立ちどまってしまった。

そこに悲惨な負傷兵が一人いたからだ。中甲板通路に這いつくばった、その負傷兵のようすは、眼をおおわんばかりのものであった。

左舷中部で煙を吹き出している被害現場からはい出してきたのであろう、そこには流れ出た血の跡がつづいていた。下腹部が石榴《ざくろ》のように裂け、そこから飛び出した臓腑を引きずりながら、それでもすこしづつ這い進んでいる。

あおざめた顔で、口をあけ、すこし手をあげ、前方を差して、パクパクパクパクと口を動かしている。それは動かすというよりも、痙攣しているといったほうがいい。

声は出ない。耳をすませば、ヒュー、ヒューと喉がかすかに鳴っているのかも知れない。

その口つきをみると、「ミズ、ミズ、ミズをくれ」と言っているのであろう。

私がその水兵に気がつき、立ちどまる前に、すでに、これも水をくみに来たのであろう、ひと足先に一人の水兵が来ていた。お茶飲み用のヤカンを持ったまま、やはり呆然と負傷兵を見ていた。「大和」の乗組員らしい。

私が動き出す前に、重傷、というより死にかかっている負傷兵の意を察し、勝手知ったというように通路を走り、五メートルほど先の通路左側にあるお茶くみ用の流しに、すっ飛んでいった。

あわてて蛇口をひねる。しかし、お茶も水も出ない。焼きつくような眼で見ていると、「タク、タク、タクタク……」と、数滴だけヤカンに雫《しずく》がたれた程度というようす——それだけであった。

——軍艦の生活では、きめられた食事時間以外に、お茶も水も出るわけがないのだ。それはいつものことで、非情なものである。わかってはいるのだが、焼けつくような炎天下、蒸されるような艦内、さらに、息つくひまもない対空戦闘のために、脱水状態になっているのだ。〝水が欲しい！〟ただそれだけの願望で、せめてもの一縷《いちる》の望みをつないでやってきた三人であった。

離れて見ていた私は、自分のことより、負傷兵のことを思って舌うちする思いであった。流し場に走った水兵も、おなじ思いであったのであろう。むこう向きで、一、二秒立ったままであったが、ふり返り、もどろうとした。

もはや水は絶望であり、負傷兵にはなにもしてやれない。あきらめるよりしようがない、といったようすで、暗い眼つきで歩きかかったが、そのとき、臓腑を引きずりながら這い進んでいた水兵の眼と彼の眼が、ばったりと合ったようだ。

そこまでが精いっぱいであったのだろう。数条の血の流れを通路にひきながら、死にもの狂いで這い進んでいたこの負傷兵も、そこで動けなくなってしまった。

しかし、その眼は立っている水兵のヤカンを見つめていたのであろう。水兵はあわてて、そのヤカンの口を負傷兵の唇にあて、飲ませてやろうとした。二、三滴は唇を濡らしたと思われる。

そのあと、水兵はベルトの下からはみだして引きずっていた臓腑を、自分の手でまとめて腹のなかに押しこんでやっている。そして、自分の腰の手拭をはずして、負傷兵の腹をゆわえてやる。静かなその動作には、仏に祈るような思いがこもっている。立ちつくしていた私もおなじ気持であった。

安心したのか、負傷兵は、その瞬間に、ガクッと顔を通路の鉄板にうちつけるように落として、そのまま動かなくなった。

この水兵が唇を濡らしてやった二、三滴の水が、死に水になった。この間、わずかに二分ほどのことである。私は、呆然と立ちつくしていた。生き残っている二人の眼は、しばらく戦死者の亡骸からはなれなかった。


——しかし、第四次空襲が終わってから、たったの十五分後には、、第五次空襲が容赦なくやってきた。二時五十五分である。

「テッタ、テッタ、テッタ、テッタ、トー、タッテ、チー」

この日、最後となる対空戦闘のラッパが響きわたる。

私たちは戦わなければならなかった。戦死者をそのままにして、だれとも知らぬ水兵に声かける間もなく、身をひるがえした。

艦橋にもどって眼鏡につく。そして、周辺を見張る。見ると、後方を走る「武蔵」は、しだいに遅れがちになり、その姿は一段と変貌し、あまりの変わりように、かつての堂々たる「武蔵」の面影は消えはてていた。

艦首にあたる波を分けるようすも、いかにも元気がない。かすかに白波が立つだけといったようすで、淋しいかぎりであった。

しかも、今回の第五次空襲は総計百機という集中攻撃で、一次から五次までの延べ二百五十機のうち、四十パーセントという大空襲であった。

それが二十機から三十機単位の集団で接近してくると、それがまた二、三機から数機にわかれて、いっせいに波状攻撃にうつる。それがくり返されるのであるから、波うち際にうち寄せる嵐の波のようなしつこさである。

この日、二十四日、シブヤン海における最後の空襲が、こうしてはじまった。

この第五次攻撃で敵機の大群にねらわれたのが、傷ついた「武蔵」であった。「大和」にむかってきたのは、わずかに数機をかぞえるのみ、そのほとんどが「武蔵」にむかった。傷ついた巨鯨に止めを刺さんとばかりに、四方八方から襲いかかってゆく。

その数は七十五機。百機のうちのほとんどが、この世界にほこる大戦艦「武蔵」一隻を、ねらい撃ちにしてきたのである。

――左舷方向、西に傾いた太陽を背に黒く影を落とす島々の山波、その海岸から六千メートルぐらいの距離を「武蔵」は進んでいる。「大和」との距離は四千メートルぐらいであろうか。

その「大和」も、全速で進みながら、右に左に敵機をかわし、対空砲火を浴びせている。対空砲火といえば、動きが鈍くなったとはいえ、さすがに「武蔵」である。いささかもその勢いはおとろえていない。すさまじいばかりに撃ち上げている。ただ、それにもかかわらず、「武蔵」にたいする敵機の攻撃は執拗をきわめ、徹底攻撃といってよい。

そのとき、艦隊は二十四ノット（四戦速）に増速されており、なかには爆撃回避のため、全速を出している艦もみられる。敵にしてみれば、これが狙いであったのかも知れない。二、三機から数機で、これらの艦を追いちらす形で、動きの鈍くなった「武蔵」から遠ざけ、こうして、ひとり「武蔵」だけがしだいに遅れ、その姿が遠ざかってゆく。「武蔵」を孤立させせる。

「武蔵」の周囲には、水柱が無数に林立し、噴き上げる水煙に、さすがの巨艦もしばしみえなくなる。それが何度もくり返される。しかも、その水煙のなかから、対空砲火の機銃弾だけが、いっせいに噴き上がってくる。

これを壮絶といわずしてなにをいうべきか。まことに壮絶のきわみ、死闘であった。「武蔵」はこの戦闘によって、敵機十六機を撃墜した。対空砲火でこれだけの敵機を撃破するということは、ほんとうに大変なことである。

しかし、それだけ襲ってきた敵機の数が多いということであり(七十五機)、かぞえきれないくらいの回数で、その大群に襲われたということでもある。

敵機もじつにしぶとかった。いかにしてもこの大戦艦を撃沈するのだという執念が、まざまざと私の眼にも映った。

水煙をくぐり、対空砲火をものともせず、なおも敵機は殺到する——それは、上空から、水平方向から、さらに、右から左から、さまざまな角度から襲いかかっている。

「武蔵」は、もう何度となく水煙のなかにつつまれては姿を消し、水柱の消えた後からふたたび浮上する。そして対空砲火——敵機の執拗さを上まわる「武蔵」の機銃のいっせい射撃である。

私は、この熾烈な攻防、激烈な死闘の模様を、「大和」艦橋から逐一見つめ、われを忘れてしばし呆然とする状態がつづいた。千載一遇の体験とはいえ、それは震えがとまらぬほどにすさまじく、悲壮きわまるものであった。

敵味方入り乱れての死闘のはてに、さすがの「武蔵」もがっくりと力を落とし、その最後のときが近づいた。その動きがとまらんばかりになるのだが、なおも対空砲火だけは撃ちつづけている。

だが、この激闘も終わる。敵機も去ってゆく。あとには傷だらけの艦隊がのこる。

暗い海に

栗田艦隊は、三時三十分、敵機の攻撃を回避する目的で、針路を一時、北北西二百九十度とし、避退のため反転していたが、ふたたびその針路を東にむけ進撃をつづけた。

太陽がしだいに沈む海上を、まさしくとぼとぼという表現どおりのようすで進む「武蔵」の影を後に残して、七時十五分、栗田艦隊は対潜警戒を主とするY二四警戒航行序列に、一路東進をはじめたのである。

その栗田艦隊も、そのときはもとの三十二隻から二十三隻に激減していた。

すなわち、戦艦一隻（「武蔵」）、重巡四隻（「愛宕」「高雄」「摩耶」「妙高」）、駆逐艦四隻（「長波」「朝霜」「清霜」「浜波」）、計九隻（損傷護衛艦を含む）を失い、現勢力は残った二十三隻で、それも「大和」以下、すべて大なり小なり損傷をうけていた。

また、最初予定していたレイテ突入の計画からすると、この対空戦のため、すでに六時間ちかくも遅れてしまったのである。

それにしても、まったく一方的な空襲であった。敵の飛行機ばかりで、味方の日本機は一機も姿をあらわさなかった。こんなことがあってよいのか。

艦隊が、最後で最大規模の第五次空襲をうけているころになると、その百機におよぶ大群を相手にしながら、さすがにいろいろな批判が将兵の口からとびだすようになった。それはもう、しびれを切らしたというよりも、呆れはてたという調子であり、怒号にちかい絶叫でさえあった。

「味方の飛行機はなにをしてるんだ！　これでは、レイテ突入前にやられてしまうじゃないか！」

「なんとかできないのか！」

そんな悲愴な声が、「大和」艦上でもあちこちで聞かれ、みなぎっていた。各艦でもそうであったろう。それはなんとも腹立たしく、やり切れないといった思いであった。栗田艦隊の、どの艦の将兵、とくに兵隊たちはおなじ思いであったにちがいない。

……航空隊は、栗田艦隊の突入の道を開いてくれるんじゃなかったのか、こんな馬鹿なことがあっていいんだろうか、とつくづく嘆かわしく痛感したものである。

何百人、何千人の兵隊が血まみれになり、のたうちまわっている情況を目の当たりにしている身には、そう思うのも無理のないことであった。不満はこのようにして、いっきょに爆発していた。

しかし、これも私たちにしては、どうなるものでもなかったが……。ただ、敵機動部隊の攻撃を、自分たち栗田艦隊だけが一手に引きうけて、悪戦苦闘しているように思えてならなかった。

——栗田艦隊が去ったあと、戦艦「武蔵」はどうなったことであろう。

「武蔵」の猪口艦長は、艦の最後のちかいことを感じ、とりあえず、パラワン水道で敵潜に轟沈されて臨時乗組中の「摩耶」の将兵たちを、「島風」に移乗させることにした。

「島風」に、ふたたび移乗することになった「摩耶」の乗組員は、砲術長以下六百七名であった。彼らは、こんどは「島風」とともに、三度、レイテ沖の突入参戦という運命に見舞わされることになったのである。ただ、このほかに四十四名の「摩耶」乗組員が「武蔵」応急員として残され、撤収作業の手伝いをすることになった。

その後、猪口艦長が総員退去を下令したのは、もうすでにあたりが夕闇につつまれる午後七時十五分であった。

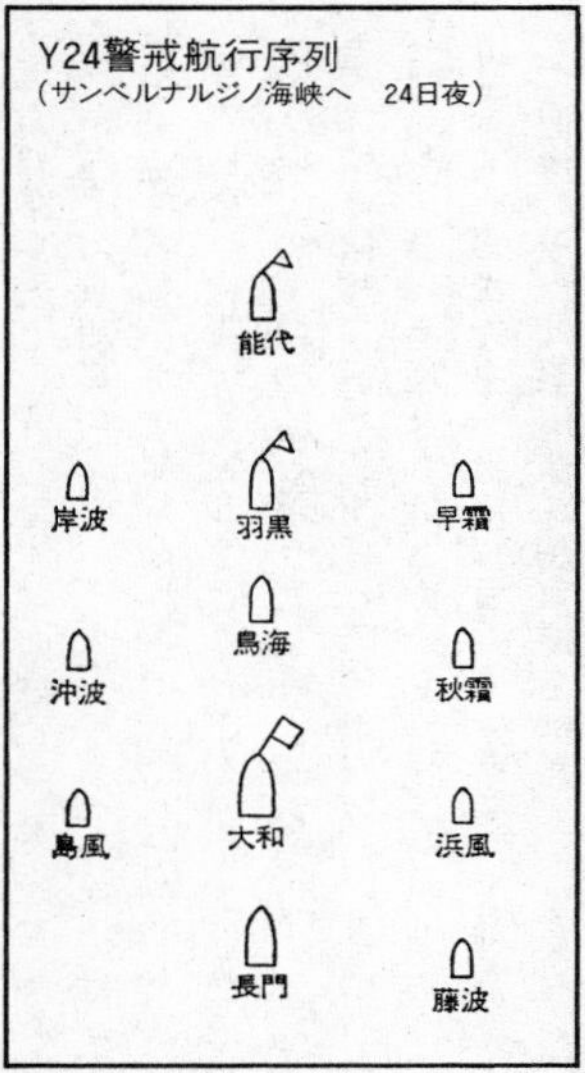

戦艦「武蔵」は、横須賀鎮守府所轄（「大和」は呉鎮守府所轄）の軍艦で、その乗組員の下士官や兵たちは横須賀海兵団出身者でしめられていた。

「武蔵」は、「大和」とともに最新型不沈戦艦として世界にほこる大戦艦であり、乗組員から全幅の信頼がよせられていた。

また、その乗組員のうち、下士官や兵のなかには、昭和十七年八月五日の就役以来、乗り組んでいた者も多かった。それらの人たちにとっては、誕生したばかりの生み月から苦楽をともにした「武蔵」を失うことは、なんとしてもたえがたいことであり、たんに軍艦の損失という以上の、精神的打撃と悲しみに満ちたものであった。

不沈艦と信じ、信じこまされていただけに、その打撃の深さ、大きさは、はかり知れないものがあった。それをもっとも大きくうけとめたのが猪口艦長である。

艦長はその責任を一身に背負い、「武蔵」と運命をともにしてゆくのである。

その後、それは栗田艦隊が東進をはじめてまもないころ、「武蔵」は二回の大爆発を起こし、七時三十五分、猪口艦長を乗せたまま、その巨体を消していった。北緯十三度七分、東経百二十二度三十二分（水深八百メートル）、星空に黒く浮かび上がる島の影を背にした海上であった。

乗組員のうち、「清霜」に四百九十九名、「浜風」には八百三十名が救助されたが、戦闘を通じて、准士官以上三十九名、下士官・兵九百八十四名は、「武蔵」と運命を共にした。

——日没後、一時間の暗い海であった。

第八章　炎の海の死闘の末に

第一発見者

栗田艦隊が、シブヤン海で敵機の攻撃を一手にうけて悪戦苦闘をつづけているころ、その栗田艦隊のレイテ突入作戦の道を開くべく期待されていた比島の陸上基地は、どうであったのか、どうしていたのか。

もともと、この作戦は海軍の陸上航空隊も艦隊と協力し、全力をあげて参加、レイテに殺到する敵艦隊にいっせい攻撃をくれる手筈になっていた。また、陸軍も関東軍の総帥山下奉文大将を総指揮官に迎えて、その守りを固めつつあったのである。

その比島陸上基地の一つである、セブ島の海軍航空隊基地二〇一空の飛行場では、十月初めから零戦をくりだして、索敵を敢行していた。

この基地で、福田久次郎一整曹（十五徴）は飛行場の衛兵伍長として、部下数人とともに当直にたっていた。時刻は、午後二時三十分——。

そのとき、二〇一空の滑走路に、車輪を大きく軋《きし》ませて急着陸した一機の零戦があった。「キキキキーキー」と、滑走路におもいきり砂煙を上げ、大小のバウンドもまじえての曲芸着陸である。

よほど急激な事件が発生したのであろう、緊急報告の要があるからと思われる。ふだんなら、というよりも、本来なら上空でゆっくり飛行機を旋回してから、ゆるやかに滑走路に侵入して着陸するのであるが、これは急旋回後、そのまま着陸してきた。

〈ハハーン、またやってるぞ、彼だな〉と、福田にはそれがだれであるか、すぐにわかった。同年兵の斎藤章上飛曹である。彼なら、ちょっとした事件でも、すっとんでいって突拍子もないことをやる。歴戦の勇士でもある。そしてベテラン中のベテランパイロットである。自動車運転でいえば、さしづめ、A級ライセンスを持つレーサーにひとしい技術者である。

福田兵曹と同じ昭和十五年一月十日に、横須賀海兵団に入団し、当時完成したばかりの新しい九兵舎で、ともに教育をうけた整備員（航空兵）であった。

彼は期するところあって、丙種飛行予科練習生へと進み、そこでみっちり操縦訓練をたたきこまれた。そして、数多くの航空戦に参加し、実戦でその腕を磨きに磨き上げたベテラン搭乗員である。

零戦の操縦にかんしては、神技的な腕前の持ち主といわれ、これくらいの急着陸は朝飯前で、ちょくちょくやっているのだ。だから、福田一整曹も、そんなに驚きはしない。

案の定、斉藤上飛曹が、零戦からあたふたととび降りてきた。

「ヨウー、福田！」と、左手を軽くあげて会釈し、

「敵の大艦隊だよ！」「大船団を発見したぞ！」と、二度、三度と大声を上げて伝えると、司令室のほうへ駆けこんでいった。

この大部隊こそ、百隻になんなんとする米機動部隊（第七艦隊など）に護衛されて進航中の、マッカーサー率いるところの、六百隻にのぼる大船団であったのだ。

その第一発見者が、この斎藤章上飛曹であった。福田兵曹は、そのときの模様をいまでも忘れられないという。

しかし、このころでは、ここ比島基地にこれを攻撃するに充分な戦力などなかったのである。だから、せっかくの緊急報告も、本当の役には立たなかった。

これでは、先手をうってマッカーサー軍船団を殲滅するどころか、シブヤン海で苦闘している栗田艦隊の直衛にまわす飛行機など、そんな余裕はなく、こちらでも切歯扼腕していたとしても無理はない。私たちはそれを知るよしもなかったのだ。それでも、これら海軍の陸上基地では、数すくなくなった飛行機をくりだし、特攻をもふくむ決死の出撃、攻撃を果敢に行なっていたのである。

そういうこととも知らずに、栗田艦隊は進撃をつづけていた。

第五次空襲後、再反転したわが栗田艦隊への敵機来襲は、ぱったりとやんでいた。偵察機の姿も見えない。

あの耳をつんざき、眼をくらませんばかりの喧騒に満ちた対空戦闘のあとだけに、その後につづくその静けさは、逆心理なのか、非常に不気味なものがあった。とっぷりと暮れた星空のもと、シブヤン海を東にむかって進んでいる。

〈このまま、海峡に突入するのだろうか〉

艦上では半信半疑という不安な気持で、みな暗闇の海を見つめている。それは、期待もふくめた不安感という複雑な心境で、なにも知らされない兵隊たちの本当の心境というものであった。

闇につつまれた海上はあくまで暗く、南の海の星だけが頭上にキラキラ光っている。それを綺麗とばかり眺めてはおれない。

こんどは、潜水艦と魚雷艇を警戒しなければならない。狭いこの海峡で、両岸から魚雷艇に急襲されればひとたまりもない。回避のしようがないのだ。私は、眼を輝かせ、神に祈るような気持で海面の見張りをつづけていた。

血書の嘆願書

シブヤン海を進航する戦艦「大和」の、艦橋左舷の対空用大眼鏡について、夜の見張りをつづけていた私は、作戦や艦隊の前途にたいする不安な気持とはまたべつに、あるいは、それとは裏腹にと言ったほうがいいか、自分の現在の任務、自分の行動に関して、心は充実感に満ちあふれていた。

昨日からの、あのすさまじい対空戦闘をおもいきり戦ったという喜び、その充実感とともに、これからサンベルナルジノ海峡を突破し、明朝はレイテ突入へという最終目的にむかって進撃する、この「大和」艦橋上に任務についているということ、さらに、大戦艦「大和」の艦上で戦えるということ——この事実に、一兵曹として、表現をこえた満足感、優越感を満喫していたのである。

おもえば、昭和十六年六月のことである。私が駆逐艦「朝雲」に乗艦していたころの「大和」との最初の出会い……そのときから夢に描いていたこと、それが現実となっていま、ここに起こっているのだ。

わすれもしない、あの呉海軍工廠の岸壁で、私ははじめて艤装中の「大和」を見た。話にだけは聞いていた大戦艦「大和」をひと目見たそのときから、私は海軍の兵隊として、この軍艦に乗り組みたい、この艦上で戦いたいと、心に願い、神に念じたといっていい。

偶然（「愛宕」の沈没）に、偶然（「大和」見張員の戦死）が重なったとはいえ、その「大和」の乗り組み、そして、その艦上、一段と高い艦橋上の任務についている……しかも、使命を負って進撃する艦隊をここから見わたし、見おろしている、という喜び。海軍軍人として、これ以上の喜びがあるであろうか。筆舌につくしがたい心境であったのだ。

一兵曹でしかない私がこういうと、いかにも大袈裟でおこがましいと思う人もいることであろうが、真実、私はそういう心境であったし、こういうことに士官も兵もないと、いままでも信じ、これ以外のいかなる場合でも、人間というものに差別はないものと確信し、私はそのように実行している。

また、戦争をまったく知らない現在の若い人たちから見た場合、昨日まであれほどの死ぬ目に遭い、しかも、これからほぼ百パーセント戦死覚悟の立場にあって、どうしてそれほどに満足し、充実感にあふれる心境になれるのか、と首をひねるかも知れない。阿呆らしいと思う人もいるかも知れない。

しかし、当時の二十歳前後の日本の青少年は、徹底した日本精神を教育され、さらに、軍隊に入れば否応いわさぬ訓練でたたきこまれた。しかも、現実に戦いのなかに引きずりこまれているのだ。その時代と、その戦争に生きた私たちにとって、それは真実の生きようであったのだ、と私は信ずる。

そのように信じなければ、戦い、傷つき、戦死していったあの何百万人もの戦友たちは浮かばれない。（いま、もし現実に戦争にまきこまれた場合、現在の若い人たちはどう身のふり方を決め、どのような気持でそれに対処するのであろうか。むしろ、それを懸念する私の心境といいたい）

私は、「大和」の艦橋の眼鏡について、そのような高揚する心境を胸にひめていた。静かに光る暗い海面を見つめながら、私は何年か前、まだ海軍に入りたてのころは何事にも心をうちこむ自分であったことを、すこし甘酸っぱい気持で思いだした。

怖いもの知らずの若さで、若い胸にさまざまな想いを湧かせ、しかも、その心の一部にいつもなにか満たされない空白を抱いている……というような、自分でも自分をしっかりつかまえられない時期であった。

夢でも見ているように、私の脳裡にいくつかの思い出が浮かんでは消えていったが、いまの充実感に、直接、結びつく思い出が、暗い海面を見つめる眼に写しだされてきた。

昭和十五年十二月五日の夜のこと、そして、その後の私のとった行動……それは、私がはじめて水兵として軍艦に一歩をしるした重巡「摩耶」時代のことである。ビンタをくらい、バッターで尻を殴られながら、朝六時の総員起こしから夜十二時すぎの就寝まで働きつづけた、あの苦しかった新兵時代である。

しかし、それはどんなに懸命に働き、いかに厳しい訓練であるといっても、あくまでも日常勤務であり、訓練というにすぎない。私にとって、それだけの生活ではなにかもうひとつものたりないものがあり、つねにある焦燥感のようなものが心のなかにつきまとってならなかった。

その空しさ、心の空白がなんであるのか、その満たされぬ気持をどうしたらいいのか、若い私にはわからなかった。

……ただ、なにかおもいきって戦ってみたいという高ぶりにも似た気持であったことは確かである。身を挺して現実の敵と戦う、それが国のために働く最高の方法であり、もっとも具体的な行為なのだ、と、そう考えていた自分であった。――いまから思うと、もう四十五年も前のことになる。

著者が新兵時に血書の嘆願書を提出した分隊長・竹山百合人大尉。

この気持は、多分に海兵団教育時代に耳にした話に影響されたという節がある。

海兵団の新兵教育時代に、そのときの新兵科長兼教育主任であった竹下宣豊中佐から、上海陸戦隊のウースン敵前上陸の華々しい戦闘の模様を聞かされたのが、若い私の心に強くきざみこまれていたということはいえる。それがだんだん高じて、そのころになると、こともあろうに、〈陸戦隊にいこう〉そうして、〈おもいきり戦いたい〉と、そういう思いが念願のようになってきた。

十二月に入ると、若い私は矢も楯もたまらなくなり、その希望を所属している分隊長に訴えようと考えた。しかし、希望をたんに伝える程度では、一も二もなく、一笑にふされるに違いない。そこで何日間か自分なりに懸命に考えた揚句、その思いを強く訴える手段に出たのである。その日が、十二月五日であった。

私は、そのころ、「摩耶」第二分隊高角砲指揮所の配置であった。分隊長は竹山大尉、分隊士は武藤少尉と安福候補生で、この三人とは訓練で毎日接触しており、部下の伝令として行動していた。

また、それとはべつに、分隊長である竹山百合人大尉（海兵六十一期）の従兵を私はしていたので、その身のまわりや士官室の食事の世話など、訓練以外の時間は、ほとんどこの任務にたずさわっていたのである。いってみれば、現在のお手伝いさん的任務である。

そういう意味では、分隊長に訴えでる機会は、ほかの新兵よりも恵まれていた。しかし、上下、序列のきわめて厳しい軍隊生活であってみれば、よほどの決意が必要であった。

この日、あらかじめ心の準備をしていた私は、一日のすべての訓練作業を終え、新三等兵の仲間たちとの靴みがきや洗面器などの手入れをすませて、ともにハンモックにもぐりこんだ。

もう、夜も十二時をすこしまわっている。疲れはてた仲間の三水たちは、ハンモックに入ると、もうそれぞれ、バターン、キューで眠りこんでしまう。考えれば、憐れなもので、それが当時の若者に課せられた宿命であったとはいえ、いま思い出すと、よくやったものだと思われてならない。

彼らは、すぐに寝息を立てはじめる。私は、しばらく待って、仲間たちの寝静まるのを確かめてから、ひとりそっとハンモックをぬけだし、前もって準備していたものを持って、上甲板へと上がっていった。

その右の手には、使い古したスペアーの湯呑みが一個、しっかりと握られていた。また、ズボンの右ポケットには、包帯につつんだ安全カミソリの刃が一枚しまいこまれており、左のポケットには、半紙のたばと小筆が一本入っている。これだけそろえるのに、三、四日かかったわけであるが、このようすは他人が見れば異様な光景である。

寝静まった艦内は、まったく人の動く気配はなく、ただ左側舷門で、当直衛兵がついているだけである。

もとより、この衛兵の勤務場所は知っており、中甲板のこの衛兵の巡回している場所を避けるようにして、高角砲甲板へと忍び足で歩いていった。衛兵に見つかってはたいへんであり、ただではすまない。

そのとき、タタタタッと靴音を響かせて、時鐘番兵がこの高角砲甲板に上がってきた。すばやく、煙突の陰に身を隠してじっと息を殺す。

「カーン、カーン」と、二つ、午前一時の鐘である。あたりはシーンとして、物音ひとつしない。この鐘は綺麗な音を、暗い海上に響かせ、夜の帳《とばり》のなかに消えてゆく。

その番兵が帰っていったあと、私はまた足音を忍ばせて、高角砲通信指揮所へと細いラッタルを上がっていった。

——この指揮所は、艦橋旗旒甲板の真下に位置し、左、右両舷に入口があり、通常ガッチリと閉められている。

私は当直の信号兵に気づかれないように、入口のハッチを静かにあけて、なかに入った。ひとつひとつ、慎重にやっていかないと、夜中だけにすぐ響く。

私の胸は、ここへきて、なんだか異常に高鳴るのである。自分のしていることのただならぬこともあるが、やはり、夜も一時すぎという心理的圧迫感もあるのであろう。あたりを気づかい、気づかれていないか、しばらく息を殺してうかがってみる。

大丈夫なようすなので、しずかに湯呑みをおき、包帯や半紙、筆などをリノリウムの床に並べた。そして、切腹をするような姿勢で甲板に座りこんだ私は、左手の第一種軍装の袖をまくり、手首から上をグイッとあけた。右手には、安全カミソリの刃をしっかりとにぎりしめ、気持を落ち着かせるために深呼吸をし、丹田に力をこめる。

じっと呼吸をとめ、右手のカミソリの刃で左手首の付近を切ろうとした。しかし、自分の手で自分の身体をキズつけるということは、なにさま、すぐにできるものではない。そのむずかしさをつくづく感じさせられた。

ここでもたついたり、逡巡していては、時間がたつばかりか、思い決めた勇気までしぼんでしまう。生半可なことでこういう行動に出たのではない。

ここが男のしどころと思うのであるが、ただ切るというだけではない。ある程度の分量の血を出さなければならない。そのためには、すじをつけるくらいでは駄目で、そうとう深く切る必要がある。それがなかなかできないのだ。
だが、何回か挑戦して、やっと深く切れた。鮮血が、タラタラと流れでてきた。湯呑みにその流れ出る血をうけ、ある程度たまったところで、ガーゼでその傷口をしっかりと押さえて止血し、準備していた包帯をまく。

この傷口は、四十五年たった現在でも、左手首にはっきりと残り、青春の煮えたぎった情熱のしるしとなっている。それに気づくたびに、空蟬《うつせみ》の人の身の感慨にしばし耽《ふけ》るときもある……。

準備が完了すると、あとは思っていたようにすぐ半紙にむかって筆をとった。大きくひと息ついた私は、短い文章ではあったが、自分の決意と希望を一気に書き上げた。
「より一生懸命、国のために働きたい。そのために、身命を賭して戦える上海陸戦隊に行かせてください」という主旨の文面で、自分の血でそれを書き上げた。

考えてみれば、翌十六年の十二月八日には太平洋戦争が勃発して、それからいやというほどに実戦の経験をするのであるが、なんといっても、そんなことはそのとき、夢にも思わない。神のみぞ知ることであった。

そのころは、戦争といっても（日華事変）、海軍のやることはあまりなく、内地勤務などで平穏な日がつづいていた。海軍としての戦地といえば、支那方面艦隊だけがわずかに警備にあたるという状況で、そのなかに上海陸戦隊があったというしだいである。だからこそ、〝国のために、いまの訓練生活だけというのではなく、より有効に、より直接な働きをしたい……〃と、ただ単純に、ひたすらそれを求めていたのである。

こうして、竹山百合人大尉・分隊長あてに、血書の嘆願書を書き上げた。

しかし、このように苦心して書き上げた嘆願書を分隊長にわたす機会が、なかなか訪れないのだ。

分隊長の従兵なので、分隊長とは常時接触しているのであるが、これがなかなかむずかしい。部屋の掃除から下着の洗濯、洋服の手入れまで、やれることはなにからなにまでやっているのに、それが邪魔になる。もちろん人前ではわたせない。狭い艦内では、目立ったこともできない。

というわけで、せっかく書いた嘆願書を胸のポケットに忍ばせたまま、前部右舷下甲板のラッタルをおりた突きあたりにある竹山分隊長の部屋の前を、人に気づかれないように何回うろついたか知れない。それでもチャンスをつかめない。何度それをくりかえしたことだろう。

それでも、ようやく機会をとらえることができた。たまたま、分隊長が一人で自分の部屋に入ろうとしているのを見つけた。すぐ、うしろから、

「分隊長！」と呼びかけた。

ふり帰った竹山大尉は、私の顔を見て怪訝な表情をふっと見せた。〃どうした？〃というような感じがした。

――細身でスマートな身体つきであった竹山大尉は、このあと数ヵ月たって、通信長に栄転する。

「分隊長、お願いします！」と、敬礼しながらそう言って、胸から封書を取り出してわたした。

分隊長は、また不思議そうな顔をしたが、私の顔をじっと見てから、さし出している白い封筒を、「ウン」とうなずいてうけとってくれた。そして、そのまま、自分の部屋のなかに入っていった。

私は、しばらく直立不動のまま、そこに立っていた。

目的をたっしたという満足感で、全身から力がぬけてゆくのがわかるほどであった。それまでの自分が、このためにいかに精いっぱい気を張っていたか、そして、陸戦隊希望をいかに切望していたか、自分でもよくわかった。それを確認する思いであった。

大きな黒い影

——この血書については、後日談がある。

その当時の分隊士であった安福五郎候補生（終戦時大尉、海兵六十八期）が、それを覚えていてくれた。

昭和五十八年七月、私が大阪府高槻市在住の安福氏の自宅に電話したときのことである。それ以来、はじめての電話での挨拶ということで、私は緊張ぎみに名前を告げると、安福氏はなにも言わず、まずひと言、

「『摩耶』で血書の嘆願書を出した人ですね」と、言葉を返してきた。

私は、予期していなかったので、ほんとうに驚いた……。〈海兵出はさすがに記憶がいいんだなあ〉と、思わず感心しながら、

「よく覚えていてくれましたねえ」と、若かりし日の生き証人のような思いが、ひとしおふくらんだ。

いま私は、南の海上、夜の海の風に身をさらしながら、熱望した大戦艦「大和」の艦橋についている。しかも、国のために、勝敗をわかつ大決戦のただなかに立っている。あの血書の嘆願書を、ウンと言ってうけとってくれた竹山分隊長のスマートな顔が、見つめる暗い海面に、二重写しになって浮かび上がってきた。

〝小板橋、よかったなあ！　これが最高の希望だったのだろう。おめでとう、がんばれよ〟

……そう呼びかけているようであり、その幻の顔は、温情に満ちていた。

私がぼんやりと過去の思い出を追い、感傷にちかい思いにふけっていると、左舷に大きな影が接近してきた。

海面を見つめ、けっして任務を忘れていたわけではない。高揚している自分の気持にあわせて、それにつながる思い出が海面に浮かんでは消えた、ということである。

それで、海上前方に、黒い影が闇のなかから大きく現われたときにも、すぐに気づいた。小山のような艦影は、「大和」の左前方直前といっていい位置である。それがみるまに目前にせまってくる。戦艦である。そうに違いない。

その大きさからいっても戦艦だ。「長門」だろうか、それとも「金剛」か、「榛名」か――。

暗闇のなかに、わずかな影で大きくうつる黒いその姿は、不気味な圧迫力で私にせまってきた。一刻の猶予もならない瞬間である。

軍艦の衝突や接触――それはいままでに軽巡と駆逐艦などにあったことだが、鉄の固まり同志がぶつかりあうその恐ろしさは、筆舌につくしがたい。船体が真ん中からぶち切れてしまうほどで、惨憺たる事件となる。

この軍艦同士の衝突は、砲撃戦や空襲、あるいは魚雷などという華々しい戦いの結果というわけではない。たとえていえば、味方同士の（または敵味方の）衝突ということで、じつに虚しい事故、空虚な悲劇、そう表現してもよかろう。

演習中などに生じた衝突事故の無残な情景が眼にうかぶ。戦闘の結果そうなった場合にまさるとも劣らぬ惨状を呈し、その損傷、沈没はいうにおよばぬこと、乗組員のすさまじい地獄図が展開される。

まして、戦艦同士の激突となると、もう想像することもできない。思うだけでも恐ろしいことである。

七万五千トンという超弩級大戦艦「大和」と、数万トンにおよぶ軍艦との衝突となれば、これはもう考えられないほどの大惨劇となろう。しかも、夜の暗闇のなかである。救助など不可能であり、後続艦の二重接触ということにもなりかねない。

明二十五日の早朝には、いよいよ、レイテ突入という大使命がひかえている。その大決戦を目前にして、いま味方艦同士が衝突し、大事故を起こしたりしたら、いままでの苦労もすべてが水泡に帰してしまう。

私はみぶるいする間もなく、絶叫した。

「戦艦が左舷に近づきまーす！」「戦艦が近づきまーす！」

何度叫んだことであろう。

必死に叫びつづけた。その声は、静まりかえっていた暗闇ばかりの広い海上に、大きく響きわたった。艦橋上は一瞬、騒然となった。

それが艦長に通じたのであろう。「大和」は、ゆっくりと右に変針した——その変針は、十度ぐらいであったろうか。ほんのわずかな変針であった。

せまってきていた不気味な大きい黒い影は、「大和」の横にそれて、離れていった。間一髪というあぶなさであった。

「アーよかった！」と、座りこむような気持で、嘆声がもれた。ほっとすると、自分の心臓の音が、やぶれんばかりに聞こえてきた。

白刃の下に立つ

対空砲火や砲撃戦のとき、「大和」はもちろんのこと、軍艦上で敵弾にみずからをさらして戦闘する兵士は、ごく限られている。それは、上甲板以上の配置につく一部の乗組員だけである。

まず、機銃員である。それも、とくに単装機銃につく者が目立つ。なにしろ、これは防御鉄板もなにもないまったく丸裸であり、甲板上の離れたところに、ポツンポツンと取りつけられている。

つぎに連装機銃である。これも簡単な気やすめの程度の防御鉄板があるだけで、直撃弾はむろんのこと、至近弾をくらっても吹き飛ばされてしまう。高角砲となると、これはやや丈夫な防弾鉄板が備えつけられている。しかし、完全なものではなく、危険という点ではほとんどかわらない。

これら機銃などにつく人たちは、直接に大空を見ることは可能であるが、戦闘ともなると、みずからの持ち場にくぎづけで奮闘することになり、戦いの情況を見ることなどできない。いずれも、高角砲は高射機――機銃は従動照準機によって照準され、それぞれ射手や旋回手は、ただ夢中になって元針に追針を合わせているだけである。弾丸《たま》こめも、ただ弾丸をつぎつぎに装塡することだけに専心する。とても、戦闘情況など見る余裕はない。

これらの戦闘配置で敵弾に身をさらし、もっとも危険な状態で戦うのは、指揮官ということになる。

――これらの高角砲や連装機銃は、艦橋の後部から煙突のまわりにへばりつくように集中して取りつけられている。しかし、単装機銃は、あ号作戦終了後、呉軍港において、上甲板の空いているところを利用し、昼夜兼行の突貫工事で、ところ狭しとばかりに取りつけられたものである。それは十三ミリと二十五ミリである。

さて、指揮官がもっとも危険とはいっても、上甲板から身を乗りだすようにして戦う者たちも、条件は、そんなに変わらない。

取りつけられたこれらの機銃は、射手と弾丸こめの二人の水兵で操作される。射手はみずから照準して発射しなければならない。弾丸こめはもちろん、ただ弾丸をこめるだけ。ともにまったく無防備のなかでの戦いである。

敵機は、これらの一番邪魔でうるさい機銃などをねらい撃ちしてくる。まず、これらを沈黙させようとする。この単装機銃配置の水兵は、またたくまといっていいほど、つぎつぎにやられて倒れて甲板上を血にそめる。

「それ、つぎゆけ！」という号令で交替したつぎの兵隊も、また倒れる——というくり返しだ。まったく凄惨そのものである。

また、至近弾によって噴き上がった水柱が、滝のようになって傾斜した甲板に雪崩落ちてくる。その勢いは激しいもので、うかつに立っていられない。

単装機銃についている射手は、この海水に流されないように、ハンドルにしがみつくようにして、しっかり握りしめて身をまもることができるが、弾丸こめは、そうはいかない。しがみつくものがない。ちょっと油断したりしていると、この滝のような海水に押し流され、外舷から海中へ落ちてしまう。

高速で走っている艦上から、ひとたび海中に投げだされたら、戦闘中でもあり、万事休すである。助かる見こみはまずない。

機銃、高角砲以外の主砲や副砲の人たちもまた、艦上で敵弾に身をさらす。しかし、この配置は鋼鉄の砲塔内についているから、少々の攻撃では安全である。そのかわり、外の戦いの模様や状況は、いっさい見ることはできない。

さて、以上の対空装備につく人たちとはべつに、敵弾に直接身をさらして戦う者がいる。艦長を中心とする指揮所の幹部たちであり、見張員など、航海科の将兵たちである。

対空戦闘で、もっとも敵弾に身をさらすのが、大方の予想に反して、その軍艦のトップである艦長その人である。通常は、艦橋にいて艦を指揮しているが、対空戦闘ともなると、艦橋の上部防空指揮所につく。これはもう屋根の上にたっているようなものである。

これ以上に危険なところはないといってもいいだろう。艦長はここに仁王だちになり、八方に眼をくばり、見張りや伝令たちの声をひと言も聞きのがすまいと、細心の注意をはらっているわけである。単身、白刃の下に立つ――そういう、決死の配置である。

――ラバウルの大空襲で、「愛宕」の中岡艦長が壮烈な戦死をとげたのも、この防空指揮所である。「愛宕」の左舷に落下した至近弾は、炸裂して無数の鉄の破片を噴き上げた。それは外舷から艦橋までの間の、いくつもの鉄板をうちぬいて、中岡大佐の腹部に突き刺さって戦死させたのだ。

それほどに、防空指揮所は丸裸同然の配置である。また、そうでなければ、四方八方から襲いかかってくる敵機の大群と戦うための指揮をとることは不可能である。率先して、身をもって指揮をとり、軍を率いるというわけである。

――ところで、わが「大和」の森下艦長の操艦は、じつにみごとなものであった。

昭和五十九年四月のこと、靖国神社でおこなわれた第二艦隊最後の特攻隊慰霊祭の席上にって語っていた。

おいて、当時、「大和」の主計長の任にあった石田恒夫主計少佐が、しみじみと回想して

「森下艦長が最後まで『大和』の艦長であったら、『大和』を沈ませなかったかも知れんよ。たとえ、海岸にのし上げてでも『大和』を残していただろうね……」

その森下艦長であったればこそ、レイテの海で、私たちも生き残れたのだといえるのかも知れない。

最後に、艦橋にいる航海科員の危険も、これまた同じである。敵弾とびかうなかに身をさらし、駆けまわるのである。

艦長伝令も、見張りも、信号兵も、まったく丸裸のままで敵と対決するのだ。そうでなければ、敵発見などできるわけがない。いままで数えきれないほどの死傷者を、この眼で見てきたし、自分も重傷を負って倒れもした。

しかし、それだけ危険な配置につくということで、見張りの場合は、もっとも身近に戦闘の情景を見ることができる。これは一種の危険な役得ともいえる。この役得は、トップの主砲指揮所も同じであった。生きて帰れれば、これほど貴重な体験はほかにないであろう。

数々の戦闘もそうであったが、なかでも、戦艦「大和」のその艦橋にいて、ただ一回しか行なわれなかった「大和」の砲撃戦を、この眼で見ることができたのも、なにものにもかえがたい私の貴重な体験であったと、いまでも思っている。何百万人もの海軍軍人のなかで、このえがたい機会にめぐりあえ、しかも生きのび、さらにこうして書きとめることができる自分を、幸福な人間であるとつくづく思っている。

巨砲、火を吹く

二十五日午前零時三十分すぎ、栗田艦隊はサンベルナルジノ海峡をぶじに突破することができた。

これは、奇蹟にひとしい出来事であった。すでに述べたことであるが、狭い海峡で潜水艦や魚雷艇に攻撃されれば、これはもう回避のしようがない。とくに、魚雷艇が恐ろしい。両岸から急襲されれば、まったくひとたまりもない。

「大和」「長門」「金剛」「榛名」という戦艦をふくむ二十三隻の大艦隊である。しかも、暗闇のなか、狭い海峡を電波はもとよりのこと、発光信号一つ出さずに通過しようというのであるから、これが成功するということは大変なことであった。神佑を祈るような気持であった。

さすがに敵も、この暗闇の海峡を大艦隊で通過してこようとは、よもや予想さえしていなかったのではなかろうか。敵潜水艦の気配もなく、魚雷艇はもちろん、敵艦の影一つにも接しなかったことでもそれはあきらかであった。

栗田長官の、サンベルナルジノ海峡突破という決断は、みごとに成功したのである。

その後、栗田艦隊は、サマール島東岸沿いに太平洋上を南下し、零時四十分に百五十度に変針して、西村艦隊と午前九時に合流する地点（スルアン島灯台の東十マイル）にむかった。

このころ——つまり、艦隊がサンベルナルジノ海峡をぶじ通過する前後から、海上はしだいに霧につつまれだした。それも、さらに南下するにしたがって、この地方特有の、雨期の兆候があらわれだし、いやな気象情況を呈するようになってきた。

海上は荒れ気味となり、東北東の風が吹きはじめた。そして、しばらくすると暗雲が低迷し、それが海上をおおいはじめた。さらに、スコールまで降りだしてきた。

私は、艦橋で見張りのため眼鏡についていた。しかし、この天候である。服はみるみる濡れそぼち、見張ろうにも、その眼鏡が曇ってしまう。さらに海上の見通しも悪く、見張りに悪戦苦闘するありさまである。

このままの情況で南下すること二時間——それでも、海上の暗い雲は、いっこうに晴れようとしない。

深夜の海上である。悪天候である。私はひたすらその海を見張る。これは任務とはいっても、まことに厳しい肉体労働である。雨のなか、こういう任務にたえられるのも、入隊前の故郷における激しい労働（木材運びなど）で鍛えあげた健康な身体のおかげであり、入隊後のきびしい訓練にたえてきた精神力の賜と、いまつくづくと思う。

三時三十五分、西村艦隊から、「敵艦隊（艦影）見ゆ」との報告をうけたが、その後、西村艦隊との連絡はとだえた。

そのまま、一路、暗雲低迷してかわらぬ海上を南下しつづけていく。

いっぽう、志摩艦隊や比島航空部隊の索敵機からの連絡もなく、敵情不明のまま、出たとこ勝負といった感じで、ひたすら南下をつづけた。

——二十五日の午前六時、栗田艦隊は、スルアン灯台の三百五十八度（北）八十マイル付近の海上に進出していた。暗雲のなか、ようやくという思いであったが、このころになっても、艦橋からながめる海上は、まだ霧と低くたれこめる雲につつまれて、まったく見通しがきかない。

「チクショー！」

「なんてぇこった！　これじゃ、どうしようもないじゃないか……」

頭上で、見張指揮官の兵曹長が、大きな声でそう叫ぶのが聞こえてくる。それほどに、まったく見通しがきかない。

すでに夜は完全に開けているというのに、海上はただうす暗いような（という表現がぴったりする）厚い雲に、びっしりおおわれている。夜がまだ明けていないのかと錯覚するような状態である。それほどひどい空もようであった。

あまりのことに、私たち艦橋の見張員は、なかばあきらめてしまって、ただ呆然として立つがままになっていたときである。「大和」の電探（レーダー）が、突如、東南（百三十度）方向五十キロメートルに、敵飛行機を探知した。

六時四十分、針路を百七十度とし、栗田艦隊は西村艦隊と合流すべく、そのまま南下しつづけていった。

敵機は、その後、二ないし五機が接近したが、空襲には至らなかった——偵察機であるらしい。ただ、これから判断して、そう遠くないところに、敵の空母がいるのではないかと、私は私なりに判断しながら、眼鏡を見ることに専念していた。

〈いよいよだぞ〉と、身心が一段とひき締まる思いで、濡れた衣服のことも忘れ、つぎにかならずくるであろう決戦に思いを馳せた。

この緊張は、昨日の激烈な大空襲のあとだけに、呼吸も苦しくなるような不安感と胸のしめつけをともなうもので、武者ぶるい以上の胴ぶるいを生むほどであった。

しかし、私の心に動揺はすこしもない。数えきれない無残な死にざまや負傷者を目の当りにしてきたのである。臆病風にふかれていては、この艦橋に一秒も立っていられるものではないのだ。腰がぬけてへたりこむか、精神に異常をきたすか、最悪の場合は海に飛びこむ者も出てくるはずである。

まして、陸上部隊とは違う。逃亡、脱走ということもあるが、海の上ではそんなことはいたしようがない。航空機でも逃亡とか亡命とかいう忌避手段があるが、普通の将兵ではいかんともしがたい。

腹をいったんくくった以上は、軍艦上、度胸一本ということである。戦闘開始ともなれば胸中の一抹の不安や恐怖感など、瞬時にふき飛び、阿修羅のただなかに投げこまれてしまうだけである。

――生きるも死ぬも、自分で始末しなければならない。酷薄な瞬間が、いましだいに近づいてくる。私たちは、その瞬間が到来するのをただ待つだけの身柄なのだ。

私は、何分もない、何秒か、そんな感慨にふけっていた。これも自分の多少のゆとりといえるのかも知れない。

ようやく、南の空がすこし明るくなりはじめ、雲の切れめも見えて、そこから青空がのぞいてきた。

自分の予感どおり、そろそろ、また対空戦闘がはじまるのではないか――そういうただならぬ空気が、身辺から艦上にわたってただよいだした。と思うまもなく、艦隊が、異様な動きをはじめた。対空防御の輪形陣に変わろうとしているのだ。

〈やっぱり……〉と、一瞬、緊張したそのときだった。

六時四十五分、歴史的な刻限である。突然、まったくそれは突然であったが、

「東方水平線上にマストが、一、二、三、四本見えます！」

「大和」トップの見張員が絶叫した。その声が海上に大きく響きわたる。

「百十五度三十五キロ、確認するように！」

すかさず、大声がとぶ。機をいっせず、全艦隊に対し、最大戦速即時待機が下令される。

「最大戦速即時待機！」

「最大戦速即時待機！」

「敵発見！」

「マスト四本！」

伝令の声が走る。俄然、艦内が緊張につつまれ、いちどきに騒然と化した。「大和」につづいて、各艦とも敵のマストを発見しはじめる。

さらに、「大和」の艦橋見張所から、敵の空母らしい艦影が確認されだした。

「空母です！　飛行甲板が見えまーす！」

「飛行機が発艦していまーす！」

やつぎばやに、トップの見張り伝令が必死の声で叫ぶ。

「敵か味方か、よく確認しろ！」

念のためである。万一、味方であったら大変なことだ。この場合、そんなことはありえないことだ。

「大和」の艦橋はいっきょに活気づき、みんなの眼はいっせいに、その水平線上のマストの方向にむけられた。

「ワァー」という歓声が、同時に艦上でわき上がってこだました。待ちに待った攻撃の機会が、いま目の前にやってきたのである。思わず、喜びとも恨みとも言いがたい歓声がほとばしり出るのもむべなるかなである。

やられっ放しというわけではないが、敵の空襲にいいようにされて、わが将兵の気持は煮えくり返っていたといっていい。ましてや、味方の飛行機は一機もこなかったというにいたっては、なおさら、その気持は強まり、それがいっきょに爆発したといってよいであろう。

つづいて、艦内でも、「ワーッ」という歓声が上がった。マイクから流れでる「敵発見！」の情況を耳にした、軍艦内部の人たちの歓声である。

「愛宕」などがやられ、「武蔵」までがやられた二日間の死闘でやきつけられた、もろもろの激しい感情が、一瞬にしてふき飛び、あらたな熱い情熱になって燃え上がる――そういう劇的な瞬間であった。

栗田長官は、この突然、会敵したアメリカ空母群を、六隻ないし七隻の正規機動部隊と判断した。そして、この天佑ともいうべき好機をのがさず、いっきょに砲撃をかけてこれを殲滅しようと決意した。

六時五十二分――艦隊は二十四ノットから二十七ノットへと増速され、敵の正面にむかって、いっせいに突進をはじめた。その中心を進む「大和」も、しだいに速力が増し、艦首にあたる波は、ぶっちぎれるように勢いよく左右にさけ、ふきあがる。

私は、かつてこのような勇壮きわまる光景を見たことがない。全艦隊が、昔の鎧兜に身をかためた華々しい武者ぞろいのように、堂々と航進するようすを目撃し、その勇壮さに眼を輝かせ、心おどらせたことはいく度もある。

しかし、敵艦発見、それを殲滅しようと全速をかける、この巨艦「大和」の果敢な一騎駆けのすばらしさは、これはまた特別である。駿馬が群れをぬいて駆け進むあのみごとな健気さを想像してほしい。見る者のすべてを魅きこみ、見る者の心に、いっそうの勇気をふるい起こさせる……。

幸い、このころになっても、艦隊の上空へ敵の飛行機が来襲する気配はない。一機も姿をあらわさない。

さらに、空もしだいに晴れ上がり、上空にはほとんど雲はなくなった。わずかに速く水平線から海面を這うように、薄雲が糸をひくように残っているだけであった。まさに、天佑である。

……しかし、このときほど、艦の速力を遅く感じたことはない。二十七ノットといえば、時速約五十キロである。大艦隊が時速五十キロでいっせいに突進するのであるから遅いというわけがない。

だが、私にはそれすら遅いと感じるのだから、どれだけ、敵にたいする攻撃心が強かったことか、いまさらに痛感されたことであった。それは、艦隊全乗組員に共通する気持であったにちがいない。

見ると、敵の空母群も、わが日本艦隊を発見したのであろう。

「敵空母、左に変針していまーす！」

「退避しているもようでーす！」

見張員からの報告は、つぎつぎとつづく。その声の力強いこと。すべての兵たちの、勇み立つ気持がびんびんと響いてくる。

——見張員の眼は、全員すばらしくよい。よりすぐられた視力二・〇の持ち主ばかりである。

艦隊のようすはいかに……と見わたすと、先頭を走る重巡群はぐんぐんと速力を上げ、「大和」の後方にいた巡洋戦艦「金剛」も、しだいに「大和」に近づき、やがて、左舷方向にみるみる進出してくる。

この巡洋戦艦の進撃してくる勇姿も、まことに見ごたえがあり、すばらしい。おそらく、三十ノットちかく出ているのではないか。「大和」の二十七ノットを、みるまに追い越していく。その艦上には、発射を待つ三十六センチ八門の主砲が、いまや遅しとばかりに、上空に向けて旋回している。

私はいまや、海面の見張りをもしばし忘れて、このスリリングな情景を心ゆくばかりにながめ入る。これも、攻撃をかける側の余裕のあかしでもあろうか……。

昭和11年、第二次改装直後の戦艦「金剛」。高速を生かし、機動部隊と共に多くの海戦に参加した。レイテ海戦後、内地帰還の途中、台湾沖で沈没した。

〝主砲の出番だ！〟と、心の中で叫ぶ。

全艦隊が、しだいに速力を上げ、それぞれが全速で突進している。見張所からそれを眺めていると、その航跡が艦尾からおおきく盛り上がり、艦首にぶちあたる波が飛沫となってふき上がっている。

すでに、「大和」を追いぬいた「金剛」の場合は、その飛沫が艦橋までふき上がり、それが後方にふきとんだ。まさにそれは駿馬が駆けるときのタテ髪そのものである。

——このとき戦艦「大和」の艦橋では、艦隊司令部をはじめ「大和」の幹部たち、指揮官一同は、一心に海上を見つめていた。

私もいまは、艦橋から外へ張りだしている見張り甲板で、見はらしがすごくきく前方を眼鏡で見ている。そこへ艦首にあたる波と、左舷外側に生じた破口の切り口にあたる波の、両方の飛沫がふき上がってくる——なかでもとくに、破口切り口の鉄板が海流を鋭い刃物で切り裂くようになるので、その飛沫もすごい。

また、あたりを見わたす。すると、上空をにらむ「大和」の主砲――世界に冠たる四十六センチの主砲が、いまや遅しと発砲の瞬間を待ちかまえている。

大小あわせて二十三隻の艦隊すべてが、その主砲をいっせいに前方にむけて照準しながら、全速で突進する凄まじい光景が、私の眼いっぱいに映ってくる。

このような勇壮きわまる海戦は、私にとってもう永久に見ることはないであろう……死を覚悟している私には、それがパノラマのように美しく目の前にひろがってみえた。

水上艦隊の主砲による最初の決戦が、いまや、目前にせまってきたのだ。この間、わずか十分ほど。それが一時間にも二時間にも思え、そのうち、一日にも、いや、さらにもっと長く思えるような待ちどおしい時間であった。はやる若者の気持というものは辛抱のないもので、

「もう撃ってもいいんじゃないかなあ」

「早く撃ち方はじめは出ないんかなあ」

呟きとも舌うちともつかぬ文句が、唇の端からとび出してくる。近くのひとたちもぶつぶつ言っている。そんなあせる気持を押さえるように、周辺をながめ、海面を見張る。しずまるどころか、ついつい気持ははやり、主砲をにらみ、敵艦を凝視していた。

戦闘旗なびいて

ついにそのときがやって来た。まず、宇垣第一戦隊司令官より、第一戦隊に砲撃開始が下令された。待ちにまった瞬間である。全身が硬直するばかりの緊張が走って、おもわず拳をにぎりしめる。

待つこと一分——静寂そのものである。森下艦長から、

「砲撃はじめ！」が下令された。

「タタ、タタ、タトタ、テー！（撃ち方はじめ）」

艦内に響きわたるラッパの音とともに、

「撃ち方はじめ！」

待っていた、とばかりに、「大和」の四十六センチの巨砲が火を吹く。「ドドーン！」とはらわたを貫くような衝撃をうけた。

——前部二砲塔六門のいっせい発射である。昭和十六年十二月十六日の就役以来、二年と十ヵ月、戦艦「大和」の、海戦でのはじめての主砲発射の瞬間であった。

このいっせい射撃で、予想していた大衝撃は、意外に少なかった。私もそうであったが、だれもがちょっと拍子ぬけしたほどで、考えてみれば、それだけ「大和」が巨艦であるということであろう。

敵艦隊との距離は、三万二千メートルであった。もっとも有効な距離である。

「大和」につづいて、「長門」「榛名」も、そして「金剛」も主砲を発射した。やがて、重巡も砲撃を開始する。

——かくて、わが水上艦隊と米空母艦隊との戦闘が開始された。

これだけの彼我の大艦隊の砲撃は、史上初、空前絶後のことである。長く戦史に残ることになろう。しかも、「大和」のこの四十六センチ主砲が、敵の艦隊にむけられて発射されたのもこれがはじめてのことで、それも、この海戦で最後になるのである。

——七時二分、「大和」の艦橋では、敵の空母は全部で六隻、それを中心とした機動部隊であることを確認した。

七時三分、——「大和」檣上に旗旒が掲げられ、「タッタ・トット・タッタ・タッタ、テッタ・テッタ・トット・ター」と、突撃ラッパが響きわたった。

栗田長官は、ついに全艦隊に対し、「突撃」を命じたのである。これは、各艦それぞれ、その信念にしたがって進撃してよい、いっせいに突撃せよという意味である。

かくて各戦隊は各自それぞれに変針し、突進を開始した。突進とともに、その主砲の砲撃はつづけられる。一隻一隻、みごとな突進ぶりである。みるまに、速力の差がつき、重巡群が前方に遠ざかってゆく。

艦橋の私の配置から見つめていると、その距離はしだいに開いてゆき、「羽黒」と「利根」がトップにおどりでた。

トップを走るこの重巡の姿は、あたかも、若駒にうち乗った若武者が、先陣をきって駆け進むようすを彷彿させる。

その勇壮さは類いまれなほどに感動的である。後檣上の戦闘旗が、はち切れんばかりに海風になびいている。それは汗どめの鉢巻が、若武者の頭の後ろで風にひるがえっているのにも似て美しく眼にしみる。

おそらく、三十四ノットは出ているであろう。波飛沫につつまれ、全速で波間に飛ぶように突進する。

——この先頭を進撃する重巡「利根」の艦橋上に、黛治夫大佐が、艦長として仁王だちになって指揮していた。

〝ライオン艦長〟という異名を持つこの艦長は、海軍きってのはりきり艦長——それに海軍随一の砲術の権威でもある。これは自他ともに認めるところ。それだけに、艦隊のトップを切って、得意の砲撃を浴びせながら進撃するこの黛艦長の武人としての満足、いかばかりであったことか。

しかし、このときである——。

とつぜん、前方水平線の海上に、右から左へ、そして左から右へと、交互に、煙のようなものが張りだしはじめた。

はじめはわからなかった。霞や雲にしてはおかしい。急に出てきたのであるから、自然のものとも思えない。

この状況を「大和」の艦橋からながめて、私は最初、不思議に思った。

それは、海上遠くをただよう靄が、ゆるやかに動きだしたようにも思えた。

「あれなんだろうねえ」と、両隣りにいる見張員の二曹と兵長に問いかけてみたが、

「いやに見とおしが悪くなったですね！」という返事しか返ってこない。

それでもしばらく見つめていたが、やはりわからない。

だが、眼鏡のなかに、敵の駆逐艦の姿が入ってきた。煙幕である。敵の駆逐艦が煙幕を張

りだしたのである。

この煙幕によって、味方の空母の姿を隠そうという作戦であろう。それは、しだいに広がりをみせ、敵の艦影をつつみこんでゆく。これでは照準の定めようがなくなる。

私たち将兵が、心から願った砲撃戦と敵戦隊の殲滅という夢も、これではふくれ上がるだけ上がっただけで終わってしまう。なんとしても追尾して目的をたっしたいものと、眼鏡に必死につくが、確たる影はつかめない。

〈やっぱりだめか！〉と、後味が悪いこと、舌うちするだけでは気がすまない気分であった。

こうして、見とおしの悪くなったなかで、「大和」の主砲も、ついに敵の艦影をまったく見うしない、射撃を中止せざるをえなくなった。

これでこの海戦も終わる……と思うと、いちどきに緊迫感がほぐれて、身体じゅうの力がみるみるぬけてゆくのが感じられた。――この時点で、今次作戦、このレイテ沖海戦の大きな山はすでにこえていたのである。


追撃を開始してから二時間、各艦それぞれに戦闘をつづけていたが、戦線は拡大するばかりであり、その戦果も不明である。それに、栗田長官は今回の敵空母群を、正規の高速空母群と思いこんでいた。種々の問題があったが、なにより、燃料消費という問題があり、これ以上の追撃は中止すべきであると考えた。

九時十一分、「逐次集まれ」を下令した。これで胸躍らせた砲撃戦は終わったのである。

だが、中止の指令がだされてからも、艦隊の先頭をきって突進する重巡群は、容易に中止する気配はなかった……そのように見えたが、やはり、しだいに速力を落とし、集合することになる。

――この中止指令のさいに、勇壮果敢に先頭をきって突撃していた「利根」の艦長、黛大佐の回想については、あとで述べることにしよう。

第九章　生と死をみつめて

奇妙なる時間

砲撃を終え、「大和」がその砲撃戦の弾着点にさしかかるには、そう時間はかからなかった。

到着してみると、主砲が撃ちこまれた弾着点の海面は、そのあたり一面、赤、青、黄色の色あいで、あたかも絵具を溶かしこんだように、七色の海と化していた。

それは、主砲の着色弾によって彩られたものであり、その七色に着色された美しい海上を進撃するわが艦隊の姿は、これはまた、敵の艦隊を蹴散らしながら突進するさまさながらといってよく、艦橋上から眺望していると、まさに勇壮そのもので、心おどる光景であった。

——このころ、天佑であろうか、敵機の姿は一機も見られなかった。しばらくのあいだ、この七色の海をかきわけながら突き進んでいると、艦橋右舷から、突然、見張員が、

「敵空母が炎上してまーす！」

「距離二千メートル！」

その声は、ひときわ大きく、上空に響きわたる。艦橋の人たちの眼が、いっせいに、右舷

の海上にそそがれる。まもなく、艦内マイクから、

「手あき、上甲板へ」

「敵空母が右舷海上に炎上中！」

「用事のない者は、上甲板に上がって見てもよい」

という号令が流れてくる。

用事のない者などいるわけはないが、戦いの間のわずかな休みということで、ましてわがほうの砲撃による敵の空母の炎上であれば、いままでの苦闘をすこしでも癒し、さらに士気を鼓舞することにもなる。

私も左舷見張所から、艦橋後部をまわって右舷に移った。

すでに、「大和」の上甲板から艦橋付近にかけて、しだいに人が増えはじめ、やがて、鈴なりの人だかりになる。なかには、息せき切っている者もいる――どれほどに、こういう戦勝の瞬間を待っていたことか。みんなの眼が輝いている。

「すごいなあ！　だいぶ傾いているぞ！」

「大きな空母だなー、なんだろう」

「あの飛行甲板を動いているのはなんだ、水兵だろうか」

「ホースを引っぱっているんじゃないか」

「うん、消火作業らしいぞ」

みんな戦勝気分で、うれしそうにがやがやと騒ぎながら、指をさしたり、手をあげたりしてにぎやかである。その声がしだいに広がりをみせ、高まってきて、だれから出たというわ

けでもなく、それは万歳斉唱にかわっていった。

「バンザイ!」「バンザーイ!」

そのとき、「大和」の速力は十八ノット。外舷にあたって流される海流も、ザザー、ザザーと軽い音を響かせて艦尾のほうへ消えてゆく……。

ひとときの戦勝気分であった。

しかし、ただ一回の、それもまことに短い時間ではあったが、私たちの胸に熱いものをわかせ、いつまでも残る思い出を深く心に刻みつけた。

このように、着色弾によって彩られた海面を進撃する「大和」と艦隊、その右舷方向に炎上する敵の空母——これは戦い終わった後の印象的なコントラストであった。

だが、傾斜した空母の上甲板を、炎や煙にまかれながらホースをひいて消火に奮闘している米軍の乗組員の姿が、望見する私の眼にも(肉眼で)見えてくる。

この敵の空襲で、何千人もの味方の将兵がやられているとはいえ、私の胸を締めつけてくるものがあった。

私はそういう気分にふと気がついたとき、ハッと、息がとまる思いでわれに返った。重大で、しかも、いかにも不思議なことに思いあたったのである。傷つき、炎上する敵艦に歓声を上げ、手をたたいている人たちを見ながら、〈これは変だぞ〉と、現実的な出来事に気づいたのだ。

それは、この炎上する敵空母を攻撃しないという事実である。「大和」も、そのほかの味方艦の一隻たりとも、砲撃や魚雷攻撃をくわえないということである。

　ここで一発、「大和」の主砲とはいわない、十五・五センチの副砲でいっせい射撃をすれば、たちどころに撃沈することができるであろう。魚雷の何発かでもよい。

　しかし、「大和」の砲塔は、いずれも、戦いを忘れたかのように動く気配は見られない。そのほかの諸艦もしかりである。司令部も艦橋指揮所も、沈黙のままだ。まさか、私でさえ気づくことに気づかないわけはなく、戦いの最中ということを忘れているはずもない――武士の情で、見逃しているのであろうか……。

　私は、ひとり胸のなかで種々思いをめぐらしていた。そばの人たちも、炎上する空母をながめているみんなも、意外なことに気がついていないのか――気がついておれば、だれかは口に出すにちがいないのにと思う。

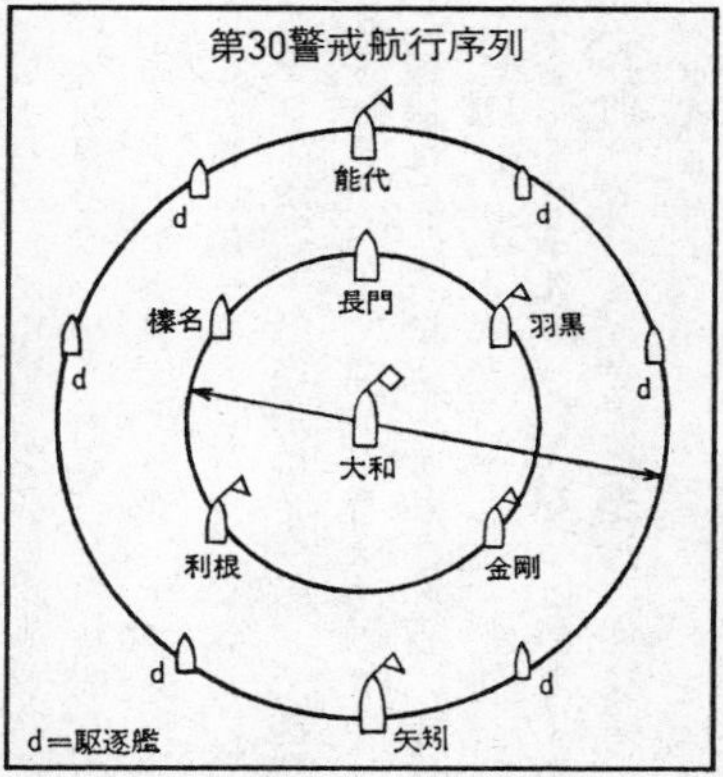

　しかし、だれも口にだす者はいない。なかには、私とおなじことを想っている者もいたにちがいないが、上甲板を走りまわるアメリカ兵を見ながらそれを口にださないのか。気づいている私にとっては、それは不思議で、しかも、なにか神に祈るような気持であった。

　このように、栗田艦隊は炎上空母を右舷に見ながら、表むきは戦勝気分になっている兵隊たちを乗せて、進撃をつづけてゆく。これは、戦闘の合間に生じた短くもはかない空白の時間であった。

しかし、こんな戦勝気分の奇妙な時間が、そう長くはつづくはずがない。やはり、突然、対空戦闘のラッパである。空白時間を断ち切るように、艦内に響きわたった。

「テッタ、テッタ、テッタ、テッタ、トー、タッテ、チー」

この日、第一次（通算第六次）の空襲であった。二十五日十時十七分である。早朝、突然、敵空母群と会敵して砲撃戦を行ない、それが終わったあとの第一回目の空襲の幕が、こうして切って落とされた。それまでの短い戦勝気分は一時に消えうせてしまう。

敵機は二十三機。「大和」の百八十度方向である。

艦隊は、二十六ノット（第五戦速）に増進して、対空戦闘に突入する。

——十時十九分、「大和」は急降下爆撃により、二発の至近弾をうけた。

「長門」も、艦尾付近に至近弾四発をうけたが、それぞれ、その爆撃や雷撃を転舵によってうまく回避した。

すなわち、「長門」は右に進む敵の艦載爆撃機の群れにたいして、間をおかず対空砲火を撃ち上げたが、その攻撃開始の直後に、急降下爆撃によって、艦尾に四発の至近弾をうけたのである。これを面舵に転舵して回避した。

しかし、この旋回を終えて直進に移ったそのときに、こんどは右艦首方向から魚雷の突進をうけた。それを兄部《こうべ》勇次郎艦長が再度、右に転舵して、これを右舷にかわした。こうして第一次の空襲は、どうにか切りぬけることができた。

しかし、どうにか切りぬけたと思うまもなくである。第一波の攻撃を終えた敵機が避退するのと、ほとんど入れちがいのように、第二次（通算第七次）の攻撃が、嵐のように襲ってきた。

――十時三十五分である。こんども、雷・爆連合で三十機あまりの艦載機の編隊がやってきた。

この編隊は、わが艦隊に接近するにしたがい、それぞれ数機ずつに分散して、攻撃をかけてくる。今回も、「大和」には前方艦首右方向から雷撃機六機が、まず仕かけてきた。それは、低空から突入してきて、魚雷を発射して飛びさる。この魚雷を右にかわす。「大和」には被害はなかった。

栗田艦隊の各艦も、それぞれ、敵機の激しい空襲を必死の対空戦闘によって排除しつつ、集合命令のでた「大和」の周辺にしだいに近づきはじめていた。

十時五十四分、第二次空襲が終了してから、栗田長官は全艦隊にたいし、「第三十警戒航行序列」を命じた。

同時に、十一時、針路二百二十五度に取舵いっせい回頭を行ない、ふたたび、レイテ突入へむかって進撃を開始したのである。

この地点は、栗田艦隊が最初に敵空母群の四本マストを発見したとき、それらの空母群がいた位置なのである。ここは「大和」や「長門」「金剛」や「榛名」など、わが戦艦群がいっせい砲撃したさいの、その砲弾の弾着点――あの着色弾の七色の海にもどっていたのだ。

この間、追撃に二時間あまり、集結に約一時間三十分、合計四時間弱という時間を費やしてしまっていた。その後、十一時十九分に、雷撃機三機が「大和」上空に来襲したが、約一時間ばかりは静かな進撃がつづいた。

こうして、レイテにむかって進撃する栗田艦隊の上空に、またまた、約五十機の敵機が来襲してくる。第三次（通算第八次）の空襲である。

分散した敵機は、こんどは二機から五機にわかれて、各艦に猛烈な攻撃をかけてくる。その攻撃力はいささかも衰えていない。勇敢そのものである。

なにしろ、味方には援護する飛行機は一機もなく、その攻撃を邪魔するものは、軍艦の対空砲火だけである。空からの反撃がまったくないことは、どれだけ敵米機にとってらくなことであったか、想像することは容易だ。

「大和」には、最初、四機の急降下爆撃機が前方から突っこんできた。グーッ、グーッと、二回、上空をバウンドするような形で急降下してくるその敵機を発見した私は、

「前方急降下爆撃機！　突っこんで来まーす！」と、大声で叫んだ。

艦は、左に大きく転舵して、これをかわす。

「大和」艦上から撃ちだす機銃弾で、敵の三機が撃墜され、艦尾方向の海中へ水飛沫を上げて落下した。その瞬間が、私の眼のなかにやきつく

つづいて、こんどは右舷九十度方向からの雷撃機の突入である。右舷の見張員の絶叫が聞こえてくる。面舵いっぱいに大きく右に回頭して、これを右舷にかわした。

重大なる決断

――十二時五十分、この第三次（通算第八次）の空襲も、ようやく終えた。このとき、針

路は北北西「三百二十度」となっていた。その後、速力を二十二ノットに落とし、針路をさらに北に変針し「零度」とした。

この時点で、栗田艦隊の進撃方向は、レイテ湾とはまったく逆の方向になったのである。

この変針は、たんに対空戦闘にそなえてということではなく、レイテ突入そのものを断念して、作戦を完全にきりかえてしまったのだ。すなわち、昨日からつづく敵の空襲の根源を断つべく、これらの敵機を発進させている米機動部隊をもとめて反転したのであり、作戦の計画的変針であった。

だが、このときは進行方向が、突然、逆転したので、〈どうしたのか……〉と、みんな一様に不審に思った。艦橋などにいて、上空、とくに太陽、そして近くの島々を望見できる位置についている者には、この突然の反転は、一目瞭然である。不思議に思って、うろうろとあたりを見まわす見張員もいる。

艦内にいる者でも、主たる指揮所などにいる者は、羅針儀ですぐにわかるはずである。やはり、不審がっているにちがいない。

——これが、後日、是か非かで大問題となったレイテの大反転である。

これで、捷一号作戦の最大目的であったレイテ湾突入を完全に中止する、というきわめて重大な作戦変更が決定されたのである。これは、考えようによっては、レイテ突入に勝るとも劣らぬほどに重大な決断であり、作戦であった。

……このことについては、戦後も種々話題となり、私たちもその論議にくわわる機会が何度もあった。空襲で沈没後、司令部とともに「愛宕」から「大和」に移乗して戦った者たちの戦友会慰霊祭の席でも、つい最近、議論されたことである。当時、一連のこの戦いに参加した者のみが、自分の生死を賭けて知りえた微妙な因果関係があり、それでそうなったのだということを明確にしたいと思うのは、私ばかりではないであろう。

戦ってみると、こちら側の予定とか想定どおりに行くものではないということはすでに述べたが、まったくそのとおりである。

身をもって熾烈な戦闘を経験したことのない者が、机上の計算や作戦だけで想定したり、あるいは、断定しうるものではない。その人たちが、どれほど頭脳明晰で作戦の天才的能力の持ち主であっても、刻々変化する戦況や軍備状況、気象状況や、そのための時間のロスまで見通せるわけはなく、また、こちら側ばかりでなく、敵側の作戦の変化など、戦いの場そのものに即した判断ができるものではない。

そのためにこそ、実戦司令部があり、現場指揮官が存在するのであろう。当時、現場の戦闘の最高指揮官として、栗田長官のとった決断と行動は、現場に即した最高の手段であったとみるべきである。

この重大な作戦変更の決断を独断で決行した裏には、全将兵の生命を賭けた突入以上に、重要かつ奥ふかい判断がひめられていたのだと思われる。

実際、結果的には艦隊の全滅をまぬかれ、多くの将兵の生命も徒死することなく、救われたのであり、栗田長官の決断が、その時点での最良の手段であったことを物語っているといえよう。

写真左より、囮の機動部隊を指揮した小沢治三郎中将。第三部隊指揮官の西村祥治中将。レイテ突入の主力第一、第二部隊指揮官だった栗田健男中将。

なぜ、栗田長官はこの反転を決意したか。

――前日、シブヤン海を進航中に、幕僚から、「行くんですか？」という質問をうけたのであるが、「大和」の艦橋にいた長官は、艦隊が進撃する前方をじっと見つめたまま、「いいんだ、行くんだ」と言下に一決して、サンベルナルジノ海峡に突進したのであった。

その長官の心境が、なぜに変わったのか。それは、その前後、とくにそれからあとの戦況に、激変が生じたからにほかならない。そう長官が判断する情勢変化が認められたためにちがいない。

私のような一兵曹でも、たびかさなる敵機の来襲に首をかしげ、レイテまでたどり着けるのだろうかと不信をいだき、さらに一機だに飛来しない味方機に、不審と憤懣をふかめていたくらいである。

これだけ連続的に空襲をかけてくるということは、敵が栗田艦隊の動きのすべてを完全に把握していたということであり、このことに疑う余地はない。

この判断は、栗田艦隊が二十五日早朝、サンベルナルジノ海峡を強行突破したことが、敵側にとって予想外の衝撃であったとしてもである。

しかも、諸般の事情を勘案すると、アメリカ側が自分たちの艦隊や船団を、いつまでもレイテ湾内にとどめておくというような愚かな作戦をとりつづけているはずがない――事実、そのとおりであった。

さらに、かりに首尾よく突入に成功したとしても、そこはもぬけのカラで、敵の艦船の姿はなく、あまつさえ、準備された罠でも仕かけられているという可能性も大いにありうると思われる。そうなれば、わが艦隊は湾内で袋の鼠となり、全滅するだけである。

これが、はたして作戦として良策といえるであろうか――戦況は、いうまでもなく、刻々と変化するものである。その変化に即応してこそ、勝利への道は開かれるのであり、そしてなによりも、その変化をだれよりも早く、だれよりも正確に知ることができるのが現場にいる指揮官である。その戦線現況に即した判断と作戦のきりかえをするのが、現場指揮官としてのもっとも重大な役割であろう。

すでに、このとき、第三部隊である西村艦長は、数倍にもおよぶ圧倒的勢力の敵艦隊に待ちぶせられて、葬り去られていたのである。

いま、かりに予定どおりレイテ突入を決行したとしても、そこには罠が仕かけられているにちがいなく、わが艦隊を全力で迎え撃つ体制がたてられていることを忘れてはならない。

栗田長官を中心とする司令部の判断は、このようであったのであろう。

味方の航空機の援護は望むべくもない状況で、後方から進撃して来つつある敵機動部隊、千三百機もの大量の飛行機を擁しての攻撃を考えるとき、このまま、これに背をむけて突入するよりも、反転して、これに一戦を挑むことが、しごく当然の成りゆきといえるのではないか。

小沢艦隊の作戦が成功して、米機動部隊主力を引きつけ、北上させていたのであるが、その北上の戦況は不明ではあったとしても、なにはともあれ、絶え間なく来襲してくる敵機の攻撃は、なんとも致しかたないものであった。

かくて、司令部の総合判断は、レイテ湾内の情勢は不明であるが、敵の艦船は避退していて湾内には所在していないであろう――もし、いたとしても少数にちがいない。その公算大である。また、敵の第七艦隊の機動部隊ならびに水上部隊に、このまま、背後から襲いかかられる懸念も大である――ということで、反転の決断がくだされた。

――これは、まさに、関ヶ原の合戦における徳川家康の立場であり、その心境そのものであったといえる。

〝ヤラレタ！〟

さて、レイテ突入を断念し、敵の機動部隊をもとめて北上する栗田艦隊の頭上には、その後も、はてしなく敵機が襲いかかってきたのである。

第三次の対空戦闘の最中――十二時二十六分に北方に向けて反転してから、夕刻までの間にさらに三回、延べ百五十機におよぶ空襲をうけて、栗田艦隊は完膚なきまでにたたきのめされた。突入も地獄、反転も地獄ということであった。

栗田艦隊のこのときの実情は、艦隊の陣形を防御一方の対空陣形から攻撃型の接敵配備にかえることすら、もはやとうてい不可能という状態であった。

そのうえ、高速運転による戦闘がつづいたため、燃料もすでに先が見えてきていたので、行動は極度に制限されるありさまで、ここでまた、再々反転をするというようなことは望むべくもなかった。

――この間に、私は対空戦闘中に「大和」艦橋で重傷を負い、その結果、下甲板の負傷者収容所の床に身を横たえるという運命にさらされていた。

反転後の、最初の第四次（通算第九次）空襲がはじまったのが、一時十四分――。北上中の「大和」の右舷前方から、七十機の大編隊であった。

この大編隊は、「大和」右舷方向を並びながら進むという形でまず接近してきたが、またたくまに、「大和」の右前方に猛烈なスピードで進出した。そして、敵機は大きく左に向きをかえ、と見るまに、「大和」の艦首にむかって襲いかかってきた。

これを見て「大和」は取舵に変針し、敵機に艦尾をむけて二百七十度とした。これはめずらしいことである。普通、対空戦闘は敵機にむかって突進するのである。

しかし、敵機もさるもの、執拗に「大和」の前方にまわるとみるや、すかさず、艦首方向から殺到してきた。

一時二十二分、対空砲火はいっせいに火を吹き、熾烈な攻防がはじまった。

私は、昨日以来、一睡もしないという状態で、艦橋左舷の眼鏡につき、見張りをつづけていた。若さとか、体力とかいうことではないのであろう。それもあるのだろうが、それ以上に、銃弾飛びかい、血肉飛び散る凄絶な戦いの強烈な刺激と、爆音、発射音、炸裂音などの轟音による感覚の麻痺、さらに、死も生も考える間もない任務遂行の心身の集中、熱闘などが、ふだんの生理や感覚を超えてしまうというのか——艦上、艦内をとわず、年齢や身分や任務の如何にかかわらず、乗組員全員に共通して、体力の限界をはるかに超越してがんばりぬく。これが戦いというものであろう。

私は、叫びつづけていた。敵機の大群は、上空から殺到する。「大和」は艦首方向から急降下爆撃機と雷撃機の連続的攻撃をうけている。思ってもみてほしい。こんなときに、疲労や睡魔などという通常の生理的現象が起こるものかどうかを——。

私は眼鏡につき、敵機の飛来するつど、叫んでいた。

「前方突っこんで来まーす、爆撃機五機!」

「左舷真横から雷撃機三機!」

そして、「左前方から四機! 急降下!」と叫んだときであった。

その攻撃機から投下された爆弾が、空から雨のように落下してくるのが、私の眼にそのまま映った——しかも、発射された魚雷が、「大和」の横腹をえぐらんとばかりに突進してくる航跡が、一条、二条、三条と、はっきりこれも眼に入るのだ。

上を見、下も同時に見る一瞬で、私の形相は、剝きだした眼は血走り、歯も嚙み砕かんばかりに食いしばり、人とは思えぬものであったであろう。それは、ほかの人たち（士官も水兵もおなじである）の顔もそうであり、自分だけが違うなどとは、とうてい思えるものではなかった。

落ちてくる爆弾、航跡をひく魚雷——ほんの一瞬の間のなんと不気味であったことか。それは獲物をねらう豹のようなスピードで、私の眼に飛びこんできた。敵の攻撃力のすさまじさを肝が凍るほどに感じた。死が、わが身にせまる刹那である。

しかし、「大和」はこれを回避するため、右に左に大回頭をくり返す。「大和」艦上は、対空砲火の炸裂音が、耳をつんざかんばかりに鳴り響いている。

さすがの巨大戦艦も、全速で回頭をくり返すため、見おろすと、巨大な鉄の固まりが飴のようにねじ曲げられてしまうような海水の圧力である。そして、高くそびえるこの艦橋は、そのたびに右に左に大きく揺れ、ふり落とされんばかりになる。これは「大和」にとって、いままでの空襲中、最大のものである。

必死で眼鏡を目標に合わそうと、私が、さらにハンドルを上下左右にいそいで回転させようとしたときであった。この間、叫んでから何秒もない。

左舷中部に、そのまま落下直撃した何発かの至近弾が、炸裂したと思うまもなく、左舷艦橋を襲って噴き上がってきたのだ。私のいる艦橋左舷の見張員が、なぎ倒されるようにバタバタと、もろにぶっ倒れた。

それが私の眼にチラッと映るか映らないかの瞬間に、強烈な爆風に襲われ、いちどきに十数個の鉄片、弾片を全身にうけて、私は甲板上に落下した。

〝ヤラレタ！　チクショー！〟　〝残念ダ〟

私はこのとき、心の中でそう叫んでいた。それは、はっきりと覚えている。

そう叫びながら、ほんの一瞬であった——数百メートルの絶壁から落ちこむような絶望感が、身体のなかを上から下に白く走った。これは、すべてを喪失するというか、まったくの無力感、無涯感というか、気が遠くへ抜けていくような感覚であった。とても表現できるものではないが、ヤラレタ者だけが、その瞬間に痛感する絶望的打撃といえるものだ。

私は、このあと下甲板の負傷者収容所におろされ、鉄甲板の上に毛布一枚だけ敷いた上に寝かされた。そのまま、傷口の痛みにたえながら、動くことのかなわなくなった身体で、ただじっと我慢しつづけるより仕方なかった。

この第四次空襲のあと、「大和」の上甲板ではひきつづき第五次（通算第十次）の対空戦闘が開始され、下甲板で寝たままになっている私には、それは騒音というだけの、遠くの世界のように響いてくる。

とはいえ、それらは、「ダダダダダー」という機銃の連続音、高角砲の発射音、さらに、ズズーンと艦内を揺さぶる至近弾であろう大衝撃、などなどであり、死に直結する不気味な音響であった。

その後、第六次（通算第十一次）の空襲を最後として、長かったこの日の対空戦闘はひとまず終わりをつげた。

敗者の愁訴

——十月二十五日、午後十一時三十五分。栗田艦隊は、サンベルナルジノ海峡をふたたび通過した。レイテ湾にむかってここを通過してから、丸一日が経過していたが、こんどは進撃ではなくて退却であった。

ここを通過したあと、二日前（二十四日）の旧戦場であるシブヤン海およびタブラス海峡を突破し、二十六日午前六時四十四分、タブラス島西方海上において、日の出を迎えた。

太陽がしだいに昇りはじめるころから、敵機の来襲に備えて対空見張りをいっそう厳重にかためてゆく。

――七時十九分、まず「大和」の見張員が、二百二十度方向に飛行機の影を発見したが、これは味方機の編隊であることが判明した。これは、比島基地から敵艦隊の襲撃にむかっていた攻撃機であったらしい。

しかし、七時四十八分ごろから、敵数機があらわれ、栗田艦隊に接触をつづけていたが、――八時三十五分、この日の第一次（通算第十二次）の空襲がはじまった。

来襲した敵機八十機。「大和」は前甲板に二発の直撃弾をうける。一発は最上甲板を貫通して上甲板で炸裂し、もう一発は一番砲塔の楯肩に命中して炸裂した。この直撃弾は、下甲板に収容されていた私たち負傷者に、甲板から跳ね上げるほどの衝撃をあたえた。

第一回の空襲もようやく終わり、また、つかの間の静かな艦内にもどった。負傷者収容所で痛みにたえながら転がっている身には、騒音や衝撃がやむと、ひとしおその静けさが身にしみ、なぜともなく、それがまた心をそよがせた。

そういう私を、戦闘の合間をみては世話をし、負傷の面倒もよく見てくれていた青木武雄兵長は、この対空戦闘が終わったあと、艦長最上部の主砲指揮所付近に上がっていった。艦隊の状況をそこから一望し、その情況はもちろんのこと、「大和」艦上のようすも確認しておきたかったためである。

指揮所に上がって、あたりの海上を見まわしてみると、なんという変わりようであろう。青木兵長の眼に入ってきたものは、十隻あまりの傷ついた艦隊であった。そのときはもう、出撃時の三分の一に激減していた。

青木兵長は、いまからたったの二日前、あれほどに威風堂々と進撃していた大艦隊の、あまりにも変わりはてたようすに、わが眼を疑い、われを忘れて、ただ呆然と海上を見つめるばかりであった。

「大和」艦上はどうかと、気をとりなおして眺めようとしたとき、頭の上のほうで、ガヤガヤと談笑する声が聞こえてきた。〈こんなときに、なんだろう……〉と首をまわすと、声がする方向は、トップ指揮所付近で、そこに集まっている人たちのようである。

見ると、なんと、果物（パイン・アップル）の罐詰をあけて、あたりを眺めながら笑ったり話したりして食べているのだ。たぶん、烹炊所からギンバイしておいた品物であろう。汗や汚れにまみれた服装で、元気そうに談笑している。

この熾烈きわまる戦いのわずかな隙に、その苦闘や惨憺たるようすも忘れ、こうして無邪気としかいいようのない逞しさはどうであろう。しかも、その食欲にいたっては……と、さすがの青木兵長も驚かされた。このくらいの神経の持ち主でなければ、こんな激越な戦闘のなかでは生きていけないのかも知れない……と、つくづく感心させられたという。

生唾を飲む思いで、一きれくらいおこぼれにあずかれるかと、しばらくながめていたのだ

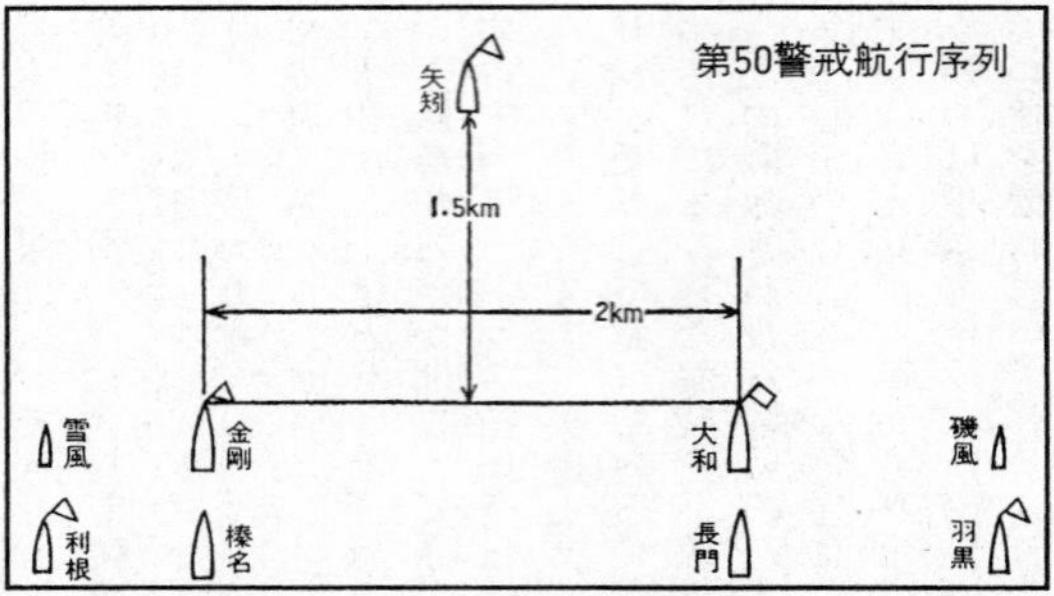

が、こちらのことには気づくようすもなく、分けてくれとも言いだせなかった。どうも青木兵長はこういうギンバイには弱く、不運のようである。

私のそばにきて、そう言いながら感心したり、愚痴をこぼしたりして笑っていたが、話を聞いただけでも、乾ききった口のなかに唾がたまる思い――パインのあの匂いが、プーンと鼻についてくる感じで、重傷の身も忘れて、私はおもわず生唾を飲みこんだ。

栗田艦隊は、この日の第一回目の空撃を退けたあと、クーヨー東水道を南下していた。

このころになっても、艦隊の上空には、味方の直衛戦闘機の姿は一機も見られず、まったくどうしたことなのか。

栗田長官は、十時十二分、比島基地の航空隊に、援護戦闘機の急派を要請したのであるが、まもなく（十時三十分）、見えてきた機影は敵爆撃機であり、味方機が姿を見せたのは、それから四時間もたった午後二時すぎであった。

――十時三十分、この日、二回目（通算第十三次）の対空戦闘がはじまった。

艦隊は、速力を第四戦速（二十四ノット）に増進しながら、必死の対空戦闘を行なったの

19年10月24日、スル海で米艦載機の攻撃を回避する「山城」(手前)と「最上」。
翌25日に、西村艦隊は米艦隊の待ちぶせにあい、大激闘のすえに全滅した。

であるが、敵の大編隊のうち二十数機の集中攻撃をうけた「能代」は、よく奮闘し六機を撃墜したが、ついに力つきて沈没した。十一時十三分——。地点は、北緯十一度四十二分、東経百二十一度四十一分であった。新型軽巡洋艦「能代」も、その短い生涯を、こうして南海の果てで閉じたのである。

この「能代」が、艦載機の攻撃をうけてまさに沈没寸前、断末魔の状態にあったとき、本隊である「大和」や「長門」「榛名」や「利根」などは、どのようなようすであったか。

その上空には、やはり、艦載機約六十機、さらにB24陸上大型機二十七機という大編隊が殺到し、大空襲が開始されていた。

「大和」をはじめ、艦隊は、主砲、高角砲、機銃のすべてを撃ち上げて必死の対空戦闘で応じたが、「大和」は、二群にわかれて襲いかかった大型機B24の一群約十五機の攻撃により、右舷中部に十数発の至近弾をうけた。その爆風、激動と弾片によって、外舷に大小十数ヵ所の破口をつくった。

兵器も若干破壊され、負傷者、戦死者も続出し、小柳参謀長も重傷を負った。参謀長は、至近弾の介達弾弾片によって左腹をやられたのである。

――小柳参謀長の負傷は、「愛宕」の沈没したさいにうけた負傷についで、二回目ということになる。

こうして、さしもの激しい対空戦闘もようやくにして終わり、一段落ついた。しかし、見てみれば、出撃時の三十二隻という勇壮な大艦隊は、ただの九隻と激減するありさまであった。しかも、この残された九隻も多かれ少なかれ、傷つき傾くという状態で、一艦一艦、すべて孤影悄然として敗者の愁訴を海上に聞く思いであったという。

この状態では、敵の大型機の出現ということもあり、今後を警戒して、その攻撃圏からはずれた新南群島の西を迂回し、ブルネイへむかうことになった。とうぜん、その航程は往路の二倍ちかくにもなるのであるが、敵潜水艦の出没ということも考え、栗田長官は決をくだした。

そういう艦隊の上空に、味方直衛機があらわれたのであるが、その時刻は二時五十五分ごろであり、すべての対空戦闘が終わったあとのことであった。

それでも、この味方機の出現で、将兵ともども、ほっとしたものである。しかし、どう考えてもその出現はおそすぎたもので、まったく時機を逸していた。しかも、皮肉なもので、この味方機出現のあとは、敵機襲来はまったくなかった。

さて、第五十警戒航行序列となった栗田艦隊は、ブルネイにむかって、ひたすら南下をつづけた。

――だが、その姿はあまりにも打ちひしがれ、まことに悲愁にみちたものであった。その航跡も細く、ふだんの白とはうってかわり、黒い重油の尾をひいていた。

二本の航跡

このすこし前、第三部隊は、栗田艦隊におくれること半日――十月二十二日午後に、ブルネイ港を出撃していた。

旗艦「山城」を先頭として、「扶桑」以下重巡一隻(「最上」)、駆逐艦四隻(「満潮」「朝雲」「山雲」「時雨」)計七隻で編成された第三部隊は、その内容において主力の栗田艦隊に比ぶべくもなかった。数はすくなく、それも旧型艦が主で、速力は二十二ノットが最高限度であった。

司令官西村祥治中将(海兵三十九期)は、戦艦「山城」の艦上にあって、この第三部隊およぴ、わが身について、そのすべてを心に決めていたのだ。海軍中尉であった若い子息はすでに戦死しており、その後を追うという心づもりも、西村中将にははっきりと定まっていたのであろう。

この決意の色は、出撃前に行なわれた長官訓示後の酒宴の席上でもうかがえたという。西村司令官はその席で、同席した一人一人に酒をついでまわった。参謀たちの間をそうして歩くその姿には、心静かに最後をおしむようすが現われていた。

——海軍生活四十年、最後の御奉公のときがきた。この戦いにすべてを賭け、全将兵とともに身命を国にささげる覚悟であった。西村中将は、わが連合艦隊の前途のきびしさを自覚し、知悉していたと同時に、みずからの死をはっきりと知っていたのであろう。

この第三部隊が、司令官のかたい決意を陣形いっぱいにみなぎらせて、ボルネオの北方海上をひたすらレイテ湾にむかって進撃をつづけていたちょうどそのころ、半日先に出撃していた栗田艦隊の旗艦「愛宕」は、敵潜水艦に襲われて沈没寸前の運命にあった。

独特な最長の箱型艦橋をもつ、「山城」と「扶桑」の両戦艦は、その三十六センチ砲を前甲板に二基四門、後甲板に二基四門、艦橋と煙突の間に二門、煙突と後檣との間に二門、計六基十二門を装備していた。その数は、連合艦隊のなかでも最高の主砲数であった。

また、この戦艦「山城」は、われわれ下士官や兵たちの間では、新兵時代に、「鬼の『山城』、地獄の『金剛』、いっそ『八雲』で首つろか……」と、歌にまで歌われていたほどに恐れられていた軍艦である。なぜなら、規律がきびしく徹底しており、訓練もまた最高に激しい軍艦であって、それが海軍中に、鳴り響いていたのだ。

しかも、この「山城」は横須賀鎮守府所轄であったため、私たちの同年兵である横須賀海兵団出身の十五年徴集兵が、たくさんこれに乗り組んでいたので、それが評判だおれでないことを充分に知っていた。

いま、その同年兵のほとんどが、下士官に任官して、「山城」の各配置の中堅として任務にはげんでいたのである。高角砲分隊の松田静雄兵曹も、その一人であった。彼はまた、私の同郷、同窓生の一人でもあった。

巡航速力十六ノットで進む「山城」の、高角砲旋回手の任務についていた松田兵曹は、どのような思いをその胸に去来させていたことであろうか。

……その顔には、私にもなつかしい少年時代のあのやさしい面影が残されていたはずである。鼻すじが通ったその端正な容姿は、百六十五センチと五十四キロという長身、筋肉質の体格とともに、むしろ、凛々しい海軍士官ともいうべき風貌であった。（当時の日本では、百六十五センチというと、普通以上で、なかなか長身の部に入ったものである）

忘れもしない――その年（昭和十五年一月）、私たちの山村では、小学校の同じクラスの五人の若者が、そろって横須賀海兵団に入団した。松田静雄、本山通、小島剛、飯島操、それに私の五人である。

こんなことは、私たちの村ではいまだかつてなかった出来事で、村でも大評判であった。このような山村から海軍に徴集されたことははじめてであり、それが五人もそろってというのであるから、騒がれたのも当然であろう。海軍が急に身近に感じられる時代に入っていったのである。

この五人の入団者のうち、松田兵曹は「山城」で、小島兵曹が飛行機でともに戦死し、ついに還らぬ人となった。五人のうち二人の戦死者ということは、四十パーセントの比率であるが、太平洋戦争における海軍の戦死者は、平均十三パーセントであり、それと比べると、わが山村出身の四十パーセントは多いというべきであろう。

ともかくも、松田兵曹は「山城」の艦上にあり、私は、同じく北のすぐそばの海上で、

「大和」の対空戦闘の最中にあったのである。運命の別れ道――そういうものがあるとしたら、神ならぬ身の知るべくもないが、あの南の海をゆく「山城」と「大和」の白い二本の澪《みお》（航跡）が、あのとき、海の上にはっきりと印されていたのかもしれない。

――午前二時二分、「山城」を旗艦とする第三部隊はスリガオ海を針路零度として北上、突入体制となった。

この第三部隊を迎えうつべく、レイテ前方の海上に待ちかまえていたアメリカ軍の邀撃《ようげき》計画は、航空機はもちろんのこと、艦船の配備も周到なものであった。

その兵力は、米国側の記録によれば、つぎのようなものであった。

戦艦列（指揮官ウエイラー少将）　戦艦六隻＝ミシシッピー、メリーランド、ウエストバージニア、カリフォルニア、ペンシルベニア、テネシー。X駆逐隊（駆逐艦六隻）計十二隻。

左翼列（指揮官オーデンドルフ少将）　重巡三隻、軽巡二隻、駆逐艦九隻、計十四隻。

右翼列（指揮官バーケイ少将）　重巡一隻、軽巡二隻、第二四駆逐連隊（駆逐艦六隻）、第五四駆逐隊（指揮官カワード大佐、駆逐艦七隻）計十六隻。

第七艦隊高速魚雷艇隊＝魚雷艇三十九隻

これだけの邀撃部隊が待ちかまえているその正面にむかって突入した西村艦隊は、ひたすらに突進したのであるが、いかんせん、戦艦二隻、重巡一隻、駆逐艦四隻、計七隻という劣勢では、勝敗は問うほうが無理というものであろう。

わがほうに航空機は一機もなく、いかに厳しい規律と激しい訓練に鍛え上げられた「山城」といえども、また、身をすててかかる日本精神、大和魂の権化といえども、力のかぎり戦うことのみができるすべてであった。

待ちうけていた米艦隊は、魚雷艇、駆逐艦、巡洋艦という順序で攻撃をしかけてきた。そして、戦艦によってとどめをさすという作戦で、西村艦隊は全滅といっていい完全な敗北に終わった――駆逐艦「時雨」一隻をかろうじて残すのみとなったのである。

残念のきわみであるが、戦艦「山城」にいたっては、生存者はきわめてすくなく、わが友松田静雄兵曹ともども沈んでいったその撃沈のようすさえ、さだかでない。

こうして、第三部隊はレイテ沖海戦中、最大の犠牲となって終わりをとげた。太平洋戦争におけるもっとも悲愴な艦隊となって、レイテのあの海へと沈んでいったのである。

戦い敗れて

十月二十三日の早朝、パラワン水道で敵潜の急襲をうけ、「愛宕」などを失ったのを皮切りに、二十四日からはじまった三日間の対空戦闘も、ようやくにして終わりをつげた。あの延べ一千機にもおよぶ敵機の熾烈な空襲も遠ざかり、あたりの海上にも、もとの静けさがもどってきた。

いま、栗田艦隊が戦い敗れて通るクーヨー西水道、昨日までの、あの凄惨で酸鼻をきわめた戦闘のあとなど、どこにもとどめず、うそのように静まりかえって、西の水平線上に傾きつつある太陽が、海面に反射している。

小高い島の陰から勢いよく広がりはじめた夕陽が、放射線状になって西の空を赤くそめ上げ、島の影がうす黒く海面にうつし出されて、それが波にゆれる。

そのゆれる影は、小波に散っては映り、また映っては消えて、いかにも、栗田艦隊の敗戦を象徴するかのように、ものさびしげに見える。これも敗者の心のなせる業であろうか。しかし、あの影を映す海面につづく海底に、戦艦「武蔵」の、あの巨大な船体が沈んでいるのだと思うと、戦い敗れてもどる将兵の身には、さびしさはいっそう深まるばかりであった。

何日というわけではない——二日前の二十四日早朝、このシブヤン海を二つの輪形陣を組んで堂々と進航していた、あの栗田艦隊の勇姿は、もうここにはない。たったの二日間のことではあるが、まるで何年も、何十年も前であったような錯覚で、これが自分たちの本当の現実なのだとはなかなかに思えない。遠い昔を夢みるように、疲れはてた艦隊の乗組員たちは、いま目の前の打ちしおれた現実にながめ入る。

勇壮をきわめ、優美ですらあった二十七隻の大艦隊は、ただの九隻に激減し、「大和」をはじめ残存の九隻すべてが大なり小なり、それぞれが被害をうけ、傷つきよろめいている。傾きながら進むものもあれば、外舷が破損し、海水があたるその部分が大きくめくれ上がって、海水の強い抵抗をうけながら、それを押しきるようにして進むものもある。

それらの艦尾には、重油の混入した気泡が泡だち、その鈍い色あいで艦影もわびしく、船足も遅く感じられる。

その泡だつ航跡は、いかにも細くあとをひき、その頼りなさは敗戦と敗者を象徴しているようで、落武者さながらといった後ろ姿であった。

このように打ちひしがれた乗組員たちも、油断をするわけにはいかない。敵機の空襲こそとだえたとはいえ、対潜警戒の眼は厳しく、一刻たりともそれを怠るなどということはできない。

しかし、通り過ぎつつあるこの海の底深きところには、かの重巡「愛宕」をはじめとして巨大戦艦「武蔵」など、日本海軍が世界に誇った連合艦隊の花形、虎の子軍艦の主力が眠っているのであり、それも、たったの四日の間の変わりようで、将兵にとって信じられるものではなかった。

わずか四日の戦闘で、この海底は軍艦の墓場と化し、その鉄の死棺《ひつぎ》のなかには、四日前まで、いや昨日までともに戦った一万名をも越えようという戦友たちが、永遠の眠りにつき、海の藻屑として消えたのかと思うと、夕陽にそまるこの海面に、生き残った者の鎮魂の想いも湿りがちとならざるをえない。

そういうさまざまな想いをのせて、「大和」を中心とする残存艦隊九隻は、かつてのがっちりした陣形など組むすべもなく、打ちひしがれた姿で、第五十警戒航行序列を組んで航行をつづけている。

まもなく、その「大和」の中甲板艦尾付近に毛布が敷きつめられた。この三日間の対空戦闘で戦死した人たちをここに集め、水葬式の準備をするのである。

つぎつぎと運ばれてくるそれらをみると、その数のなんと多いことか――なかには、すでに悪臭をにおわせているものも多く、眼をそむけざるをえない情況であった。

戦闘閉鎖で閉めきられていた艦内は、蒸されるような暑さであったし、いまも陽は西空に傾きだしたとはいえ、熱帯のその日射しは容赦なく照りつけてくる。死体の腐敗してゆくのも、その悪臭が鼻をついてくるのもいたし方ないことであり、ただ兵たちは黙々として戦死者を運びだす。

だが、その死体のなかには、頭がないもの、胴体だけのもの、そして手や足だけがバラバラになっているものなど、区別のつかない者も多い。これは地獄の沙汰というべきで、まことに悲惨なものであった。

それでも、一応、これだけはなんとかそろえなければならない。

「おい、この足はどれだろう」

「これかなあ」

「いや違うだろう」

「これは合いそうな手がないぞ」

「こちらは足がないぞ」

……など、頭や手足のない胴体だけの死体の前に立って、呆然とするばかりの兵たちの心もつらいものであった。

こうして、下士官や兵たちは汗びっしょりになりながら、死体をそろえるのにひと苦労である。その運びだす足も重くなる。

この死体のなかに、「愛宕」の主計長林浩一主計少佐の亡骸もあった。「愛宕」が沈没したとき、林主計長は、どうにか、「岸波」の後甲板に救い上げられたのである。しかし、重油をのみすぎていたことが生命《いのち》取りになったのだ。

青木兵長は、このとき、たまたま主計長にゆき会ったのである。彼の話によると、主計長のあのいつものゆったりとした温厚なようすは、まったく見る影もなく、重油にまみれたま、「岸波」の後甲板に投げだされるようにして座りこんでいた。その姿は、あまりにも重油でまっ黒によごれているので、見まちがえるところであった。

「林主計長ですね」

と、思わず声をかけた青木兵長に、

「うーん」

と首を縦にふった。林主計長であった。

あまりの変わりようと、その疲れはてたようすに、青木兵長は顔をのぞきこむようにし、大声で呼びかけた。

「主計長！　大丈夫ですか！」

元気をつけるためにも、大きな声を上げてはげましたのであるが、

「大丈夫だ、心配するな！」と、さすがに毅然とした調子で意外にも、元気な返事がかえってきた。

それで、青木兵長もいくらか安心はしたものの、胸のうちでは、〈やっぱり、大丈夫かなあ……〉と不安な気持であったという。

その主計長も、やはり大量に重油をのみ、それが原因でついに助からなかったのである。

あの大型B24の来襲で、もっとも熾烈な対空戦闘をくりひろげたあの最中に、息を引きとっ

たという——時に、十月二十六日であった。

私が数十ヵ所に負傷して倒れる寸前、おなじ艦橋で、私の前後左右にいた見張員たちが、バラバラになってなぎ倒されたが、彼らもいま、後甲板に運びだされているのだ。

あのすさまじい対空戦闘の、あの一瞬に、バタバタと斃れていった機銃兵たち——あのバラバラになった死体も、掃き集められるようにして並べられていたのである。

さらに、忘れもしない、艦橋が爆風にやられたとき、身を乗りだしていて上半身アバラ骨だけが残っていたあの見張員も、そのままの無残な姿で並べられているのであろう。

私は動かすことができない手足がもどかしく、心のなか深く、彼らのそのときの面影に祈る想いであった。

ようやく、戦死者の死体の収容も一段落して、あたりは静かになってきた。水葬式を行なう前の静けさである。

「こんなものすごい戦闘は、いまだかつてなかった、初めてだ」と、幾多の海戦を経験してきた特務士官に言わしめたほどの対空戦闘——この三日間の激戦を、不眠不休で戦いぬき、精根使いはたした将兵たちは、さすがに疲労のきわみにあって、もはや、なかば意識朦朧の状態といった者も多かった。

死体収容後のわずかな静けさがつづいていた、そのときである。一人の兵長が、中甲板のラッタルからこの後甲板へ、フラフラの状態でのぼってきた。足どりもまったくおぼつかない。倒れんばかりの身体で、死体の並べられた後甲板を、それとも知らないようすで歩きはじめた。

汗びっしょりでよごれきったその兵長は、五、六歩も歩いたか歩かないか、死体の並べられている毛布の上でよろめいたかと思うと、そのまま死体の間に倒れこむようにして横になり、そのまま動かなくなってしまった。

……この模様は想像であるが、たぶん、そのような具合であったことであろう。そして、こんな光景をだれも気づかなかったわけである。みんな疲れきっていて、そんなことに気づく余裕はなかったのであろう。心身ともに、ぼろぼろになっていた兵たちにとってみれば、座りこめば、もう他人のことなど気にする気持もなかったにちがいない。

そのまま、しずかな時間が経過した。そして、そのわずかな休憩の後、水葬式がはじめられた。

まず、死体を確認してから毛布でくるみ、デリックでつりさげて海中へ投入するのであるが、そのとき、ふだんなら艦長はじめ幹部たちをふくめて正式の水葬式が行なわれるのである。だが、あまりにも戦死者の数が多すぎて、一人一人にそれをやっている余裕がない。

つぎつぎに水葬の行事が進んでゆく。その間にも、敵潜水艦の眼が光っているとみなければならず、その監視の手もゆるめられない。

一方で式を進めながら、死体の一つ一つを確認して毛布にくるませていた先任下士官が、ふと足をとめ、小首をかしげた。その位置は、休憩中に、さきほど、あの兵長がよたよたと倒れこんだところである。

いかに、血と油と汗にまみれてよごれきった兵隊ではあっても、戦死者とそうでない者との区別は、顔色などを見ればわかる。まして、この下士官は丁寧に確認して歩いたので、すぐ発見された。

しかし、これは兵長にとって幸運であったといえる。顔が見えないようにうつぶせにでもなっていて、万一、あわてている兵たちが、ドサクサにまぎれて毛布にくるんでしまっていたら、これはもうおしまいである。連日の戦闘の疲れで泥のように眠りこんでいるので、そのまま目覚めない場合もあろう。

死んだように眠ったまま、海中に投下されてしまえば、万事休すである。いわゆる、スマキにされた状態なので、冷たい海水で気がついても、もうどうしようもない。大変なことになる。

この兵長もそれであった。先任下士官が手でさわった程度では起きるものではない。ぐいぐい揺すっても起きない。この兵長、「愛宕」の乗組員ではなかったといわれていた。

「この野郎！　とんでもない野郎だ！」

先任下士官は、まわりの人たちが驚くような声を上げた。そして、

「起きろ！」

怒号と同時に、眠りほうけている兵長の横面に鉄拳がとんだ。これにには兵長もさすがに飛び起きて、すこしふらつきながらも直立不動の姿勢をとる。そこへ、先任下士官の往復ビンタが、おもいきり決まってゆく。

兵長はみんなの前でよろめき、死体のそばに倒れる。それを立ち上がらせて、さらにビンタを浴びせる。

最初は、まだ朦朧としていた兵長も、ようやくわれにかえり、ことの重大さに気づいたのである。そのままでいたとしたら、生きたままで海の藻屑となる——そういう事情を彼自身は、すぐ察知したようであった。

しかし、沈鬱というより、それを通りこした悲惨な水葬式の現場であり、周囲の人たちは突然の出来事とことの意外さに、しばし、あっけにとられて、この二人の光景をながめるばりであったという。

普通の訓練生活のなかで、なにかよく似た処理物にまぎれて寝こんでしまったというのであれば、これは失敗談として噴飯ものであろうが、酷薄な対空戦闘に疲労困憊のあげくの出来事であり、それも死体が並べられている場所ということで、その場はそれですんだのであろう。

しかし、成り行きしだいでは、大変なことになったという重大さに、みんなが気づいたのは、みんなの身体や精神が復調したずっと後のことであった。

「あんなビンタなら、もっと、おもいきり殴られてもよい」

「これこそ、ほんとうの価値あるビンタだ」

「まったく、命の恩人だよ」などと、そのときの模様を思いだしながら、一時期、話しあわれたものであった。

水葬式はそのあとも進み、つぎつぎと投下される死体は、白く長く尾を引く航跡のなかへと吸いこまれるように消えてゆく。その憐れさは、たとえようもない。

見ると、さっきの『水葬兵長』が、神妙にもそのようすを見つめていたという。あやうく難をまぬかれたわが身の危機をじっと心に嚙みしめているように、消えていく戦友たちの亡骸を、最後までひとり見送っていた。生と死のちがいの尊さを、彼は身ぶるいする思いで確かめたことであろう。

この水葬式も終わるころ、南の海の太陽もしだいに島の影のむこうに沈み、あたりはようやく、厳しかった一日の終わりが近づき、暮れなずみはじめた。

第十章　地獄の島に死せず

落日のセブ基地

栗田艦隊を中心とする海上部隊が、死力をつくしてレイテ突入をはかり、敵機動部隊の延べ一千機にものぼる航空機の攻撃にさらされて、味方の援護機一機あるわけでなく必死の対空戦闘をくり返しているころ、比島の陸上基地（航空隊）でも、押しよせてくる敵の艦隊にたいして、これまた必死の攻撃をくわえていたのである。

――苦闘する艦隊側では、このことを知らず、一方的な敵機の空襲下、どれほど味方機の救援をのぞんだことであったか、はかり知れないことである。

この陸上基地の一つに、福田久次郎一整曹の所属するセブ島の二〇一空があった。この基地では、ソロモン海域から転進してきた零戦部隊百機余りが集結して再建をはかっていた。しかし、まだ出撃準備も完了していなかった。

――十月十三日、米機動部隊から発進したと思われる約百機のグラマンの空襲をうけた。その後も、ひきつづき波状攻撃をこうむり、セブとレガビスの両基地は、再建途上にありながら手痛い被害をうけた。とりわけセブ島二〇一空の痛手は、深刻なものとなった。

余勢をかって、米艦載機はさらに二十一、二十二日の両日、つづけてルソン島のマニラ地区を中心に、激しく空襲した。

これにたいし、二〇一空から零戦四十二機が発進してこれを迎撃――二十七機を撃墜したのであるが、味方の損害も大きかった。空中戦により二十機、地上で十機を失うという被害情況であった。

私たちの栗田艦隊がブルネイを出撃した二十二日の朝も、二〇一空は出撃していたのである。すなわち、まず鈴木大尉を隊長とする爆装零戦隊が、その挺身攻撃隊として、彗星十機の編隊とともに、ラモン湾東方洋上の米空母群を捕捉、攻撃した。そして、数発の命中弾を浴びせ、銃撃をもくわえるという戦果をあげて帰還した。

また、そのすこし前、十月十九日にも、指宿大尉の指揮する二十五機の零戦攻撃隊が、ルソン島東方海上の米機動部隊を攻撃し、果敢なる銃撃をくわえている。

このように、二〇一空でも士気はきわめて旺盛で、弱勢や被害にもめげず、敵艦隊に対し猛攻撃を敢行していたのであるが、圧倒的に強大な米軍の物量攻勢の前には、いかんせん、これを阻止することがかなわず、いたずらに消耗を重ねるのみであった。

このまま、通常攻撃をつづけるだけでは、とうてい、対処しえない――という悲痛な空気が、陸上基地に生ずるにいたったのである。このころ、期せずして特攻攻撃を待望する声が海軍部内で出はじめていた。

おりしも、十月十九日――第一航空艦隊司令長官が交代した。そして、特攻の強力な提唱者である大西瀧治郎中将（海兵四十期）が、クラーク基地のマバラカット飛行場に到着した。

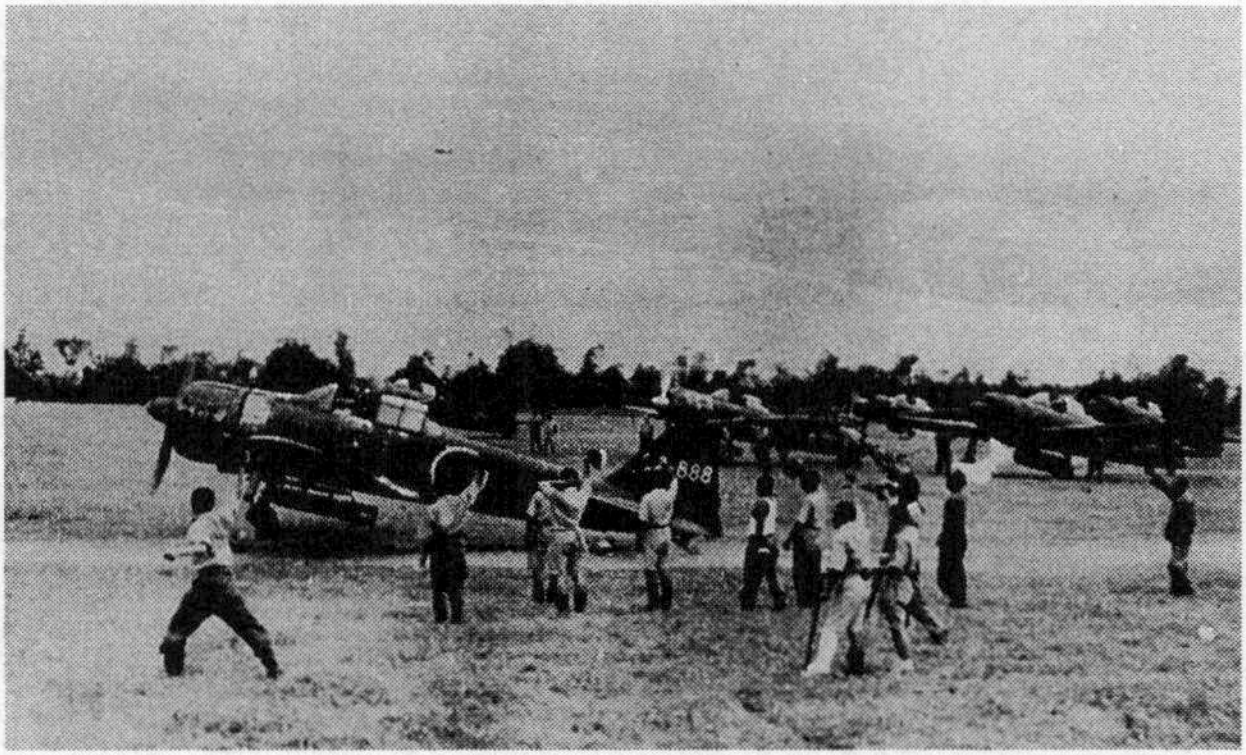

19年10月25日、関行男大尉の指揮のもとマバラカット飛行場を出撃する神風特攻隊(敷島隊)。その後、特攻は恒常化され、多くの若者たちが散華した。

——この日の十二時、大西中将はマニラの第一航空艦隊司令部に着任すると、セブ島・二〇一空の玉井副長にたいし、神風特別攻撃隊の編成を命じた。

そして、同夜ただちに、関行男大尉を指揮官とする二十四名の特攻志願者が選定されたのである。このとき選ばれた二十四人の搭乗員たちは、戦闘機乗りとしてはそろいもそろって、第一級の技術を持つ優れたパイロットであった。

翌二十日の早朝から、この関大尉の指揮する特攻隊(敷島隊)は、セブおよびマバラカット両基地より敵艦隊を求めて出撃した。しかし、この日は、おりあしく悪天候であったため、敵艦隊を発見する機会がえられず、ついに第一回は目的をはたすことができなかった。

この特攻隊での最初の戦死者は、二十一日にひきつづきセブ島基地から出撃した久納好孚《こうふ》中尉(三〇一大和隊)であった。だが、この大和隊も、戦果をあげることができず、残念ながら失敗に終わった。

――二十五日、この特攻攻撃による最初の突入が達成された。それは栗田艦隊がサマール島東方洋上で敵空母群を発見して、砲撃戦から対空戦闘と苦闘の最中にあったころである。成功したのは、敷島隊（関大尉）以下五機であった。このときの直援隊長（零戦隊機長）西沢飛曹長たちの報告によると、空母一隻（セントロー）撃沈、一隻（キトカン・ベイ）大破、巡洋艦一隻撃沈――という、輝かしい戦果を確認したという。

この第一回の成功によって、その後、特攻戦法は恒常化するにいたった。セブの二〇一空では、このあと、昭和二十年一月に、残った搭乗員を台湾に後退させ、そのほかの残存部隊となった一般兵士を飛行場西方の山中に籠城させるまでのあいだ、全搭乗員が一丸となり、特攻を敢行した。

その数二百名以上、すべて敵艦めがけて飛行機もろとも、爆弾をかかえて突進したのである。しかし、敵艦の猛烈な対空砲火の前に、敵艦への突入をはたせず、火をふいて海中に墜ちる者が多かった。敵艦に接近することすらなかなか困難で、予定どおり敵艦に体当たりの成功をおさめて突入できた者は、ごく少数であったといわれる。

このように、手痛い打撃をうけながら、さらに、特攻攻撃に出ざるをえないという陸上基地の実情では、そのころ、リンガ泊地からブルネイへと進出し、レイテへ突入せんと進撃をつづけ、対空戦闘をくりかえしていた栗田艦隊にたいする直衛にまでは、とても手がまわらなかった。敵の機動部隊にたいする攻撃で精いっぱいの状態であったのだ。

このため、栗田艦隊は二十四日からの敵機の大空襲にさらされ、戦艦「武蔵」の沈没をはじめとして大打撃をうけた。さらに、陸上基地で、あらたに特攻攻撃がはじめられているころ、栗田艦隊はサンベルナルジノ海峡を突破し、レイテ東方洋上における熾烈な対空戦闘を展開していたのである。

味方援護機皆無のまま、こうして、連合艦隊は最後の決戦を賭けたレイテ突入に失敗するばかりでなく、たちなおれないほどの大打撃をこうむるのであった。すなわち、小沢治三郎中将（海兵三十七期）の機動部隊は、本土から南下して、囮部隊としての任務をはたしたとはいえ、空母四隻を撃沈されて、主力は全滅という惨状である。

別方向から南下した志摩清英中将（海兵三十九期）の第二遊撃部隊も大被害をうけ、今作戦の最大主力の第一遊撃部隊も、その第三部隊・西村祥治中将（海兵三十九期）の七隻は、先述のとおり、レイテ突入を目前にして、待ちかまえていた敵の水上艦隊の砲撃による猛攻と、敵機の攻撃の前にほとんど全滅した。（駆逐艦「時雨」一隻だけが、かろうじて沈没をまぬかれたにすぎない）

なによりも、もっとも主力であった栗田艦隊までが、敵潜による旗艦「愛宕」の沈没を皮切りにして、対空戦闘のあげく、「武蔵」以下多数の軍艦を失い、出撃時の三十二隻という大艦隊が、なんと九隻を残すのみという惨敗——しかも、作戦そのものが完全に失敗、という惨憺たる結果におわっていたのである。

留まるも進むも死

こういうことも知らず、特攻攻撃に出撃して苦闘をつづけているセブ島の二〇一空にあって、福田久次郎一整曹は、無章（海軍の学校を出ていない者）の悲しさで、華々しい特攻作戦にくわわることもなく、飛行場正門で、航空隊の衛兵伍長として当直にたっていた。

この飛行場は、セブ市北方に位置しており、南はセブ市に隣接、西側はいくつかの小高い山をつらね、セブ島最高の標高をもつ天山に通じている。

また、レイテ西方に位置するこのセブ島は、南北約八十キロ、東西約二十キロの南北に細長い島で、きれいな海岸線にかこまれ、東部海岸の南部は、遠浅の砂浜になっている。その島内には、熱帯植物が繁茂し、一年じゅう暖かい美しい島である。

中央やや北寄りのセブの町を中心に、周囲の海岸線にそって、十キロ間隔ぐらいに集落が転在していた。戦争さえなければ、きれいな海にかこまれた、平和でのどかな島民の生活がつづいていたことであろう。

しかし、この美しい島にも、いよいよ、地獄図のごとき阿鼻叫喚の修羅場がまき起ころうとしていた。

——そのころ、敵はレイテからしだいに周辺の島々へとひろがりはじめていた。やがて、セブ島にも三万を越える米軍が上陸を開始し、セブの南につながる海岸線一帯四キロにわたり、戦車を先頭にして上陸侵攻をつづけた。

ここ二〇一空も、もはや壊滅寸前の状態に追いつめられつつあった。

福田兵曹は、航空科（整備）出身のため、航空関係以外は経験したことがないといってもいい。とはいっても搭乗というわけではなく、まして無章なので特攻作戦にくわわらなくてすみ、むしろ、無章が幸いしたというべきであったかも知れない。ここで生き残れたのも、そのおかげといえばいえるのだ。

ただ、飛行機が使えなくなってしまった航空隊では、福田兵曹のような航空科は使い道にこまる。海兵団における新兵教育時代に、基礎教育として陸戦訓練をわずかにうけたというだけのことで、こうなると、なんとも頼りない兵隊ということになる。

しかし、一兵たりとも遊ばせておけるような事態ではないのだ。こうなっては、肉弾戦以外にもう道はない。かくて、福田兵曹も急編成された陸戦隊の分隊下士官を命じられることになった。八名ほどの部下をまかされて、白兵戦に突入していったのである。

すでにそのころは、セブ飛行場の攻防に焦点がしぼられ、米軍との間で、はげしい白兵戦がくりかえされていたのだ。

セブの町は、米軍を前にして、日本陸軍の手によって焼きはらわれた。町は火と煙につつまれて全焼の状態となり、その燃えさかる炎の上空を、敵機がさかんに飛びかう。海軍の裏山陣地には、敵の艦砲射撃がどんどん撃ちこまれてくる。迫撃砲の弾丸が頭上をかすめ、周辺に爆発する。そういう厳しくもはげしい情況下にあって、福田兵曹は、陸戦隊の一個分隊八名あまりを部下として指揮をとっていた。

しかし、つぎからつぎとくりかえされる攻防戦によって、隊員は、一人、二人と戦死し、ついには三名に減少してしまった。全滅といってもいい状態で、もはや、一個分隊としての力も能力も失っていた。

すなわち、米軍はセブ市南部東海岸付近に大量の軍勢を上陸させ、すでにテントを張った宿舎などが設営されており、その周囲には頑強な陣地が構築されている。しかも、なおも上陸しつづける敵戦車にむかって突入をくりかえす若い少年兵たちも、ここへきては、ついに力つき、全滅したも同然であった。

そして、セブ飛行場南方の小高い丘も、米軍の占領するところとなり、ますます追いつめられていた。左側の海岸線一帯には、戦車がずらりと並び、砲列をしいている。その手前の海岸線ぞいには、機銃の銃口を光らせた敵の陣地が構築されている。

こうして、飛行場の裏山——天山の山中に籠城するまでには、全員が一人一人肉弾(爆薬を背負って突入する場合もある)となって戦い、二百名以上の戦死者を出すにいたった。

この裏山とは反対の西側海岸線にあった陸軍部隊もまた、敵艦隊の物量本位の艦砲射撃を浴びて、壊滅的打撃をうけていたのである。

ここまで追いつめられたうえに、さらに、じわじわとせまりくる米軍にたいし、おもいきった攻撃をかけるべく、種々作戦が練られたが、特攻以外の方法はなかった。

福田兵曹は、敵のテント宿舎の爆破を命じられた。

——そのテント宿舎は、ここ飛行場のある位置から、南方約六千メートル先に設営されているもので、その爆破目標はアメリカ軍将校宿舎であった。

この爆破計画の決行は、大隊長原口少佐の指示で、中隊長の田中中尉(予備士官)から命じられた。ふだんからとてもやさしい人格者の田中中尉に呼ばれ、福田兵曹たち三人は、命令のあと、

「頼むぞ、しっかりやってくれ！」と声をかけられた。

その声はきびしく、凛然としていたが、中尉の眼はなにか訴えるような思い入れが深く秘められているようであった。

この任務は、百パーセント死にに行くようなものである。死ぬことが任務の遂行そのものであった。火薬を背負って宿舎にとびこんで破壊する——米軍の指揮系統に損害をあたえようというのが目的であった。

中尉の眼の奥の訴えかけは、

「福田兵曹、先に死んでくれよ。おれもあとからすぐ行くぞ……」と、そう強く言っているように福田にはうけとれた。

「ハイ、行きます！」と、二人の部下を代表して、福田は大きな声で答えた。

ここに留まるも進むも、いずれまちがいなく死は訪れる。目的をともなった任務遂行で死ぬことも、男子一生の本懐であろう。「行かねばならない」——すでに何回もの修羅場をくぐってきた福田兵曹は、雑念もなく淡々とした調子で肚をきめ、部下をうながして準備にかかった。

——これが、数十年ほど前、戦いの庭に立った二十歳前後の若い日本の青年の真実の姿であった。定められた死出の道への旅仕度を、黙々とすすめる三人を想像してみてほしい。

準備といっても、武器といえるようなものはほとんどない状態で、小銃もせいぜい十人に一梃という具合に数少なく、身をまもる装備もまったくない。

一番大事なものは、火薬である。飛行場に残されて爆発をまぬかれた爆弾から取りだした黄色火薬を、みかん箱大の木箱にギッシリとつめ、これに信管を取りつけて三人がそれぞれ背負うのである。

敵兵の銃口

いよいよ出発である。火薬をつめた箱を背負って進みだした。

目的の将校宿舎は、ダジサイ海岸付近、敵上陸軍のテント宿舎群のなかにある。ここから南方約六キロの地点である。

先ごろの陸軍の焼きはらいで焼け野原と化しながら、まだ燃えくすぶりつづけているセブの町を南下し、ようやくセブの南の端の町はずれにたどり着いたが、そのころは敵の猛攻がくり返されていて、とても進むことができない。

そのため、セブの南はずれにある海軍軍需部の食糧貯蔵用防空壕のなかへ入りこみ、ひとまず猛攻の静まるのを待つことにした。

福田兵曹と同行した部下の二人は、村上兵長と坂本兵長である。この三人が分隊で生き残り、その三人がいままた、つれだって死にに行くのであった。

やがて、敵の攻撃も静まるであろう。その隙をぬって決死の爆破決行へと出発するのであるが、まだ陽は多少高く、なにぶんにも、明るい太陽のもとでは、敵の攻撃にさらされて進むことはとうてい不可能である。

ここからは、接近できる状態ではない。出ればたちまち、海岸線に待ちぶせている敵の陣地から、いっせいに機銃の狙い撃ちをうけてやられてしまうであろう。〝夜まで待とう〟と三人で話しあう。

こんなところで死んでは、まったくの犬死にで、貴重な火薬のむだ使いになってしまう。手にしている武器は、腰にゴボー剣をつるしただけで、小銃は分隊の下士官である福田兵曹の一梃だけである。

——このころは、小銃は十人につき一梃、ないし、よくて二梃という情況で、それはひどいものであった。こんなに兵器が不足して、まったくの無手勝流の兵法では、大型戦車、自動小銃という近代戦法の米軍に勝てるわけがない。夜陰に乗じての斬りこみ突入以外に、残された道はなかったのである。

めざす敵の将校宿舎まで、ここからは約二キロメートルの距離である。その海岸線右側まで接近するのは、夜陰といえども至難の業といえる。とおっていかなければならない右側の山の麓の一帯には、日本陸軍が敷設した地雷があって、これが悩みの種である。一歩でもまちがってこれに触れれば、吹きとんでしまう。自殺行為だ。といって、左側は米軍の陣地が海岸線にそってぎっしりとつづいている。

夕暮れもすぎ、いよいよ暗くなってきた。火薬箱を背負う準備にかかる。兵器弾薬のまったく不足している現況で、タテ十センチ、ヨコ三十センチ大の箱につめられた火薬は貴重品である。

この木箱を背負い、汗と泥にまみれた防暑服を着た三人の姿は、どう見ても日本の軍人とは思えない。奇妙な格好である。おたがいに見つめあいながら、笑うこともできない。

うまくこの火薬を背負ったまま突入できれば大成功だ——これは完全な特攻といえる。突入、点火と同時に、自分もふくめてなにもかも木端微塵に吹きとんでしまう。跡形もなくこの世から消えさる運命である。笑うどころではない。

「オイ、村上、坂本、手をだせ」と、暗闇の押しせまった壕のなかで、福田兵曹は部下にそっと声をかけた。

一歩外に出て歩きだしたら、もう一切、口はきけない。いま、ここで打ち合わせをするのが最後である。

「出発するぞ。これからは口をきいてはいけない。すこしでも音をたてれば、一発でやられてしまうぞ」と、しっかりと注意をあたえる。

「おたがいに、しっかりと手をにぎって、絶対に離したらだめだぞ」

「ハイ」「ハイ」と、村上、坂本がしずかに答える。これが最後の会話である。

外に出ると、空には星が光っていた。しかし、南方というところは意外に暗いのである。星明かりがほんのわずかにある程度だ。

福田兵曹は、右手に小銃をしっかりとにぎり、左手で村上兵長の手をにぎる。一番左に坂本兵長がいて、三人は一列になって進む。

……このとき、いよいよ死地に赴こうというのに、なにほどの危機感や恐怖感もわいてこない。三人とも、奇妙に、当然というふうな気持であった。それはようすでわかる。生命とか、死とか、そういうことに無感覚になってしまっているというのか。

(いま思っても不思議な心情である。しかし、これは私もおなじ心境に何度もたたされたのでよくわかる。戦いという情況のなかでは、人間でも、特別な動物的感覚に麻痺してしまうのであろうか――善悪とか正邪とか、人間らしさの最後の一線は多少残されても、恐怖とか絶望とか、そういうものが麻痺状態のなかで消え、ただ必死に行為を遂行するという精神状態になる。これは、そういう場に立った者でなければわかるはずのないものだと思われる）

あたりは静まりかえって、まったく物音ひとつしない。かすかに、海岸に打ちよせる波の音が、その静かな闇のなかから耳に入ってくる。

――熱帯の夜は、それにしても、空がきれいである。星のまたたきがすばらしい。戦争などという情況でなければ、夜明け前の涼しさのなかの夜空が、最高なのかも知れない。

いま、自分たちが突入しようとしているような出来事が、何なのか――まるで、それは遠いどこかの出来事のようにも思えてくるような、奇妙な静けさである。昨日までの自分たちがやってきた米軍との攻防戦も、ウソのように感じられてくるし、この場所が、死体の山を築いたところだとはとても思えない。

17年当時の福田久次郎上整曹。凄惨な戦場で人間性の閃きを見た。

――左手のセブの町に燃える火が、遠く夜空を焦がすのが眼に入ってくる。

福田兵曹は、そのとき、感傷にふけっていたのではない。ほんの一瞬、夜空を見上げたときによぎった流れ星のようなはかない思いであったのだろう。

さて、福田が右側、中央に村上をはさんで左に坂本と、三人は手をつないで腰をかがめ、静かに歩きだしていた。

こうして手をつないでいなければ、三人別れ別れになってしまう。この暗さでは、離れたらどうしようもない。声を出して呼ぶわけにはいかない。この静けさでは、小さな声でもすぐ敵に発見され、銃撃の雨がみさかいなく浴びせられる。もちろん、明かりなど持ちあわせはない。あっても照らすなんて言語道断――星明かりくらいでは、この真っ暗な草原では探しようがない。

静かに、暗い草原を二、三歩進んでは息を殺して立ちどまる。数歩進んではかがみこむ。このようにして、長い時間が経過する。

防空壕から一キロほど進んだであろうか。もう完全に敵の陣地の前である。すこしの物音も出せない。ここで握りあった手で合図をかわしてすこし進む。さらに前方を警戒しながら、二、三歩進む――そのときであった。異様に暗い闇のなかを、なにか黒い影が動くような気配がした。

「ダダダダ――!」と、暗闇のしじまを突き破って、張り裂けるような機銃の発射音――。バターンと身を草原にふせる。経験上、身体は、鉄板を倒すように、なにも考えず煎餅のように薄くなったかと思うほど、地面にぴったりへばりつく姿勢になる。

銃声は百メートルほどの至近距離で、前方を銃弾の光が糸を引いたような線になって流れた。こちらを、ねらったのであろうか……。しばらく静寂がつづく。

海岸に打ちよせる波の音が、また、あたりの静けさをとおって、静かに耳につたわってくる。眼を闇のなかで怒らせ、歯を食いしばって警戒するが、なにごともない。不気味な緊張した時間がすぎてゆく。それは、長い長い時間の経過に感じられ、息をのむ思いである。

実際は、二十分か三十分か、それくらいは息をも忍ばせての我慢をつづけていたが、その間、なんの動きも感じられない。

そっと指で合図を送り、さらにしばらくようすをうかがったあとで、ふたたび手を握りあって中腰に立ち上がり、二、三歩、歩きだした。

そのときである。これを待ちかねていたかのように、

「ダダダダ——！」と、前にも増して、眼のくらむような閃光が、左側の海岸に面した敵の陣地からきらめいてきた。機銃の一斉掃射である。

ダーッと、三人いっしょに地面に身をふせた——というより、こんどはふせるどころか、地面にたたきつけられたのだ。一瞬早く、「グワーン！」という耳を引きちぎり、鼓膜をやぶらんばかりの大音響とともに、あたり一帯が瞬間、真昼のように黄色く輝いた。閃光が炸裂するように飛び散った。

坂本か村上か、どちらかが背負っていた火薬が爆発したのである。

アーもスーもない。爆風に吹き飛ばされ、地面にたたきつけられるその刹那、福田兵曹の眼の端に、敵の陣地で機銃をかまえて仁王だちになった米兵の影が、二人いや三人ほど、閃光のなかに浮かび上がったという幻影が焼きついた。

福田兵曹は、草原に横倒しになったまま気を失ってしまった。

どのくらいの時間がすぎていったのであろう。福田兵曹はふと眼を開き、強い脱水感が身体じゅうにひろがるのを感じながら、しばし、呆然としていた。

眼のなかに、あたりのうす明かりがうつり、〈夜明けが近いなあ〉と思う。なにがあったのか、一瞬、とまどう思いであったが、身体じゅうの痛みですべてを思い出す。とび起きることはできない。そおっと身を起こすようにして草原からようすをうかがうと、福田兵曹のその朦朧とした眼に、敵兵の銃口が、いくつかこちらにむかって光っているのが見えた。

それらは不気味に光り、倒れぎわの敵兵の幻影とかさなって、ふたたび地の底に引きずりこまれるような錯覚が神経を交叉した。

〈このままでは、やられてしまうか、捕虜になってしまうぞ……〉と、部下の二人を気づかいながら、身をふせたまま考える。

しかし、いまは、自分の身をどう処置するかが先決であった。当時の日本軍の教育は徹底して虜囚の恥をうえつけ、その辱しめをうけざることを強制していた。

〈万事休すだ。突入して撃たれて死ぬか、このまま自決するしかない〉

肚がきまれば、心に落ち着きがもどる。自分の身のまわりを見ると、本能的なものか、あるいは、兵隊としての悲しむべき責任感からであろうか、自分だけが持っていた小銃を、胸にしっかりと抱きかかえていたのだ。

〈よし、これで自決しよう〉と、すぐ決断したが、頭の中は朦朧として運動感覚がにぶい。見ると、全身血にまみれた状態で、身体全体が痛む。が、この場合、どこをやられ、どこから血を流しているのかなど思いもおよばず、そっと、まず手を動かしてみた。

――すこしずつ動くではないか。足も動くし、腰のあたりも動かせる。動けそうにもないと思ったのが、正気を取りもどすにしたがい、意外にも全身が動かせる。

〈よし、これならやれるぞ……〉と思う。逃げ道はない。だが、肚にきめた自決というのはゴボー剣では無理――小銃なら、このまま横たわった姿勢でできると思いついた。

抱いていた小銃の銃口を、そのまま喉にあてがい、足を動かして右足の親指で引き金を引こうとしたが、地下足袋の指先が、なかなかいうことを聞いてくれない。どうにか引き金にとどいたが、こんどは足の指がすこし大きくて引き金の孔に入らない。そうこうしていて、右足の地下足袋を脱ごうと、すこし身体を起こしかけた。

――そのとき、起き上がりかけた福田の眼に、倒れている人影が入った。四、五メートルも先であるか、うす明かりをすかして見ると、坂本らしい。仰むけになっているようすがすこしうかがえる。

すると、爆発した火薬は、村上兵長のだったのだ。中央にいた彼は、腹から背中にかけて撃ちぬかれたのだ。そして背中の火薬に機銃弾が命中し、爆発したのだ。その村上兵長の手を握っていた福田兵曹と坂本兵長である。爆発で、吹き飛ばされたのだ。

〈よく助かったものだな〉と、一瞬、思ったが、坂本のことが気になり、自決をやめて、思わず小銃をおいて立ち上がろうとした。（この小銃をおいて、手ブラになったのがよかったのだ。それを持ったままであったら、一撃のもとにやられていたのであろう）

思わず立ち上がったのだが、歩けるではないか――それでも、すこしよろけながら、敵に見つけられることもなく、坂本兵長のそばに行きつけた。彼も生きているようだ。

坂本兵長の頬を、そっとペタペタたたきながら、耳もとで小さく、「坂本、坂本」と呼びかけた。坂本兵長はふと眼をあけ、とまどったような顔で福田兵曹を見つめた。その血だらけの顔が急にゆがむ。なんとも表現のしようのない瞬間であった。

〈これでよし〉と、あとのことはなにも考えないで、周囲をそっと見まわすと、すぐ近くに村上兵長の亡骸が転がっていた。(この表現が、その現場にはぴったりである)

そのときまで気づかなかったのか、血の臭いがすこし鼻をつき、あたりは血糊がとび散る惨状をさらしていた。

その中に、身体ごと爆発した村上兵長の、二本の足をつけた腰から下の部分が横たわり、二、三メートル先には頭が転がっていた。眼のやり場のない無残な情景に、福田兵曹はさすがに息をのんだ。胸から腰にかけて吹き飛んで、肉片すらもなくなっていた。わずかに、腰の部分が残った二本足の死体になってしまったのだ。

坂本兵長もすこし身を起こして、じっと見つめている。静寂がひろがる。

異常なる点景

夢中で動いてきたのであるが、冷静になってみると、今は敵の銃口の目前である。幸い、敵はまだ気づいていないようである。低い姿勢で腹ばいになり、これからのことを考える。

坂本兵長も、そういう福田兵曹を見ている。

あたりはさらに静かだ。夜が明けはじめている、どんよりとした熱帯の空気は、それでもすこしは冷えて、それが重く感じられる。その中に三人の血の臭いがうっすらと混じって、異様であった。

そっとのぞくと、敵の機銃の銃口が、やはり、こちらをむいたまま、不気味に黒く光っている。気づかれれば、一発で仕とめられてしまうであろう。あの爆発で、完全に死んだものときめてかかっているにちがいない。しかし、いつまでもこうしていられるわけではない。明るくなれば、もうどうしようもなくなる。といって、捕虜になることは絶対にいやだ。福田兵曹は肚をきめた。

〈やるだけだ――。死んでもともとだ〉と、坂本兵長の顔を見た。

以心伝心というものであろう。二人とも、無言のまま身を起こした。〈どっちみち、歩くのも精いっぱいであろう、やるならやってくれ〉という気持が、二人の間に知らずして流れた。

福田兵曹はすこし歩いて、村上兵長の頭を抱きかかえた。坂本兵長は黙って、村上兵長の二本足だけの亡骸を両手でにぎると、捨て鉢にそろそろ歩きだした。

もう運を天にまかせたのだ。（小銃はそのとき、見あたらなかった。目についても、重い頭を持っていてはどうしようもない。この近くの荒れ地の草むらのなかにころがっているのであろうと、捨ててゆくことにした）

〈そんなものより、この村上の頭のほうが大事なんだ〉と、福田兵曹はそのとき、無性にそう思っていた。

死を覚悟のうえで立ち上がり、歩きだしたのに、――そのとき、不思議なことが起きた。

すぐ、数人のアメリカ兵が立ち上がった姿が、チラッと眼に入ったのに、そして、機銃と自動小銃をかまえた姿であったのに、撃ってこなかったのだ。

二人にとっては、予想もしなかったことである。それぞれ死体を抱えたままで歩いてみるが、なにも起こらない。

そっと見ると、どうやら黒人兵らしい。やはり、機銃と小銃をかまえている。それが朝の光のなかに浮かび上がっていた。いまにも弾丸を発射する姿勢である。しかし、まだ撃たない。

〈これはなんとしたことだ〉と、福田兵曹は一瞬、そう思ったが、身体じゅうの痛みと疲れが精神まで麻痺させたのか、もうどうともなれとばかり、坂本兵長をうながしてのろのろと歩きだした。

それでも撃たない。不思議であった。（これは、アメリカ兵にしてみれば不思議なことではなかったのかも知れない。死んだものと思っていた日本兵が、死んでまっぷたつになった戦友の死体を置き去りにしないで抱えながら、自分たちも血まみれになって歩きだしたのであるから、彼らの思想からすれば、当然の行為であったともいえるのか——）

しかし、福田兵曹にとってはそうではなかった。

「あれから四十年もすぎた現在でも、忘れようにも忘れられるものではないですよ！」と、当時を思い出しながら、感慨に声をつまらせて、私に話を聞かせてくれた。

「おれは、あのときのことは一生忘れないよ。忘れようとしたって、忘れられるものではないよ」

「福田！　そのアメリカ兵たちは、お前の命の恩人なんだなあ！」

私も思わずそう言った。

「いやあ、そうだよ、本当だよ。あのとき、一発撃たれていたら、もうだめだったよ。いまのおれはないよ」と、福田はしみじみ述懐した。

「機銃をかまえている黒人のアメリカ兵たちの中央に、帽子をかぶった白人の士官が立っていたなあ。彼らは五、六人はいたよ。おれたちを見ていたよ。撃つ気があれば、まったく簡単だものなあ」

「どんなふうに歩いたんだよ」

「うん、歩くなんてもんじゃなく、金縛りにあうように、動きにくかったよ。どこをやられたのかわからなかったが、身体じゅうは痛むし、村上兵長の頭は抱えているし、なにより、後ろから撃たれる、いつ撃たれるかと、死神に後ろ髪を引っぱられるというのは、あのときのようなことだよ」

「どのくらいの距離だった？」

「いやー、百メートルぐらいかなあ、もうすこし近かったかな、はっきりとアメリカ兵の顔が見えたんだよ。青いきれいな服を着て、帽子をかぶっていたよ」

「それで、結局、どうなったんだ」

「撃たないでくれ、撃たないでくれと、こんどはすこしずつ離れるにつれて、そう祈るような気持になっていったんだ。坂本と二人ならんで、村上兵長をそれぞれ抱いて、そろそろ歩いたよ。足がガクガクして、背中のほうが凍るような冷たさで、もう、どう表現していいかわからんね、怖いもんだった――もう、二度と米軍のほうは見れない、見るのが無性に怖くてね」

「そうだろうなあ、さぞ身がちぢむような思いだったんだろうなあ」

「そりゃー、もう、口なんかで言いあらわせるようなもんじゃあないよ！　足を前に出すのがようやくだった。身体じゅうがガクガクしているし、撃たないでくれ、助かりたい、と思うようになってくると、さらに怖くなってくるもんだよ」

「そうだろうなあ」

「しかし、あとですこしわかってきたんだが、アメリカ人というのは、無抵抗になった人間は、たとえ相手が敵兵でも攻撃しないということだ。例外はあるだろうけどね」

「小銃を持っていなかったのが、よかったんだろうね」

「うーん、あのときは、坂本を見つけて、思わず小銃を下においていったんだよ。あとではもうさがす余裕もなかったし、だいいち、あの重い首を持っていたんではねえ。でも、小銃を持っていたら、まちがいなくやられていたよ」

「そういう教育が徹底しているんだね。だから捕虜の取りあつかいなどについても、根本的に考え方が違うんだろうね」

「うん、そうだそのとおりだ。ヒューマニズムというのか――おれは、いまでもあのときのアメリカ兵に感謝しているよ。黒人兵もそうなんだが、とくに中央に立っていた白人士官が発砲のかまえをしていた黒人兵を手で制して、止めさせていたよ、手を横にふりながら、なにかしゃべっていたようだった――そんなふうに、チラッと見えたよ」

「うん、眼に浮かぶようだよ」

「それとはべつなんだがね、あのすさまじい上陸戦の後も、アメリカ兵はどんな危険をおかしても、味方の負傷兵はもちろんのこと、戦死者の死骸も、かならず収容にきたね。あれも見習うべきだよ」

「戦友愛だねえ！」

「日本軍にはいろいろ問題があったね」

……夜は十二時をすぎようとしているのに、私たちは四十年前の話に夢中になっていた。

夜はさらにふけていった。

――そのとき、朝の太陽が、東の水平線上に顔を出しはじめ、海面が淡く朱に染まりだした。それが、しだいに上と横にひろがりをみせたのが、生の証《あかし》のように福田兵曹の眼に映った。

坂本兵長と二人、ならぶようにして歩く後ろ姿を見つめながら、アメリカ兵は一発の銃弾も撃ってこない。

なにしろ、福田兵曹が抱えている首は、向こう側になって見えなくなっているが、坂本兵長が抱くようにしても引きずるようになる、村上兵長の胴体のない腰から下、足二本の死体は見えているはずだ。

それは夜明けの眼に染みるような景色のなかで、異常な点景（人物画）であったにちがいない。

福田兵曹の眼には、その顔の色、服の色で、黒人兵と白人の士官とのちがいがわかるほどの距離であった。その真ん中にいた士官らしい白人兵が、すこし後ろをむいて、手をあげて横にふりながら制止している姿も眼にしているのである。

そして、ついに最後まで撃ってこなかった。よろよろと歩いてゆく二人の日本兵を、彼らはどのような気持で見ていたのであろうか。そのあと、どんな会話をかわしたことであろうか。

「あれを撃つことができるか！」

「日本兵もすごいな」

「へーイ、ぶじに行けよ！」

……明日はわが身。そんな言葉がアメリカにあるのかどうかは知らないが、戦後に知った陽気なアメリカ人の性格を思うと、いくつかの会話がかわされたにちがいない。

悲しき兵隊

二人は荒れた草原を進む。

もう、この付近には陸軍の斬りこみ隊が何組も進出している。しかし、そのほとんどが、火薬も持たず、全滅にひとしい状態であった。

その生き残った兵隊たちが、ぼろぼろになった服装で、血と汗と泥にまみれてぶっ倒れていた。

「海軍さん、もうだめですよ」

「行けませんよ」と、米軍の陣地を見やりながら、これも引きかえしてゆく。

福田、坂本の二人は、所期の目的はたっせられなかったものの、こうして、どうにか裏山の麓にある陸軍の防空壕までたどりつくことができた。村上兵曹の亡骸を収容できたことだけでも、せめてものことであった。

この亡骸の処置をしたあと、二人はここに二日間とどまることになる。米軍の猛攻がはじまり、一歩も動くことができなかったのだ。ようやく助かった生命も、一時間ももたないうちに危険にさらされることになった。この二日間、陸軍の兵隊たちとすごしたのだが、彼らは、味噌に熱湯をそそいで、それを飲んで飢えをしのいでいた。ここもまた地獄であった。干からびた兵隊たちの集団であった。

福田、坂本の二人の海軍兵も、この味噌だけのお湯をもらい、それで二日間をすごしたのであるが、〈これでよくもつものだ〉と、感心する。これではとてももたない。あまりに腹がすいてたまらないので、夜明けともなると、椰子の実をとりに木登りをするありさまで、危険ではあったが背に腹はかえられない。

坂本兵長が負傷の身にもかかわらず、椰子の木に登った。実をとろうとしたところへ、思ったとおり狙撃され、血を流しながら転げ落ちてきた。幸い軽傷であったが、二日前にようやく拾った生命を、こんなことで粗末にするものではないと反省しあった。

――このころになると、陸軍も海軍も斬りこみ隊は同じように三人一組になっていて、何人かの敵兵を殺傷したり、宿舎や武器倉庫、火薬庫に火をつけたり、あるいは、食糧や弾薬などを奪ってくる。

この三人一組という構成のなかには、士官以上は一人も入ったことがない。すべて、下士官に指揮をとらせて突入させるのである。

当時、それをあたり前としてうけとめ、兵たちは突入し、死んでいった。特攻機の搭乗員のなかには、士官も加わっていたが、それでもほとんどが下士官以下であった。兵たちは、日本の軍隊の場合、人的資材、人的兵器、いわゆる消耗品としての取りあつかいでしかなかったのか。それほどに、士官たちは後に残ることが多かった。

福田兵曹と坂本兵長の二人は、その後、敵の猛攻の静まるのを待って、ひそかに後退し、航空隊が最後の陣地としていた飛行場裏山にもどった。

そこは、山をくりぬいた馬蹄形の防空壕で、その一番上にある特別に指揮官用につくられた壕にいき、大隊長原口少佐のもとにたどりついた。突入の結果報告である。

原口少佐は、福田兵曹の悲惨な戦闘報告を聞いていたが、ただ黙って聞きながら、うなずくばかりであった。すこし悲しげではあったが……。

――米軍将校の宿舎破壊に、どれほどの成算をみ、どんな成果を期待していたのだろうと、そんな変なことが福田兵曹の頭に浮かんでいた。それでも一気に報告する。

大隊長は、最後にひとこと、「御苦労だった、下へいって休め」と、労をねぎらった。

坂本兵長と二人で、一般の兵たちがいる防空壕におりてきたが、そこは湿り気も多く、むんむんと蒸しかえっていた。

すわりこんだ福田兵曹は、だれとも話したくなく、出発からいままでの成りゆきを思い出していた。そして、〈自分はなんのために、なにをしたのだろう……村上兵長のあんな無残な死はなんだったのだろう……〉と、考えあぐむことと は知りながら、じいっと壕のなかにすわりつづけていた。

それにしても、死体が山積みにされていた陸軍の防空壕のわきにおき、冥福を祈ってわかれてきた村上兵長のあの頭と腰から下だけの亡骸は、どうなったか、どうなるのだろう……と、そのことが浮かんでくると、もう、そのことばかりに気持が集中し、いつまでも福田兵曹の脳裡から離れなかった。

——このようにして、比島セブの飛行場でも、最後の苦戦が強いられ、しだいに、米軍に追いつめられていったのである。

終章　惨たる敗北のなかから

栗田艦隊の終焉

南シナ海にぬけた栗田艦隊にたいし、敵の偵察機の接触は依然として、つづいている。執拗に艦隊の頭上に姿をあらわし、その行動を追っているのだ。

いっぽう、味方機はなかなかあらわれない。栗田長官が比島の陸上基地にたいして要請しているにもかかわらず、この傷だらけの残存艦隊を直衛してくれる飛行機は、いっこうに姿を見せてくれない。

二十六日のこれが最後になった空襲の場合も、ついに姿をあらわさず、栗田艦隊は対空砲火で苦闘するしかなかった。その後、「大和」を中心とする残存部隊は、敵大型機B24の攻撃圏外へ逃れでるために、南シナ海をさらに大きく西へと迂回することになる。

——翌二十七日、午後二時五十五分、ようやく味方の直衛機がきてくれた。そのとき、姿を見せてくれたのは六機で、敗残失意のこの無残な栗田艦隊の姿を、その搭乗員たちはどのような思いでながめたことであろうと、重傷の身を横たえていた私はしみじみ想像したものである。とはいえ、この上空直衛の開始は、栗田艦隊をほんとうにほっとさせた。

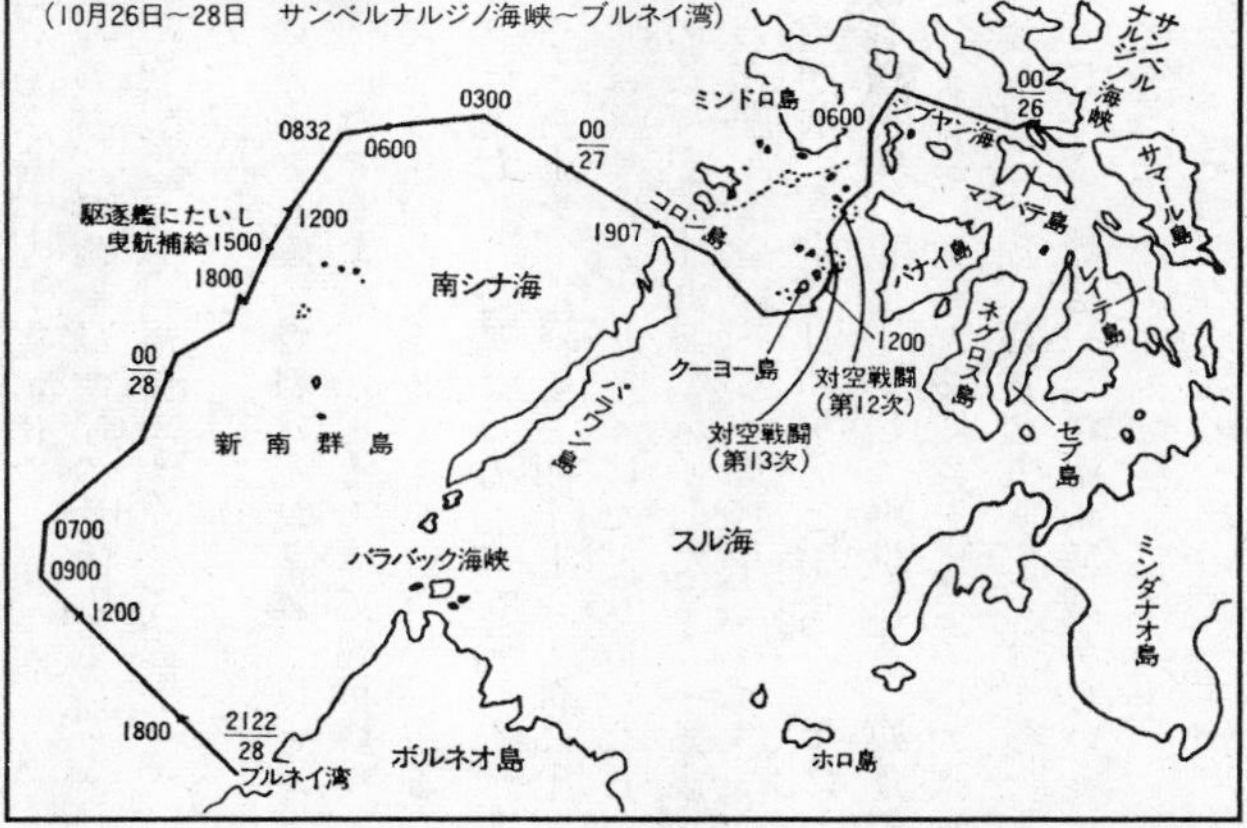

第一遊撃部隊行動図

それにつけても、その出現のなんと遅きに失したことであるか。その出現はあまりにも遅く、まことに時機を失したものであった。なにしろ、その後はまったく敵の空襲はなかったのであるから。

しかし、直衛機があらわれてからは、それまで、つかず離れずに接触をつづけていた敵の偵察機の姿は、艦隊の頭上から消えた。

飛行機を撃退するには飛行機をもってするのが、もっとも有効な手段であることを如実にしめした。敵側からすれば、このたった九隻の残存艦隊の息の根をとめることを考えていたのかも知れず、そうであれば、直衛機出現はたいへん効果的であったといえよう。

なにはともあれ、敵機の影が消えたのを確認した栗田艦隊は、燃料切れになりかかっていた駆逐艦にたいし、応急処置として、戦艦などから曳行補給を行ない、その後、偵察機にかわって、これまた執拗につきまとう敵潜水艦の意表をつく行動に出た。

すなわち、新南群島西側の危険堆《たい》（海面下で、山状または丘状になっている水深の浅いところ。潜水艦の出没できない海面である）を縦断して、二十八日の午後九時二十分、ブルネイ湾に帰投した。

このとき、各艦の燃料はそれぞれ、ほとんど底をつく状態であった。もう一日でも帰投が遅れていたとしたら、九隻そろって燃料切れとなり、海上に立ち往生するところであった。もうぎりぎりのところまできていたのである。

その実態は、つぎのようなものであった。燃料使用可能なものとしては、戦艦で百八十八〜一千三百トン、巡洋艦で四十トン〜百九十トン、駆逐艦は百〜百五十トンという実情で、これでは、やっとブルネイにたどり着いたという状態であった。

その後、翌二十九日に入泊してきた「妙高」「長波」などの後続艦をくわえ、第一遊撃部隊の残存艦隊は全部そろった。

一週間前、二十二日の午前と午後の二手にわかれ、このブルネイを出撃したときの艦隊勢力は戦艦七隻、重巡十一隻、軽巡二隻、駆逐艦十九隻で、その総数三十九隻という陣容であった。まさに、堂々たる威容をほこった大艦隊であったのに、それが、いまや戦艦四隻、重巡三隻、軽巡一隻、駆逐艦九隻、計十七隻というさびしい陣容となり、はじめの半分以下、中味としては、戦艦や巡洋艦の激減からいって、三分の一から四分の一という極端なかわりようであった。

しかも、その残存艦隊の一艦のこらずが、大破、中破、または、小破していたのであるから、戦力としては四分の一といっても大げさではなかった。一艦一艦それぞれが、外舷に大小の破口をつくり、船体は傷つき、マストが傾くというふうに、哀れな姿にかわりはてていた。

今次作戦における栗田艦隊の被害の全貌は、つぎのとおりである。

〈沈没〉＝戦艦三隻（「武蔵」「山城」「扶桑」）、重巡六隻（「愛宕」「摩耶」「鳥海」「筑摩」「鈴谷」「最上」）、軽巡一隻（「能代」）、駆逐艦六隻（「山雲」「朝雲」「満潮」「野分」「早霜」「藤波」）、油槽艦二隻（日邦丸、厳島丸）

〈大破〉＝重巡四隻（「高雄」「妙高」「熊野」「利根」）、駆逐艦一隻（「時雨」）

〈中破〉＝戦艦三隻（「大和」「長門」「金剛」）、軽巡一隻（「矢矧」）、駆逐艦一隻（「清霜」）

〈小破〉＝戦艦一隻（「榛名」）、重巡一隻（「羽黒」）、駆逐艦六隻（「岸波」「沖波」「秋霜」「鳥風」「浦風」「波風」）

〈被害軽微、また、ほとんど損傷のないもの〉＝駆逐艦五隻（「長波」「朝霜」「浜波」「磯風」「雪風」）

このようにして、レイテ沖海戦の主力たる栗田艦隊は、このときすでに壊滅状態であり、事実上、連合艦隊は存在しないという情況に変貌していたのである。

この損傷をうけた軍艦の修復問題もあったが、戦闘後の緊急問題として、いかに負傷者を処置するかが検討された。

まず、いったん負傷者は、大破していた重巡「利根」に収容され、そのあと重巡「妙高」入泊とともに、これに移乗させられた。そして、おなじく大破している「妙高」の修復もかねて、シンガポールへとむかったのである。

重傷を負っていた小柳冨次少将（参謀長）も、このとき、「妙高」でシンガポールに運ばれたのだが、私も、このおなじ「妙高」の魚雷発射管室に、身動きできない重傷の身を横たえていた。

そして、めくれあがった大破口をあらわにする外舷にあたってしぶく海水の飛沫を浴びる鉄甲板の上で、じっと激痛をこらえながら、走馬灯のように映っては消えするさまざまな心の影を追っていた。

また、これとはべつに、沈没した艦の生存者の問題があった。海軍の本部というより、当時、内地の大本営としては、このレイテ沖海戦の敗北を国民に知られたくないという事情があり、その隠蔽措置として、下士官や兵たちを人的消耗の方向で処置する策をとった。

まず、沈没艦の生存者の大半を、潜水母艦「迅鯨」などに便乗させ、マニラ経由でそれぞれの母港へ送還したが、このなかの横須賀に送られた下士官・兵の全員を、久里浜（横須賀近郊）の第二海兵団などに設営された仮兵舎に、ひとまず収容することにした。

これを隠密裡にすすめられ、下士官・兵たちは隔離同然の状態で収容されていた。そのうち、そのほとんどの者は、やがて到来するであろうと予想された本土決戦に備えるための、特訓の短期修得に入った。

すなわち、一人ないし二人乗りの爆装モーターボートである特攻艇や、五人乗りの特殊潜攻艇「蛟龍」などに乗り組んで、みずからの身体もろとも敵艦に突入する特攻要員として訓練にはげんだのである。しかし、生存者の一部は、残存艦隊や陸上部隊にも配属された。

なお、ここで特記しなければいけないことがある。巨大戦艦「武蔵」の生存者たちのことである。これは、前述の生存者とはべつに、例外的な措置がとられた。

それは、世界に誇示した巨艦「武蔵」が沈没させられたという事実を、国民に知られるのを恐れた海軍中枢部がとった措置であり、いまから思うと、まったく不必要、かつ、非人道的な措置であったと非難されてしかるべきであろう。

この「武蔵」は、最大の犠牲者を出している。乗組員総員二千二百九十九名のうち、一千二十三名が戦死し、「武蔵」とその運命をともにして海底に沈んだ。しかし、残りの生存者一千二百七十六名は、駆逐艦「清霜」と「浜風」に乗せられ、マニラへむかったのである。

彼らは、コレヒドールの山腹につくられた仮兵舎に隔離され、副長加藤大佐を長とする加藤部隊と名づけられた。しかも、この部隊はその後、いくつもの小さな部隊にわけられ、それぞれ、別々の方向に散っていった。

その中に、マニラ地区のクラーク飛行場の作業員として、使役作業に従事した三百二十名あまりがいた。彼らは武器というものを所持していないので、すぐ突撃隊に編入されてしまう。そして、セブ島飛行場のあの福田久次郎兵曹らとおなじように、敵上陸軍にたいする最後の肉弾戦に使われた。

にわかづくりの爆薬を手に、あるいは、それを背負い、突進してくる敵の戦車のキャタピラめがけて飛びこみ、四散玉砕したのである。

このようにして、戦艦「武蔵」の生存者たちは、最終的に生き残り、内地に生還した者はまったくといっていいほどにすくなかった。これも最新鋭の巨大戦艦に乗り組んだ兵士たちの、皮肉にも悲しむべき運命であった。(といって、すむべきことではないのであるが……)

下士官や兵たちに関してはさることながら、艦隊の首脳部の人たちはどうであったか。

まず、栗田健男長官は海軍兵学校の校長へ転出した。森下信衛「大和」艦長は第二艦隊参謀長、荒木伝「愛宕」艦長は水雷学校の教頭、根岸実「愛宕」副長は横須賀海兵団副長、さらに石田恒夫「大和」主計長は第二艦隊副官へと、それぞれ新しい任務についた。

かくて、勇壮をほこった栗田艦隊の陣容は、このレイテ沖海戦を最後として、名実ともに終焉をつげたのである。

残存艦隊は、中破した戦艦「大和」を旗艦として、伊藤整一中将をあたらしい長官として迎えるとともに、新任務についた。その後には、第二艦隊としてその任務を遂行するわけであるが、最後は、沖縄水上特別攻撃隊となり、七隻の軍艦を率いて突入玉砕するのである。

反転への証言

私は、レイテ沖海戦が終わった直後から、四十年あまりもの長い間、あの海戦時、想像を絶するような激烈な対空戦闘のさなかに決行された反転の真相、真の意味を確認したいと思いつづけてきた。

あの「大和」艦橋で、十数個の弾片や鉄片を身体に食いこませて重傷を負うという、私自身、そのまっただなかで体験した海戦であるだけに、そのときの諸般の事情にも通じているつもりであり、一兵曹という立場ではあっても、自分なりの推理や判断をくり返し、また、いろいろな関係書や資料も参考にしたりしたが、いまひとつ、はらふくれるまでにはいたっていなかった。

このままではなんとしても納得することができず、考えあぐねていた。そして、何人かの戦友と話しあってみたが、あのときの貴重な生存者の一人であり、数すくなくなった将官級の老紳士に会うことになった。

いまから四十年前、レイテ沖海戦において、唯一の砲撃戦であったあの敵空母群にたいする攻撃のさいに、栗田艦隊の先頭を切って突進し、その勇壮ぶりを、私の眼や心にくっきりと焼きつけた重巡「利根」の艦長、黛治夫大佐その人である。

私は、太平洋戦争唯一のチャンスであった水上艦隊の決戦の砲撃戦で、死の水平線めがけて全速力で突進した「利根」の艦橋にあって指揮をとっていた、あの黛艦長に会うことができた。当時の心境が聞けるという、願ってもない機会であり、心わく思いで約束の場所に急いだ。

昭和五十九年二月初旬に、その約束がとれていた。そのとき、案内役を引きうけてくれたかつての同年兵、小勝郷右君から、

「小柄だが、以前の海軍大佐、『利根』の艦長の面影は消えていないよ」と、聞かされていたので、さらに楽しみにしていた。

当時の数ある艦長のなかで、海軍きってのはりきり艦長といわれ、『ライオン艦長』という異名をもっていたこの海兵四十七期の海軍大佐は、世が世なら、名提督として連合艦隊に君臨していたことであろう。

ただ、私はこの人の下で働いたことはなかった。しかし、噂はよく耳にしていたし、なによりも、あの砲撃戦における若武者のごとき勇壮果敢な「利根」の姿、その艦橋上に指揮をとる艦長としての黛大佐の印象は、一生忘れえるものではない。

その待望の日がやってきた。――昭和五十九年二月二十一日、その日、横須賀線・横浜駅の改札口付近には、冬の冷たい風が吹きぬけていた。その乗車券自動販売機を背にして、太めのステッキを右手に持ち、一人の老紳士が立っている。

その人は、絶え間なく出入りする乗降客に眼をくばる。その眼光はするどく、見ると、そのいでたちは異様にさえ映るものであった。かけている眼鏡は、右目が普通のレンズであったが、左目が濃いサングラスで、一見、ダヤン将軍を思わせる。

小柄であるが、精悍な体つきのこの異様な眼鏡の老紳士こそ、いまをさる四十年前の「利根」の艦長、あの南の海をまっさきに突進し、艦橋上にその指揮をとっていた黛治夫その人であった。

私は、おもわず息をのむ思いで、この人を見つめた。私も六十当歳の年配者であるが、胸がめずらしく高鳴る思いであった。小勝君と私は、すぐさま駆けよっていき、黛艦長と固い熱い握手をかわした。

「よう、元気だねえ」

戦後39年、著者(中央)はレイテ沖海戦の生き残り艦長・黛治夫氏(左)と面談した。栗田艦隊反転に対する著者の疑問等は、この折りに払拭したという。

　その声は、海で鍛えたそのものの声であり、にぎった艦長の手に、ぐっと力が入っているのを熱い思いで感じた。すこぶる元気なようすであった。

「よく死ななかったねえ」

　艦長は、まず私にそう話しかけてきたが、この言葉にはいろいろな意味がこめられていたのだ。私の眼を見つめる艦長の眼に、今日こうして会合するにいたった心組みが、しっかりと、しかも、暖かく語りかけてくるようにみえた。

「軍医長もくるよ」

　——かつて、黛艦長の部下であった天野俊三軍医中佐である。こういう配慮もとってくれていたのである。まもなくあらわれた軍医長をくわえて、私たち四人は、うちそろってタクシーに乗り、週末で混雑する大横浜の町並みのなかに、胸はずませて入っていった。

　——ちなみに、発車は待ち合わせ時刻の午後二時ちょうどであった。敗戦後、海軍が姿を消してから三十九年がすぎているというのに、「五分前」という海軍精神は立派に生きていたのである。冬の風冷たく吹きぬける待ち合わせ場所に、老紳士はもとより、私たちは五分前に落ちあっていたというわけで、なんとなく微笑ましいひとときであった。

ほどなく、横浜は伊勢崎町の繁華街に入っていった車は、その町筋の一角にある、小ざっぱりした『かつ半』という割烹料理屋の前にとまった。

その店の二階の一室にむかいあって座った四人は、四十何年前に、太平洋戦争を海軍でともに戦った仲間である。それも、あの巨大戦艦「大和」や「武蔵」を中心とする連合艦隊にあって、最後のレイテ沖海戦における、あの厳しい対空戦闘をくぐりぬけてきた体験を有する二人が、はじめて、ここに会う機会をえたのである。

四人とも、戦後はそれぞれの道を歩み、ひとくちでは説明できようもない苦難の道を切り開いてきたと思われる。

まず、くり返すまでもない。ダヤン将軍を彷彿させる片眼サングラスの老紳士、かつての重巡洋艦「利根」の黛艦長。つぎは、黛大佐が水上機母艦「秋津洲」の艦長時代に軍医長をつとめた天野俊三軍医中佐である。あと二人は、私とは同年兵（十五徴）で、軍医長とおなじく「秋津洲」時代に黛艦長の部下であった小勝郷右上曹と、私である。

黛大佐のことをすこし紹介しておこう。

大佐は、海軍砲術学校の教頭を二回も勤めたほどの、海軍きっての砲術の権威であり、かの三式弾の開発者であるともいわれた。（三式弾とは、主砲の対空砲弾で、時限信管で爆発する仕組みになっている。戦艦「大和」の場合、一発の三式弾のなかに約一千個の核焼夷弾が内蔵され

ていて、それが花火状に爆発する。その直径五百メートルという偉力ある砲弾であった）

また、ライオン艦長の異名をもつ豪放なる武官であった反面、当時としてはめずらしいほどに兵隊思いで、その心遣いを忘れないやさしさを、つねにしめした艦長といわれている。たとえば、そのエピソードのひとつに『リノリウム甲板磨き』がある。

軍艦では、戦時中といえども、甲板手入れなどはきびしく行なわれた。重巡の上甲板『リノリウム』の真鍮の押さえガネは、いつもピカピカに磨かれていなければならない。

これは潮風にあたると、たちまち変色してしまうのであるが、長い間の慣習で一日も欠かすことなく磨かれていた。こんな戦闘にかかわり合いのない（と思われる）甲板手入れの一部が、海軍の伝統として、危機せまる緊迫した戦闘直前といえども、きびしくくり返されていたのだ。

これがまた、若い兵隊たちにとっては、つまらない苦痛の種でもあった。訓練につぐ訓練、そのあとの兵器の手入れ雑用、そして日課手入れ――と称する一連の作業は、休む暇のないきびしいものであった。

黛艦長はこれを知るや、すぐにつぎのように下令した。

「直接、戦闘に関係のない真鍮磨きなどについては、毎日やる必要はない。たまにやればよい。そのぶんは兵隊を休ませて、戦闘に備えさせるようにせよ」

これは、日本海軍にあっては異例なことで、若い兵たちは非常に喜んだものである。日本海軍では異例であっても、こういう考え方は、アメリカ海軍では、当時から普通のことであったという。

黛艦長は、こういう欧米流の合理主義を身につけていたのかも知れないが、なによりも、部下を思いやる心をつねに信条としたことは確かである。また、国際感覚をひろく、鋭くあわせもつ、先見の明に秀でた軍人であった。このようにして、一事が万事、細かい心遣いを忘れない型破りの艦長であったと、知る人は言う。

四人の話は時間のすぎるのも忘れてつづけられた。当時の話となると、おたがいの知らない話がつぎつぎと出てくることでもあり、話がつきるわけがない。それで、本題にそろそろ入るべく、

「黛艦長！」（そう呼ぶのが、この場の雰囲気ではごく自然と感じられた）と、私のほうから声をかけると、ニッコリと微笑みながら、

「何でも聞いてくれよ。いずれにしても、懐かしいなあ！」と、また顔をくずす。私の声も大きくなる。

「艦長！　レイテ沖海戦のとき（十月二十五日）、あの『大和』などの砲撃戦の最中でしたが、『利根』は、『羽黒』といっしょに先頭を切って突進しましたね。やっぱり、艦長ははりきっていましたね！」

「いやー、あれは機関長のやりすぎだったよ。みんなはりきっていたからねえ。おれの予想以上に速力が出てね、先頭に出てしまったよ」と言って、八十歳をこえる人が、照れたような顔をしていた。

「やがて、まもなく定位置にかえったよ。アハハハ……。あのころは私も若かったしね、四

十四歳だったものね」

笑い顔もよいし、笑い声も若い。

「艦長！　あのとき、砲撃戦のあとに集合命令が出ましたねえ」

「ウーン」

「重巡群は、それを無視するように突進をつづけていましたね。どんな心境でした？」

「いやー、それはわかっていたよ、あのころは若かったしねえー」

老紳士は、若かったことを何度も口にだすが、それはいまさらに昔を懐かしく想う気持からであろう。ほかの三人までが、いやでも若やぐ思いにつられてしまう。そういう雰囲気であった。私はおもいきって口にだしてみた。

「艦長、あの反転をどう思いますか」

答えは、すぐに返ってきた。

「現在の心境は、やっぱり反転してよかったと思うよ。だって、長官、死ぬときまっている突入で、部下を殺したくなかったんだろうねー」

「黛艦長があのとき、長官だったらどうしましたか」

「ウーン……」となりながら、当時の情況などを思い起こすように、部屋の一点をしばらく見つめていたが、

「やっぱり、反転しただろうね」と、ポッツリといった感じで、ゆっくり、静かに自分の意見を語った。

この猛将のひと言は、私にとって、四十年間の歴史の空白を埋めてあまりあるものであっ

た。ほんとうに、千鈞の重みが感じられて、うれしかった。

「戦後三十九年、おれも八十四歳になってしみじみ思うよ。あのころを思い起こし、あの反転はやっぱりよかったと思っているよ。戦さの判断というものはむずかしいもんだねー。栗田長官は、さすがにえらかったね、先が見えていたよ」

黛艦長は、そのあとにも、こうしみじみと語っていた。

私たち四人の話はつづき、意義ある時間がすぎていった。私にとって忘れることのできない一日が終わるのが、なんとも惜しまれる思いであった。

この黛艦長のレイテ反転に関する証言は、私の長年の思いに深く触れ、それを埋めてくれるものであったが、私はそのことについて、つねに機会を生かす努力をつづけた。とくに、戦友会の席はまたとない好機会であった。年とともに、レイテ沖海戦の体験者はすくなくなるばかりであり、一回でも逃すわけにはいかない。

あの「愛宕」撃沈後、「大和」に移乗して私たちとともに戦った戦友も、今日になってみれば数すくなくなっている。そのなかの一人——「愛宕」の庶務主任であった村井弘司主計中尉は、反転についてつぎのように述べている。

「あのときの戦闘に参加していない者が、反転を論じてもあまり意味がない。あの反転は、やっぱり、あの熾烈な対空戦闘を経験した者のみが知るものである。反転は、やっぱりよかったのではないか。それは、そのときの最高の手段であったかどうかは、神ならぬ身には不明であるが、確かにやむをえない処理であったと思うし、よかったと思う」

それは、実感そのものであり、それ以外のなにものでもない。また、当時、「愛宕」の掌

経理長であった高林主計少尉も、

「私たちは命令によって戦うのが任務であった。その意味では、突入しろと命令されれば、当然、突入して死んでいたであろう。命令によって戦う兵士とは、そういうものであるが、自分が現在、こうして生きていられるのは、反転していたからである。そう思うと、やっぱり、栗田長官に感謝しなければならない。反転は、結果的にはよかったんだろうね」と語っていた。

こうして、あの戦闘に参加した人たちで、私が会った多くの生存者のほとんどは、反転の正当性を認める。

何にかえるべくもない生命を、いまに永らえられたのであるから、これ以上の喜びはないわけであり、生存者による正当性認定は当然すぎる——と、批判する向きもあると思われるが、けっしてそれだけではない。

高林少尉がいみじくも言うように、命令されれば死も承知で行かなければならない。比島セブ航空隊の福田兵曹のようなものである。それがむだ死にであろうがなかろうが、逡巡や抵抗は許されないし、九割九分九厘九毛までの者が、その命令にしたがう。

それがむだ死にであるかどうかを判断するのが、現場指揮官の任務である。敵に一矢を報いることもかなわず、いたずらに全滅するばかりと判断した場合、撤退（退却ではない）もまた軍略の一つであり、最高の作戦の一つである。

あの不沈巨艦とほこった戦艦「武蔵」も、私たちの目の前で敵機の餌食となって沈んでいった。あのとき、そのまま突入していたとして、「大和」そのものの運命もおなじであったと、私でさえ判断できるほどの現場感であった。それを栗田長官ほどの人がわからぬはずがない。完全なむだ死に、犬死に、最低の不策であろう。

この反転の結果、何千人かの兵士が、その後も各地で戦うことができたのであり、残存艦隊も、その後の任務をはたしている。しかも、大戦艦「大和」は沖縄で撃沈されていることを思えば、あのまま突入した場合の運命もおなじであったとみてさしつかえないであろう。

反転の正当性は、生き残り、いのち永らえた者のみが主張し、断言できる真実であるとあえて言いたい。黛艦長の言葉は、それを言いえて妙なるものであった。

それにつけても思われるのは、熾烈きわまる対空戦闘、砲撃戦、魚雷戦のさなか、海に散っていった数多くの戦友たちのことである。それを思うと、胸が痛む。戦友よ、安らかに眠れ……。

勝敗の分岐点

捷一号作戦は、連合艦隊の期待に反して、不成功に終わった。いや、海軍当局そのものの期待であったというべきであろう。そして、連合艦隊がその雌雄を賭けたレイテ沖海戦に敗北した時点で、日米海軍決戦の大勢は決していたといえるのではないか。

ただ、「このレイテ沖海戦の失敗は、栗田艦隊がレイテ突入を断念して反転したことによるのだ。すべての原因は反転にあるのだ」といわれているとしたら、それには大きな疑問符をうちたい。疑問などというよりも、極言すれば、そうではないと断言したい気持のほうが強い。

なぜなら、最初から彼我の戦力には、大きな差があったということである。軍首脳部が想定していた以上に、その差は大きなものであったというべきで、その差は数量ばかりではなく、手をひろげすぎたための手不足という点からもみなければいけないのではないか。

なにしろ、レイテ沖海戦は、反転批判というような単純なことですまされるようなものではない。本文中にいくども触れたように、最初から最後まで、圧倒的な敵機の攻撃下に終始した海戦であり、いわば、一千機におよぶ敵機に、いいように蹂躪されたといってよいほどの惨敗だったのである。

反転の良否にかかわらず、結論的には、連合艦隊は壊滅していたといえるのであり、それほどに、レイテ沖海戦の戦況は厳しかったのである。

この海戦の中心勢力となった栗田艦隊にあって、直接、その戦闘の現場最高指揮官であった栗田長官の出撃前の訓示のなかに、「大本営は、われわれに死に場所をあたえるつもりであろう」と述べているが、このひとことの意味はふかく、さらに、予想される戦いの厳しさのすべてが、そこに包含されているといっても過言ではないと思う。

いまさらに、レイテ突入の目的のなんたるかに疑問を抱くのは、私一人ではないと思われる。反転の良否は、犬死にを避け、何隻かの生還をもたらしたというだけで解答は出されたも同然であり、美談めかしたレイテ突入作戦の物語など論外として、作戦そのものの分析批判こそやらなければならない問題であると、強く提言したい。

ここで、はっきりと確認しておかなければならないことがある。それは、レイテ沖海戦において、味方機の掩護直衛は一度も、一機もなかったということである。

栗田艦隊のレイテ突入を主目的として計画された、この捷一号作戦は、これを成功させるために、周囲の情勢すべてが計画されていたにもかかわらず、もっとも肝心な航空機の援護直衛策がまったく樹《た》てられていなかった。

そんなバカなことはない、その対策は樹てられており、力およばず、あるいは、事情があり、事態の変化があってそうなったのである——というかも知れない。しかし、事実は一機もあらわれなかった。それが真相である。そして、それが敗北の真因であり、作戦失敗の最大の原因である。

掩護直衛にあたるべき比島陸上基地航空隊からの航空機は一機もえられず、二十四日からはじまった空襲は、三日間にわたり延べ一千機にものぼる米軍機との艦隊単独の対空戦闘だけに終始したのである。それがいかに熾烈なものであり、絶望的なものであったか、多少でも、本文でわかってもらえたと思う。

確かに、比島基地の航空部隊にあっても、必死の努力で、押しよせる敵機動部隊にたいする攻撃をくわえていたのであり、その飛行機の勢力では、栗田艦隊の直衛にまでは手がまわらなかった実情ではあったのであろう。それほどに、日本海軍航空部隊は打撃をうけていたのである。としたら、その実情把握に欠け、また欠けたままでレイテ突入の作戦を樹てたところに、第一の瑕瑾《かきん》があったのではないか。

このレイテ沖海戦を通じ、その戦闘にはいくつかの山場があった。その第一は、二十四日からの予想外とも思われる敵機の空襲であったといえる。この局面で、首脳部ははっきり戦いの容易ならざる厳しさ、予想をこえる戦力の差などを察知していたはずである。

レイテ突入に夢をはせていた私たち一般将兵にとっても、当時の激越な戦闘の経過には想像をこえて落胆し、絶望し、不審をつのらせた。その凄絶な、対空砲火にたよるだけの苦戦のなかで、味方機が一機もあらわれないことにたいする不満と失望は頂上にたっしていた。この事実は、いかに説明し強調しても、それで足りるというものではない。

そのころ、一時的ではあったが、あまりにもすごい敵機の空襲をかわすため、シブヤン海を北西に反転した。また、不沈艦として自他ともに認めていた戦艦「武蔵」も、その予想を簡単に（というと、戦没した戦友にはまことに申しわけないことであるが）裏切って、撃沈されていた。

だが、この海戦で予定どおり成功したのは、闇夜のサンベルナルジノ海峡の突破である。これは、小沢機動部隊が、敵機動部隊主力を北方海上へ誘致することに成功し、海峡の封鎖をとかせたのが原因でもあるが、これと相まって、シブヤン海における一時反転という栗田艦隊の行動も、海峡突破成功につながっているのである。

それは、この栗田艦隊の反転を見さだめた敵機が、これを退却と誤認し、よもや、闇夜の狭い海峡を突破してくるとは予想しなかったのであろう。反転が結果的に敵をあざむくことになり、その海峡通過の成功につながった。

捷一号作戦で最大のチャンスといえば、二十五日の敵空母群との突然の会敵であるといえる。しかし、これを正規空母群と誤認したところに、わがほうの突入中止の遠因があったといえる面もあろう。また、打電された電報の繁雑も、原因の一つであったのかも知れない。

また、この作戦の唯一のハイライトは、艦隊の主砲による砲撃戦であったが、そのあと、ひきつづきレイテ湾に突入していたとして、たしかにそれなりの戦果があげられたと予想しても、熾烈な対空戦闘後のあの艦隊の状況では、レイテ湾奥ふかく、何隻の軍艦が突入できたであろうか。これは、私たち下士官や兵隊でも、大いに疑問視するところである。それほどに、惨憺たるものであったのである。

――栗田艦隊が、レイテ湾に突入しておれば、アメリカの攻略部隊に壊滅的打撃をあたえて、戦局が逆転していたにちがいないかのように想像し、批判する向きもあるが、それは、あの海戦に参加していない者、第三者の考える単純きわまる判断というしかない。

もし、かりに突入していた(できた)としても、そこに、どれほどの敵部隊が存在し、どんな強力な罠が仕かけられていたか――そして、その時点で、激減していた栗田艦隊の何隻が残り、何隻が最後まで任務を達成しえたであろうか――それは、かの第三部隊、「山城」や「扶桑」などの全滅、成果のまったくない全滅と、五十歩百歩であったにちがいないであろう。

なによりも、この作戦そのものが、最初から彼我の勢力に大きな開きがあったという現実を知らずして樹てられ、遂行されたという事実を無視して判断することはゆるされない。誤認のもととなる。

もう一つの大きな事実は、マリアナ沖海戦において、最大主力であった機動部隊が壊滅したということである。太平洋戦争そのものが、その時点で勝敗をすでに決定づけられていたということである。

その意味からすれば、レイテ沖海戦というものは、連合艦隊の敗戦への、最初でしかも最大の捨て石であったといえなくもない。むしろ、レイテ沖海戦や捷一号作戦などというよりも、太平洋戦争そのものの敗因が、最初に敗北を喫したミッドウェー海戦にまで遠くさかのぼらなければならないのである。

このミッドウェー海戦に、「利根」艦長として着任直前ではあったが、生き証人の一人である黛治夫大佐は、いみじくも、冷静な判断から、

「太平洋戦争は、ミッドウェー海戦の敗北で終わっていた」と単純明快に結論づけている。

「あれ以後は、惰性で戦っていたようなものだよ」という大佐のひとことは、まさに名言というべきであり、このひと言は、証言の罐詰ともいうべき貴重なものではないだろうか。もって肝に銘ずべきである。

それにしても、無心に祖国のためという一念で死んでいった兵士たちはこれでは浮かばれない。私たち生き残りは、いったい、どのようにして、これを悲しんだらいいのだろうか。

【追記】この戦記を書きあげるにあたり、戦艦「大和」や重巡「愛宕」など、栗田艦隊の元乗組員の方々をはじめ、海軍第十五徵会、海軍兵将会、軍艦愛宕会、第二艦隊水上特別攻撃隊、戦艦大和会などの戦友会および関係者の皆様の御協力と助言を、また左記の図書を参考にさせて頂きました。記して、深く御礼申し上げます。

＊柳沢練造＊黛治夫＊横田元＊石田恒夫＊竹山百合人＊天野俊三＊今村一郎＊武藤晴雄＊荒木一雄＊安福五郎＊増井潔＊高井二郎＊村井弘司＊高林金太郎＊佐々木庄味＊小杉喜一＊山田実＊萩原力三＊大貫延勝＊福田久次郎＊鈴木孝男＊佐々木正＊土屋春雄＊小勝郷右＊神津末男＊森祟＊木村友次＊伊沢三法＊川島善一郎＊梅沢文男＊西林隆造＊松本啓助＊坂井勲＊青木武雄＊印南芳郎＊鈴木善之助＊種邑（旧姓・羽田）和平＊富樫雅文＊長谷部正行＊大橋寛＊荒木宏子（荒木伝「愛宕」艦長未亡人）　（順不同・敬称略）

【主要参考文献】＊『連合艦隊の生涯』掘元美＊『マッカーサー・東京への長いながい道』サンケイ出版＊『総員起シ』『戦艦武蔵』『海軍乙事件』『深海の使者』吉村昭＊『レイテ作戦の記録』田中賢一＊『ミッドウェーの奇跡（上・下）』千早正隆訳＊『戦艦大和の建造』御田重宝＊『日本の軍艦』福井静夫＊『連合艦隊の最後』『大海軍を想う』伊藤正徳＊『戦史叢書・海軍捷号作戦』『戦史叢書・ミッドウェー海戦』朝雲新聞社＊『日本軍艦一〇〇選』野沢正＊『空母瑞鶴の生涯』『戦艦武蔵レイテに死す』豊田穣＊『連合艦隊・サイパン、レイテ海戦記』福田幸弘＊『戦艦大和』児島襄＊『栗田艦隊』小島清文＊『炎の海（正・続）』牧島貞一＊『戦艦大和』遠藤昭＊『男たちの大和（上・下）』辺見じゅん＊『指揮官たちの太平洋戦争』吉田俊雄＊『艦長たちの太平洋戦争（正・続）』佐藤和正＊『あ、軍艦旗』亀井宏

文庫版のあとがき

この本は昭和六十年四月、単行本（光人社刊）として刊行されたもので、私にとっては第二作目の本であった。

太平洋戦争で全海軍の九十四・四パーセントを占める下士官（特務士官を含む）・兵を中心とした、一般兵士たちの戦いぶりを記したものである。いまあらためて読みなおしてみると気負って肩に力が入り過ぎた感もある。こんど文庫本になるにあたって、そうした個所に手を加えようと思ったが、あえて思い出の一つとして、太平洋戦争の真実を伝えるためにそのまま出すことになった。

灯台もと暗しというが、太平洋戦争にはいくつかの矛盾点があった。それは、まず戦争をはじめたことであり。実戦においては戦線の拡大、おごりと油断（ミッドウェー海戦）、出遅れ（マリアナ沖海戦）など大きな失敗があった。

その三年八ヵ月の戦闘の中で、よく戦い、海軍をささえたのは、下士官、兵たちである。捷一号作戦の発動は、連合艦隊が総力を上げた「マリアナ沖海戦」（あ号作戦）に失敗、絶対国防圏の一角であるサイパンが崩れた戦況の中で、南方資源を確保する生命線ともいえるフィリピン・レイテ島に敵米軍が来襲するにいたり、発動された最後の大作戦であった。日本海軍は、ミッドウェー海戦の敗北以来、幾多の海空戦で航空機のほとんどを失ったなかで、奇跡的にも水上艦隊を無傷の状態で残していた。その水上艦隊の「大和」「武蔵」を中心とした戦艦、巡洋艦、駆逐艦を結集して、砲撃戦に賭けたレイテ突入も、敵機グラマンの猛攻の前に成功しえなかった。

このレイテ海戦における突入反転は、戦後、司令長官栗田健夫中将の反転決断を疑問視する向きも多かったようだが、それは実戦を知らない一般論である。栗田中将をその後、海軍兵学校長として、エリート海軍士官の育成指導にあたらせたことをみても、大本営海軍部の考えが、必ずしも反対でなかったものと理解できる。いずれ歴史とともに明らかにされるときがくるだろう。

レイテ海戦の悲劇のはじまりは、旗艦「愛宕」が、敵潜ダーターの魚雷攻撃により撃沈され、旗艦が「大和」に移ることからはじまる。

シブヤン海からはじまった対空戦闘、「武蔵」の撃沈、のべ一千機にもなるグラマンとの攻防、三日間にわたる熾烈な対空戦闘の結果は、ついに敗退へとなるのである。

しかし、六隻の空母を中心とした敵機動部隊を発見し、「大和」は四十六センチ主砲を発射し、砲撃戦の結果、空母ガムビアベイなどを撃沈する戦果もあげた。炎上する敵空母（やがて沈没）を右舷二千メートルから五百メートルへと接近する間、しずかに望見するという戦勝気分もわずかではあるが味わえた。

下士官たちを中心とした太平洋戦争の実情はどのようであったか、日本海軍の一般兵士がいかにして生まれ、訓練されて戦ったかを知るうえで、拙著第一作『戦艦大和いまだ沈まず』を併読していただくとより闡明《せんめい》に理解していただけると思う。

それは、現在の第二の敗戦ともいわれる、経済危機を乗り切るためにも、若い人たちの参考になるのではないだろうか。

平成十年十二月十七日

小板橋孝策

単行本　昭和六十年四月　光人社刊

NF文庫

下士官たちの戦艦大和　新装版

二〇二二年三月二十四日　第一刷発行
著　者　小板橋孝策
発行者　皆川豪志
発行所　株式会社　潮書房光人新社
〒100-8077　東京都千代田区大手町一-七-二
電話／〇三-六二八一-九八九一㈹
印刷・製本　凸版印刷株式会社
定価はカバーに表示してあります
乱丁・落丁のものはお取りかえ致します。本文は中性紙を使用
ISBN978-4-7698-3256-0　C0195
http://www.kojinsha.co.jp

NF文庫

刊行のことば

第二次世界大戦の戦火が熄《や》んで五〇年――その間、小社は夥しい数の戦争の記録を渉猟し、発掘し、常に公正なる立場を貫いて書誌とし、大方の絶讃を博して今日に及ぶが、その源は、散華された世代への熱き思い入れであり、同時に、その記録を誌して平和の礎とし、後世に伝えんとするにある。

小社の出版物は、戦記、伝記、文学、エッセイ、写真集、その他、すでに一、〇〇〇点を越え、加えて戦後五〇年になんなんとするを契機として、「光人社NF（ノンフィクション）文庫」を創刊して、読者諸賢の熱烈要望におこたえする次第である。人生のバイブルとして、心弱きときの活性の糧《かて》として、散華の世代からの感動の肉声に、あなたもぜひ、耳を傾けて下さい。

＊潮書房光人新社が贈る勇気と感動を伝える人生のバイブル＊

ＮＦ文庫

幻のジェット戦闘機「橘花」　屋口正一

昼夜を分かたず開発に没頭し、最新の航空技術力を結集して誕生した国産ジェット第一号機の知られざる開発秘話とメカニズム。

軽巡海戦史　松田源吾ほか

駆逐艦群を率いて突撃した戦隊旗艦の奮戦！　高速、強武装を誇った全二五隻の航跡をたどり、ライトクルーザーの激闘を綴る。

ハイラル国境守備隊顛末記　関東軍戦記　「丸」編集部編

ソ連軍の侵攻、無条件降伏、シベリヤ抑留——歴史の激流に翻弄された男たちの人間ドキュメント。悲しきサムライたちの慟哭。

日本の水上機　野原　茂

海軍航空揺籃期の主役——艦隊決戦思想とともに発達、主力艦の補助戦力として重責を担った水上機の系譜。マニア垂涎の一冊。

日中戦争　日本人諜報員の闘い　吉田東祐

近衛文麿の特使として、日本と中国の間に和平交渉の橋をかけようと尽瘁、諜報の闇と外交の光を行き交った風雲児が語る回想。

立教高等女学校の戦争　神野正美

ある日、学校にやってきた海軍「水路部」。礼拝も学業も奪われ、極秘の作業に動員された女学生たち。戦争と人間秘話を伝える。